by

AF288243

Nikola Hotel
Anya Omah

BECAUSE IT'S TRUE

Tausend Gefühle und ein
einziger Kuss

Originalausgabe
Veröffentlicht im Rowohlt Taschenbuch Verlag, Hamburg, April 2023
Copyright © 2023 by Rowohlt Verlag GmbH, Hamburg
Covergestaltung ZERO Werbeagentur, München
Coverabbildung PixxWerk
Satz aus der Karmina
Gesamtherstellung CPI books GmbH, Leck
ISBN 978-3-499-01019-4

Die Rowohlt Verlage haben sich zu einer nachhaltigen
Buchproduktion verpflichtet. Gemeinsam mit unseren
Partnern und Lieferanten setzen wir uns für eine klimaneutrale
Buchproduktion ein, die den Erwerb von Klimazertifikaten zur
Kompensation des CO_2-Ausstoßes einschließt.
www.klimaneutralerverlag.de

INHALTSVERZEICHNIS

Anya Omah

BECAUSE IT'S TRUE

Tausend Gefühle

Du musst nicht
an Einhörner glauben.
Glaube einfach an
dich selbst!

KAPITEL 1

Alexander

Ich kann nicht glauben, dass ich dich tatsächlich gefunden habe. Nachdem ich dein Video auf TikTok gesehen habe, musste ich dir einfach schreiben. Ich bin ein großer Fan. 😉 Timo

Dein Body ist ein Traum. Lukas

Okay, ich mache so was eigentlich nie und ich habe keine Ahnung, ob du das überhaupt liest. Aber eine andere Möglichkeit zur Kontaktaufnahme außer hier bei Instagram habe ich nicht gefunden. Ich bin Künstler und immer mal wieder auf der Suche nach Models. Du verkörperst alles, was ich auf die Leinwand bringen will. Bitte ruf mich an. Hier hast du meine Nummer. Jörg

Hallo. Ich hoffe, es ist okay, dich hier einfach anzuschreiben. Meine beste Freundin feiert nächsten Monat ihren 18. Sie ist totaler Fan von deinen Videos. Wäre es möglich, dich für eine private Geburtstagsstripshow zu buchen? Und könntest du dann in einem Einhorn-Kostüm kommen? Meine Freundin würde sich bestimmt wahnsinnig darüber freuen. Liebe Grüße, Lena

Fast hätte ich das Wasser in meinem Mund wieder ausgespuckt. Stattdessen verschlucke ich mich und bekomme eine Mischung aus Husten- und Lachanfall. So heftig, dass es sich anfühlt, als würde ich ersticken und einen Luftröhrenschnitt brauchen.

Private Geburtstagsstripshow?

Einhorn-Kostüm?

Was zur ...?

Das Wasser schwappt über den Rand des Glases, als ich es hastig auf den Tisch des Pausenraums stelle, in den gerade noch jemand hereinkommt. Mit tränenden Augen erkenne ich die Umrisse meines besten Freundes, Schrägstrich ehemaligen Mitbewohners, Schrägstrich Vorgesetzten. Simon und ich haben zusammen Sport studiert und nach unserem Abschluss im gleichen Fitnessstudio angefangen. Nur dass er den Laden schmeißt und damit so was wie mein Boss ist. Aber das lässt er zum Glück nicht raushängen. Zumindest meistens nicht.

Er eilt auf mich zu und klopft mir ein paar Mal auf den Rücken. «Brauchst du 'ne Mund-zu-Mund-Beatmung, oder geht's?», feixt er, nachdem ich wieder Luft bekomme, ohne husten zu müssen.

«Ich kratze hier fast ab, und du machst Witze.» Meine Stimme klingt etwas heiser, und ich spüre ein Kratzen im Hals. Aber so wie Simons Mundwinkel zucken, scheint er die Ironie herausgehört zu haben.

«Was war denn los?», fragt er nun wieder etwas ernster. «Hast du dich verschluckt?»

«Ja. An dieser Nachricht hier.» Ich entsperre mein Handy, da der Bildschirm inzwischen wieder schwarz geworden ist, und halte ihm das Telefon mit der geöffneten Insta-App hin.

Stirnrunzelnd liest Simon die Nachricht von dieser Lena – dann verzieht sich sein Mund zu einem spöttischen Grinsen.

War ja klar, dass er das als Anlass nimmt, mich zu verarschen. Ich verdrehe vorsorglich schon mal die Augen, weil er mir garantiert einen Spruch reindrücken wird. Und zwar genau jetzt.

«Wusste gar nicht, dass du neuerdings einen auf Magic Mike machst. Oder sollte ich lieber Magic Einhorn sagen?»

«In dem Fall wäre das wohl eher ein Job für dich.» Ich hebe herausfordernd eine Augenbraue. Weil die Brust meines besten Freundes einmal das hässlichste Einhorn-Tattoo aller Zeiten zierte.

Simon hebt sein T-Shirt an. «Ich weiß gar nicht, was du meinst.» Stolz demonstriert er mir, dass das verkrüppelte Einhorn-Tattoo Geschichte ist. Dank des genialen Coverups von Alissa, die zuerst seine Tätowiererin war, bevor er und sie ein Paar wurden.

«Ja, ja, zieh dich wieder an», sage ich. «Erklär mir mal bitte, wie dieses Mädchen darauf kommt, dass ich für ihre Freundin strippen würde?» Ich nehme mein Handy wieder an mich. «Oder warum ich seit drei Tagen so viele Nachrichten bekomme wie in den letzten zwei Jahren nicht.»

Simon sieht mich überrascht an. «Im Ernst?»

«Ja. Vorgestern waren es zwanzig. Gestern fünfzig oder

so und heute schon fünfzehn. Und es ist gerade mal Mittag.»

«Von Frauen?»

«*Und* Männern.» Zu behaupten, mir würden all die Komplimente zu meinem Körper nicht schmeicheln, wäre gelogen. Egal von wem sie kommen. Ich mache seit Jahren Sport, arbeite hart daran, so auszusehen, wie ich aussehe, und zeige das auch.

«Was hast du zuletzt gepostet?», fragt Simon und tritt um mich herum zum Kühlschrank in meinem Rücken.

«Nur die üblichen Work-out-Videos auf Insta.»

Ich höre, wie sich der Kühlschrank öffnet, während ich weiter Nachrichten lese, und zwei Atemzüge später steigt mir ein würzig-pikanter Geruch in die Nase. Mit einem Curry-Nudelsalat nimmt er mir gegenüber am Tisch Platz und fängt an, aus der Tupperdose zu essen.

«Aber auf die werde ich gar nicht angesprochen», fahre ich fort. «Die schreiben mich alle wegen eines angeblichen TikTok-Videos an. Dabei bin ich nicht mal auf Tik-Tok.» Ratlos schüttle ich den Kopf, während Simon vor sich hin mampft.

Als er den letzten Bissen hinuntergeschluckt hat, setzt er die Gabel ab und fragt: «Soll ich mal gucken?»

«Was gucken?»

«Ob es auf TikTok einen Fake-Account von dir gibt.»

«Seit wann bist du denn auf TikTok?»

«Seit meine Oma ihre Videos auch dort hochlädt.»

Ich lache. «Was, im Ernst? Deine Oma Lotte?»

Simon nickt. «Die 35 000 Follower auf Insta reichen ihr anscheinend nicht. Auf TikTok knackt sie bald die Hunderttausend.»

Meine Augen werden groß. «Du verarschst mich doch.»

«Nope.» Er pult sein Handy aus der Tasche seiner Trainingshose, und ich scrolle mich wenig später genauso ungläubig wie beeindruckt durch ihre Videos, auf denen sie sich von Alissa Tattoos stechen lässt. Und das mit Mitte achtzig. «Du hast definitiv die coolste Oma der Welt.»

«Ich weiß.» Simon klingt stolz, was ich an seiner Stelle vermutlich auch wäre.

«Wie gucke ich denn jetzt nach, ob es hier irgendwo ein Video von mir gibt?» Ich komme mir gerade nicht wie fünfundzwanzig, sondern eher wie fünfzig vor, weil ich absolut keinen Plan habe, wie diese App funktioniert.

«Hmmm ... Gute Frage.» Immerhin scheine ich nicht der Einzige zu sein, dem es so geht. «Ich schätze, deinen Namen in die Suchleiste einzugeben, wird uns nicht weiterbringen.»

Ich lasse es auf einen Versuch ankommen. Aber als ich Alexander_der_Grosse eingebe, werden mir so viel Videos und Accounts angezeigt, dass ich mir eine Woche freinehmen müsste, um die alle durchzusehen.

Ich schnaube. «Hast recht. Da findet man eher die Nadel im Heuhaufen.»

«Wieso fragst du nicht einfach dieses Mädchen, für das du strippen sollst, was für ein Video sie meint?»

«Wieso ist dir das nicht früher eingefallen?», gebe ich gespielt empört zurück und schicke dieser Lena sofort eine Nachricht.

Hey, Lena, ich muss dich leider enttäuschen. Ich bin kein Stripper. Aber mich würde interessieren, wie du auf mich gekommen bist. LG Alex

* * *

Von der Doppelschicht im Fitnessstudio und dem anschließenden Work-out total erledigt, falle ich abends mit einem Seufzen ins Bett. Eigentlich wollte ich heute damit anfangen, Kisten für den Umzug zu packen. Aber da ich erst in zwei Wochen aus der Wohnung rausmuss, die ich mir bis vor einem Monat noch mit Simon geteilt habe, bleibe ich liegen. Vielleicht bin ich auch einfach noch nicht bereit, der Tatsache ins Auge zu sehen, dass das entspannte WG-Leben endgültig ein Ende hat. Solange in meinem Zimmer noch Möbel stehen, kann ich wenigstens so tun, als wäre das in den anderen Räumen auch der Fall. Als wäre Simon nur eine Tür weiter und nicht mit Alissa zusammengezogen.

Seit ich ihn kenne, habe ich ihn mit keiner Frau so glücklich erlebt. Ich freue mich für ihn. Das tue ich wirklich. Aber ich hasse Veränderungen. Besonders dann, wenn sich in meinem Privatleben seit Jahren nichts tut. Ich bin gefühlt ständig auf den gleichen Partys. Sehe immer dieselben Leute. Date zwar unterschiedliche Frauen – aber immer mit dem Ergebnis, dass es für mehr als Sex nicht reicht. Keine Ahnung, ob ich überhaupt für eine Beziehung tauge. Oder eine will.

Ich weiß nur, dass mir irgendetwas fehlt. Und genau das führt fast jeden Abend dazu, dass ich mich durch Tinder swipe. So auch jetzt. Nur dass ich in diesem Moment feststelle, dass einige meiner letzten Matches gelöst wurden und mir sogar von vier Frauen vorgeworfen wird, ein Betrüger zu sein. Eine schreibt:

Hey, Alex oder wer auch immer du wirklich bist. Wenn du das nächste Mal Bilder hochlädst, nimm wenigstens Fotos von einem Typen, der nicht überall auf TikTok zu sehen ist.

Bitte was?

Und was zur Hölle hat schon wieder TikTok damit zu tun? Ich stöhne genervt auf und öffne Instagram, um nachzusehen, ob mir diese Lena inzwischen geantwortet hat. Dass ich von Männern angemacht werde oder Anfragen zum Strippen bekomme, macht mir nichts aus. Aber wegen eines beschissenen Videos, das ich nicht mal kenne, von Frauen für einen *Catfish* gehalten zu werden, geht gar nicht.

Ich richte mich auf, als ich unter zehn neuen Nachrichten auch eine von Lena entdecke. Sie hat mir einen Link geschickt. Was zu erwarten war, aber soll ich den wirklich öffnen? Was, wenn es ein Virus ist? Nach kurzem Zögern besiegt meine Neugierde die Vorsicht. Ich klicke auf den Link – und reiße geschockt die Augen auf.

Was. Zur. Hölle. Ist. Das?

KAPITEL 2

Aminata

Liebe Aminata,

es gibt wunderbare Neuigkeiten, die ich morgen gerne mit dir besprechen würde. Wollen wir um 12 Uhr telefonieren?

Herzliche Grüße
Marina

Oh mein Gott!

Ich sitze an meinem Schreibtisch vor dem Computer und starre mit wild klopfendem Herzen die E-Mail meiner Agentin an. Dem gefühlt einzigen Menschen auf dieser Welt, der daran glaubt, dass mich noch in diesem Leben ein Verlag unter Vertrag nehmen wird. Denn seit ich ernsthaft meinen Traum verfolge, bei einem großen Publikumsverlag zu veröffentlichen, hagelt es nichts als Absagen. Nach der dreißigsten war ich so deprimiert, dass ich beschloss, alles hinzuschmeißen und wieder Vollzeit als Recruiterin im Personalwesen zu arbeiten.

Wäre Chiara nicht gewesen, hätte ich genau das auch getan. Okay, es gibt also doch zwei Personen auf diesem

Planeten, die an mich glauben. An einem guten Tag sind es mit mir vielleicht sogar drei.

Meine beste Freundin und Mitbewohnerin hat mich aufgebaut, mir Mut gemacht und mich dazu überredet, meine Bücher selbst zu verlegen, weil meine Geschichten – ich zitiere – *viel zu gut seien, um sie der Welt da draußen vorzuenthalten*. Seitdem habe ich sechs Bücher im Selbstverlag herausgebracht und kann vom Schreiben immerhin meine Miete und Essen zahlen. Etwas, das nicht gerade viele Schreibende von sich behaupten können.

Die Hoffnung, mit einem Verlagsbuch im Buchhandel auszuliegen, habe ich trotzdem nicht aufgegeben. Aber weil mich die ständigen Absagen so sehr runtergezogen und an meiner Psyche genagt haben, bat ich meine Agentin, sich nur bei einem Angebot zu melden. Und dieser Tag könnte nach vierzehn Monaten endlich gekommen sein.

Oder?

Ich will mir auf keinen Fall falsche Hoffnungen machen und lese erneut Marinas E-Mail. Da steht «*wunderbare Neuigkeiten*». Dabei kann es sich doch nur um ein Angebot handeln. Wenn das wirklich so ist, dann ... Oh Gott! Mein ganzer Körper fängt an zu kribbeln. Ich kann unmöglich bis morgen warten. Jedenfalls nicht, ohne die ganze Nacht wach zu liegen und mich zu fragen, was sie mit mir besprechen will. Das kann Marina mir nicht antun. Tief durchatmend überlege ich mir eine Antwort und tippe:

Liebe Marina,

du hast nicht zufällig heute Abend noch Zeit zum Telefonieren? Es könnte nämlich sein, dass ich bis morgen vor Neugierde gestorben bin. Oder zumindest keine Fingernägel mehr habe.

Aufgeregte Grüße
Aminata

Statt Fingernägel hätte ich Unterlippe schreiben müssen. Ich kaue vor lauter Anspannung auf ihr herum und – bekomme im nächsten Moment fast einen Herzinfarkt, als mein Handy klingelt und Marinas Nummer auf dem Display erscheint. Ich hebe sofort ab.

«Erzähl!», platzt es aus mir heraus, mein Atem keuchend, als wäre ich gerade eine Runde um die Alster gejoggt. Dabei sitze ich am Schreibtisch und habe bis vor fünf Minuten an einer Leseprobe geschrieben, die Marina im April mit zur Leipziger Buchmesse nehmen will.

«Da ist aber jemand gespannt.» Ich höre das Schmunzeln in Marinas Stimme.

«Wie ein Flitzebogen», antworte ich.

«Sitzt du?»

«Ja. Oder sollte ich mich besser hinlegen?»

Marina lacht. «Das überlasse ich dir, aber die Neuigkeiten werden dich aus den Socken hauen.»

Ich fasse mir an die Brust, aus der mein Herz jeden Moment herauszuspringen droht.

«Also ...», beginnt Marina, und ich schließe die Augen.

«Du hattest mich ja darum gebeten, dass ich mich nur im Falle eines konkreten Angebots bei dir melde ...»

«Ja ...»

«Es gibt insgesamt drei.»

Ich reiße die Augen auf.

«Zwei Verlagsangebote und ...», ich kann hören, wie sie Luft holt, und ihr Atem vibriert, als sie diesen wieder entweichen lässt, «... ein Angebot für die Filmoption.»

Drei Herzschläge lang – vielleicht sind es auch sechs oder zehn – weiß ich nicht, was ich sagen oder wie ich reagieren soll. Ich bin nicht mal sicher, ob das hier gerade wirklich passiert. Oder ob das einer meiner Tagträume ist.

«Ist ... ist das dein Ernst, Marina?», frage ich, um mich zu vergewissern, dass ich auch wirklich wach bin.

«Die Angebote für den Einhorn-Gestaltwandler liegen mir schwarz auf weiß vor. Von Touch Books und dem KPR Verlag.»

Ich blinzele ungläubig. KPR war schon immer mein Wunschverlag. Dicht gefolgt von Touch Books, der noch relativ neu ist.

«Beide Verlage hatten das Projekt vor Monaten abgelehnt. Aus beinahe identischen Gründen: Deine Geschichte wäre zwar innovativ, speziell und sehr gut geschrieben, aber zu nischig und damit nicht marktgerecht. Aber nachdem sie dein TikTok und vor allem die Reaktionen darauf gesehen haben, haben sie ihre Meinung geändert und sind jetzt Feuer und Flamme.»

Ein Video, das ich niemals gemacht hätte, wenn ich bei Pinterest nicht zufällig auf die Fotos dieses Models gestoßen wäre. Das perfekte Ebenbild meines Helden Lucian.

Ich habe es nur hochgeladen, weil ich unsicher war, ob ich das Buch im Selfpublishing veröffentlichen sollte, und wissen wollte, ob BookTok eine Geschichte über einen Einhorn-Gestaltwandler lesen würde. Dass das Video zwei Wochen später vier Millionen Aufrufe und beinahe sechshunderttausend Kommentare haben würde, hätte ich niemals erwartet. Das ist doch irre. Und als Marina mir jetzt die Höhe der Angebote mitteilt, klappt mir der Mund auf.

Und dann fügt sie tatsächlich auch noch hinzu: «Aber da geht auf jeden Fall noch mehr. Das Filmangebot von *Schwarz und Gold Productions* bringt uns in eine hervorragende Verhandlungsposition. Von deinem TikTok-Hit mal ganz zu schweigen. Es würde mich nicht wundern, wenn noch mehr Angebote eintrudeln. Ich habe das Material heute noch mal breit rausgeschickt. Und die Filmproduzentin würde dich gerne so schnell wie möglich persönlich kennenlernen. Bevor auch noch die Konkurrenz auf dich aufmerksam wird. Mein Vorschlag wäre, dass wir die Auktion ein bisschen hinauszögern, um dein Treffen mit Frau Büchner von *Schwarz und Gold* abzuwarten. Wenn der Filmdeal zustande kommt, werden die Verlagsangebote vielleicht noch etwas höher als ohnehin schon. Auch wenn einige unzufrieden sein dürften, weil sie die Filmrechte lieber selbst verkauft hätten. Was sagst du? Wollen wir das so angehen?»

Tränen schießen mir in die Augen, und meine Kehle ist so eng, dass ich nicht antworten kann. Mit vorgehaltener Hand schüttle ich einfach nur den Kopf. Wieder und wieder. Weil ich das alles nicht glauben kann. Es passiert. Alles, wovon ich seit vier Jahren träume, ist kurz davor, in Erfüllung zu gehen. Wegen eines Videos. Ein verdammtes Video. Das ich eher aus Verzweiflung gedreht habe. Ich war kurz davor aufzugeben. Alles hinzuwerfen. Und jetzt? Das. Ein Laut irgendwo zwischen Lachen und Schluchzen bricht, ohne dass ich es verhindern kann, aus mir heraus.

«Tut mir leid, Marina ... Ich ... ich freue mich so und kann das alles gerade gar nicht fassen.» Meine Stimme klingt heiser, und Tränen laufen mir über die Wangen.

«Dafür musst du dich doch nicht entschuldigen. Wenn man von so einer Nachricht nicht überwältigt ist, wovon dann? Vielleicht legen wir jetzt einfach auf, und du lässt die Neuigkeiten erst mal sacken. In Ordnung? Morgen Mittag telefonieren wir dann noch mal. Okay?»

«Okay», krächze ich ins Handy. «Dann bis morgen.»

«Hab noch einen schönen Abend, Aminata. Und bevor ich es vergesse, herzlichen Glückwunsch.»

«Danke, Marina. Für alles. Dir auch einen schönen Abend.»

Kaum dass wir aufgelegt haben, lasse ich die Tränen ungehindert fließen. Den Bildschirm so wie auch den Rest meines Zimmers erkenne ich nur noch verschwommen. Aber das hindert mich nicht daran, halb blind den Raum zu verlassen und an Chiaras Tür zu klopfen.

«Komm rein», sagt sie und starrt mich erschrocken an, als sie mein verheultes Gesicht sieht. «Was ist passiert?» Sie springt von ihrem Schreibtischstuhl auf und eilt auf mich zu. Vor mir bleibt sie stehen und sieht mich besorgt an.

«Ich ... ich habe gerade mit Marina telefoniert.»

Ihre Augen werden groß; ihr Blick ist jetzt erwartungsvoll. Denn sie weiß, welche Vereinbarung ich mit meiner Agentin getroffen habe. «Dann sind das gute Tränen. Oder?»

Ich nicke. «Zwei Verlage und eine Produktionsfirma haben ein Angebot gemacht.»

«Nein!»

«Doch!»

«Sie haben mein TikTok gesehen.»

«Natürlich haben sie das! Die ganze Welt hat es gesehen», sagt sie und zieht mich in eine Umarmung. «Ich freu mich so, so, so, so, so sehr für dich.»

«Danke!» Schniefend drücke ich sie zurück.

«Ich wusste, dass dieser Tag kommen würde. Das hab ich dir immer gesagt.» Ich höre die Rührung in ihrer Stimme, die nun leicht belegt klingt.

«Ja, das hast du.»

Sie gibt mir einen Kuss auf meine Haare, die ich aktuell glatt trage, um weniger Aufwand als mit meinen Afrolocken zu haben. Wir lösen uns voneinander, und ich blicke in blaue Augen, die mich anstrahlen, als sie lächelt. «Ich bin unglaublich stolz auf dich, Aminata Bonsu.»

«Danke.»

Ihr Grinsen wird breiter. «Nimmst du mich dann mit zur Filmpremiere?»

Mit dem Handrücken wische ich mir lachend die Tränen von den Wangen. «Noch hab ich nichts unterschrieben. Und es ist auch erst mal nur eine Option.»

Chiaras Augenbrauen ziehen sich zusammen. Ein finsterer, fast schon böser Ausdruck überlagert ihr Strahlen. «Hör sofort auf!»

«Womit?»

«Damit, diese fantastischen Neuigkeiten mit deinem Pessimismus und deinen Selbstzweifeln zu vergiften.»

Ich zucke mit den Schultern. «Ich ... hab nur Schiss, dass am Ende doch nichts daraus wird und ich dann wieder mit leeren Händen dastehe.»

«Das wird aber nicht passieren. Marina hätte dich niemals angerufen, wenn es keine verbindlichen Angebote wären. Und darunter auch noch ein Filmangebot. Wie krass ist das bitte?!»

«Eine Option auf die Filmrechte», korrigiere ich sie.

«Wie auch immer. Die Frage ist also nicht, *ob* du einen Vertrag bekommst, sondern nur bei wem.»

«Ja, ich schätze, das stimmt», gestehe ich und schüttle immer noch ungläubig den Kopf. «Oh Gott, Chiara. Das wäre ein Traum.»

«Bald ist es Realität. Und darauf stoßen wir jetzt an.»

«Haben wir denn was zum Anstoßen da?»

«Doch nicht hier. Wir gehen in die *Pocket Bar*. So was feiert man mit Cocktails! Na los, zieh dich um!» Sie scheucht mich aus ihrem Zimmer.

Ich unterdrücke ein Lachen und salutiere. «Aye, aye, Captain!»

KAPITEL 3

Alexander

Ich konnte die ganze Nacht kein Auge zumachen. Nicht ohne dieses Video vor mir zu sehen. Von mir als Einhorn-Gestaltwandler, mit dem alle Frauen Sex haben wollen, um ewig leben zu können. Wobei mich der Part mit dem Sex nicht mal stören würde, wenn ich dabei nicht so ein beschissenes Horn auf dem Kopf, Pferdebeine und Flügel auf dem Rücken hätte.

Wer zur Hölle denkt sich so einen Scheiß aus und missbraucht dazu auch noch meine Videos beziehungsweise Fotos? Wer auch immer die Autorin hinter diesem Account ist, scheint noch nie was von Copyright gehört zu haben oder komplett drauf zu scheißen. Ich habe die halbe Nacht versucht herauszufinden, wie ich sie kontaktieren kann, ohne mir selbst einen Account anlegen zu müssen. Vergeblich. Und obwohl ich jetzt bei TikTok angemeldet bin und ihr folge, kann ich sie nicht anschreiben, weil sie mir nicht zurückfolgt.

Maximal genervt und todmüde trete ich um neun meine Schicht im *Fitness Express* an. Die Vorstellung, dass mich vier Millionen Menschen als Einhorn gesehen haben, schlägt mir so auf den Magen, dass ich außer Kaffee nichts runterbekomme. Ich gebe mein Bestes, mir während des Fatburn-Kurses nicht anmerken zu lassen, wie

26

angepisst ich bin. Was mir auch gelingt. Bis ich am Ende des Kurses von zwei jungen Frauen angesprochen werde, die regelmäßig meine Kurse besuchen.

«Dürfen wir dich was fragen?», kommt es von der etwas kleineren, die sich gerade den Schweiß von ihrem roten Gesicht wischt.

«Klar», sage ich in der Annahme, es würde um eine der Übungen oder allgemein um die Themen Sport und Fitness gehen. Falsch gedacht.

«Kann es sein, dass wir dich in einem TikTok-Video gesehen haben?»

Großartig. Ich kann nicht mal zur Arbeit, ohne erkannt zu werden. Ich beiße die Zähne zusammen und presse ein «Schon möglich» hervor.

«Oh mein Gott», haucht sie und bekommt von der anderen mit den dunklen Haaren einen Ellenbogen-Stupser in die Seite.

«Siehst du. Ich hab doch gesagt, dass er das ist. Du schuldest mir zehn Euro.»

Echt jetzt?

«Wir lieben Fantasy-Geschichten und werden das Buch auf jeden Fall lesen. Wirst du auch auf dem Cover sein?» Die kleine Blonde sieht mich erwartungsvoll an.

«Nein!» Nur über meine Leiche, um genau zu sein.

«Schade. Aber wir kaufen es trotzdem», versichert die Blonde, als würden sie mir damit einen Riesengefallen tun. «Bis zum nächsten Mal, Alex.» Sie winken mir zur Verabschiedung zu.

«Bis dann.» Ich ringe mir ein Lächeln ab.

«Hab ich was verpasst?» Berna taucht hinter meinem Rücken auf, als wäre sie hergebeamt worden. Sie muss durch den Hintereingang des Kursraums geschlichen sein. «Wieso solltest du auf einem Cover zu sehen sein?», fragt sie, in ihren dunklen Augen ein neugieriges Funkeln.

Ich stöhne auf. «Es gibt da so ein dummes Video ...»

«Was denn für ein Video?»

Da es sowieso schon die halbe Welt gesehen zu haben scheint, ist es vermutlich nur eine Frage der Zeit, bis es auch hier auf der Arbeit die Runde macht. Also, was soll's?

Ich zücke mein Handy, um es ihr zu zeigen. Aber Simon, der in dieser Sekunde den Kursraum betritt, unterbricht uns.

«Das wirst du nicht glauben!» Er hält sein Telefon wie einen Pokal in die Höhe. Und obwohl er noch nicht ganz bei uns ist, verrät mir sein breites Grinsen und der Sound, mit dem dieses Einhorn-Video hinterlegt wurde, wovon er spricht. Der Raum wird von überdramatischer Orchestermusik und Chorgesang beschallt. «Herzlichen Glückwunsch, du bist ein TikTok-Star!» Lachend hält er mir das Handy mit dem Video vors Gesicht. «Wer ist jetzt das Einhorn?»

Ich schiebe seine Hand weg. «Ja, danke, ich hab's auch schon entdeckt. Und das ist nicht lustig, Mann!»

«Was ist nicht lustig?» Bernas fragender Blick zuckt von mir zu Simon, der ihr daraufhin sein Handy zeigt.

Keine Sekunde später prustet Berna los. «Oh mein Gott! Alex! Bist du das etwa?» Ihr Lachen hallt durch den ganzen Kursraum. Und mein bester Freund hat natürlich nichts Besseres zu tun, als den Text des Videos mit übertrieben theatralischer Stimme vorzulesen.

«Er ist das letzte Wesen seiner Art. Halb Mensch. Halb

Einhorn. Mit der streng gehüteten Gabe, Frauen ewiges Leben zu schenken. Alles, was er dafür tun muss, ist, einvernehmlich mit ihnen zu schlafen. Aber als seine Superkraft ans Licht kommt, beginnen Frauen Jagd auf ihn zu machen. Spannend, anders und hocherotisch. Ein Fantasyroman von Paige Turner.»

Jetzt, da ich den Namen der Autorin zum ersten Mal laut höre, fällt mir auch das Wortspiel auf. Pageturner. Wenn ich nicht so genervt wäre, müsste ich fast lachen. Der Name ist so schlecht, dass er schon wieder lustig ist und genau meinen Humor trifft. Oder heißt sie wirklich so?

«Oh mein Gott, Alex! Ich brauche dieses Buch.» Bernas Lachen hat sich inzwischen zu einem Kichern abgeschwächt. «Am besten als Hörbuch. Mit dir als Sprecher, Simon.»

«Ich glaube zwar nicht, dass ich bei so einer Storyline ernst bleiben könnte. Aber für dich würde ich es versuchen.» Simons Mundwinkel zucken.

«Wusstest du, worum es in dem Buch geht, als du das Video gedreht hast?» Schmunzelnd sieht Berna mich an.

«Ich habe das Video nicht gedreht! Keine Ahnung, wer diese Frau ist. Oder woher sie meine Bilder und Videos hat. Oder wie sie auf die Idee kommt, es wäre okay, sie einfach zu verwenden.»

«Oh ... Das ist natürlich nicht so toll. Dafür könntest du sie bestimmt verklagen.»

«Hab ich auch schon überlegt.»

«Im Ernst?» Simon sieht mich überrascht an. «Ich hätte nicht gedacht, dass dich das stört.»

«Würde es vermutlich auch nicht, wenn es nicht so die

Runde gemacht hätte.» Grundsätzlich habe ich ja gar kein Problem mit der Tatsache, dass mich Millionen Menschen oben ohne sehen. Nur eben nicht als Einhorn-Typ in einem Erotikbuch. Ich fahre mir durchs vom Fatburn-Kurs noch schweißfeuchte Haar. «Wenn es wenigstens ein cooles Video wäre. Mit mir als ... Actionheld oder so. Aber das hier ...» Energisch schüttle ich den Kopf. «Geht gar nicht.»

Berna kichert immer noch. «Dafür bist du jetzt so was wie eine Berühmtheit. Das kommt bestimmt bei Frauen gut an.»

«Bei Männern anscheinend auch.» Simon wackelt verheißungsvoll mit den Augenbrauen. Was von beiden vermutlich als Scherz oder Versuch, mich aufzubauen, gemeint ist, erinnert mich nur wieder daran, dass ich wegen dieses Videos gestern auf Tinder mehrere Körbe kassiert habe, weil mich die Frauen für einen Betrüger halten.

Als ich Simon später während der Mittagspause im Pausenraum davon erzähle, spuckt er vor Lachen fast seinen Salat aus.

«Das ist nicht lustig, Mann!»

«Doch, ist es! Die denken, dass du dich für einen Einhorn-Typen ausgibst. Der Tinder Swindler 2.0», prustet er. «Pass auf, dass du nicht gemeldet und dein Tinder-Account wegen Betrugs gesperrt wird.»

Ich unterdrücke ein Schmunzeln. Wenn ich ehrlich bin, hätte ich mich umgekehrt genauso über ihn lustig gemacht. «Wenn das so weitergeht, melde ich mich freiwillig ab. Was soll ich da noch, wenn mich niemand daten will?»

«Dann wirst du in Zukunft wohl auf die altmodische Art Frauen kennenlernen müssen. Kann ich nur empfehlen.» Sein Mund verzieht sich zu einem Grinsen, und er hat mal wieder diesen *Ich-denke-gerade-an-meine Freundin-und-bin-so-in-love*-Ausdruck in den Augen.

«Klar kannst du das. So hast du ja auch Alissa kennengelernt. Aber abgesehen vom Daten geht's mir ums Prinzip. Die kann nicht einfach meine Videos und Bilder klauen und ein TikTok daraus machen. Und dann auch noch eins, das meinen guten Ruf schädigt.»

Simon hebt zweifelnd die Augenbrauen. «Von welchem guten Ruf sprichst du?»

«Na den bei Frauen. Ich bin kein verdammter Catfish.»

«Stimmt.» Seine Mundwinkel zucken. «Du bist das letzte Einhorn.»

Mit einem Laut irgendwo zwischen Lachen und Knurren suche ich den Tisch, an dem wir sitzen, nach einem Wurfgegenstand ab. Ich finde einen der Werbekulis, pfeffere ihn auf Simon – und er prallt völlig wirkungslos an seiner Brust ab.

«Spar dir deine Energie lieber fürs Zocken morgen Abend auf. Hab sturmfrei, weil Alissa mit Calla und Leo verabredet ist.»

«Perfekt. Dann kannst du mir ja helfen herauszufinden, wie ich diese Autorin kontaktieren kann.»

«Was gibt es denn da herauszufinden? Schreib sie doch einfach auf TikTok an.»

«Geht nicht, wenn sie mir nicht zurückfolgt.»

«Im Ernst?»

«Hab's ausprobiert.»

Simon holt sein Handy hervor und scheint sich selbst

davon überzeugen zu wollen. Ist vielleicht ganz gut. Tik-Tok ist für mich komplettes Neuland, weshalb es durchaus sein kann, dass ich was übersehen habe. Irgendeine Einstellung oder Funktion, die man aktivieren kann. Er wischt und tippt ein paar Mal auf seinem Display rum. Ich zucke beinahe zusammen, als ich den Sound zu dem verdammten Video höre.

«Mach bitte den Ton aus, bevor ich noch einen Ohrwurm kriege.»

Simon streicht über den Rand des Handys, und die Musik verstummt. Dann widmet er sich wieder dem Bildschirm.

«Und? Wie sieht's aus?», frage ich hoffnungsvoll, aber Simon schüttelt den Kopf.

«Hast recht. Aber sie scheint eine Website zu haben und auch auf Instagram zu sein. Steht in ihrem Profil.»

Diesmal bin ich es, der sein Handy hervorholt, um sich das genauer anzuschauen. Tatsächlich. Ich war von dem Video gestern so geschockt, dass ich diese Infos komplett überlesen haben muss. «Auf Instagram hat sie nicht mal dreitausend Follower. Die Chancen, dass sie meine Nachricht liest, stehen also gar nicht mal so schlecht», sage ich, während ich durch ihre Bilder scrolle. Ich bin auf der Suche nach einem Foto von ihr, weil in keinem ihrer TikTok-Videos ihr Gesicht zu sehen war. Nicht dass die Farbe ihrer Augen oder die Form ihrer Nase meine Meinung über das Video ändern würde. Trotzdem wüsste ich gerne, mit wem ich es zu tun habe. Aber alles, was ich hier finde, sind Textauszüge aus irgendwelchen Büchern von ihr. Aber dann bleibe ich bei einem Post hängen. Einer Challenge.

Three Things. Nenn mir drei Dinge. Eine Wahrheit.
Eine Lüge. Und etwas, von dem du dir wünschtest, es
wäre wahr oder gelogen.
Das sind meine: Ich wurde schon mal betrogen. Ich
bin noch Jungfrau. Ich habe einen Buchvertrag.

Allein unter diesem Beitrag stehen so viele Kommentare, wie ich Follower habe.

Kurz ertappe ich mich bei dem Versuch, dieses Rätsel zu lösen, und überlege sogar, welche drei Dinge ich nennen würde, weil die Idee ziemlich cool ist. Aber dann besinne ich mich und schreibe ihr stattdessen eine Nachricht:

Hi, Paige. Hier ist deine «Muse» bzw. der Typ aus deinem TikTok-Video. Freut mich, dass dir meine Bilder und Videos so gut gefallen haben, dass du gleich einen ganzen Buchtrailer daraus machen musstest. Allerdings wäre es nett gewesen, du hättest mich vorher gefragt. Es gibt da nämlich so was wie Copyright. Kannst du das Video bitte löschen? Danke und LG, Alex

«Sorry, wenn ich jetzt den Boss raushängen lassen muss», höre ich Simon sagen und hebe den Blick. «Aber dein Spinning-Kurs beginnt in einer Minute.»

«Fuck! Kannst du den nicht machen?» Flehend sehe ich ihn an.

«Vor einer Woche hast du mich gebeten, dir so viele Kurse wie möglich zu geben, weil du die Kohle brauchst. Schon vergessen?»

«Nein.» Stöhnend rappele ich mich auf. Weil er recht hat. Ich habe mir erst vor Kurzem ein Auto zugelegt und brauche das Geld für den Umzug beziehungsweise die Einrichtung der neuen Wohnung. Da jeder Kurs dreißig Euro zusätzlich einbringt, kommt bei fünfzehn Kursen die Woche einiges zusammen.

«Hast du ihr geschrieben?» Er deutet mit dem Kinn auf mein Handy.

Ich nicke. «Mal sehen, was sie antwortet.»

Oder ob überhaupt.

KAPITEL 4

Aminata

Nein.

Nein, nein, nein, nein.

Übelkeit steigt in mir auf, als ich am Morgen eine Nachricht von einem gewissen Alex lese. Sie ist von gestern. Bis gerade eben war er für mich einfach nur ein namenloses Model aus Pinterest. Optisch mein perfekter Buchheld: hübsches, markantes Gesicht, dunkles volles Haar und durchtrainierter Körper. Genauso habe ich mir meinen Einhorn-Gestaltwandler Lucian vorgestellt und mir nichts beim Verwenden dieser Videos und Bilder gedacht. Weil alle Autorinnen und Autoren das so machen. TikTok, Instagram und YouTube sind voll von Buchtrailern wie meinen. Manche verwenden sogar Bilder von Stars.

Ich hingegen habe mir immerhin die Mühe gemacht, eine Person zu nehmen, die nicht berühmt ist. Wieso muss ausgerechnet jetzt, bei diesem Video, das mein Leben verändern könnte, dieser Typ daherkommen? Wenn ich dieses TikTok lösche, dann ... Nein. Das kann ich nicht machen. Nicht jetzt. Nicht, bevor ich den Verlagsvertrag unterschrieben habe. Dieses Video ist der Grund, warum die Verlage und die Produktionsfirma überhaupt erst auf mich aufmerksam geworden sind.

Aber was, wenn er mich verklagt? Wenn ich Tausende von Euro wegen einer Urheberrechtsverletzung zahlen muss? Oder kann man wegen so was sogar ins Gefängnis kommen? Ich bin ja nun keine Schwerverbrecherin. Aber selbst wenn ich *nur* Sozialstunden leisten müsste, um das Geld zusammenzukriegen, wäre das eine Katastrophe. Wie soll ich dann bitte Zeit zum Schreiben finden?

Die Buchstaben meines Manuskripts, an dem ich bis vor fünf Minuten noch geschrieben habe, fangen an, sich zu bewegen. Als würden sie ein Eigenleben führen. Wie immer, wenn Panik in mir aufsteigt, wird mir etwas schummerig. Ich atme ganz tief durch, um mich zu beruhigen. Dann lese ich seine Nachricht noch mal.

Dass er mir nicht direkt einen Anwalt auf den Hals gehetzt oder mit einem gedroht hat, ist ein gutes Zeichen. Oder? Vielleicht lässt er ja mit sich reden, wenn ich ihm alles erkläre. Wenn ich ihm sage, wie viel von diesem Video abhängt. Meine Existenz als Autorin. Mein Traum. Und damit gefühlt auch mein Leben. Wenn er halbwegs empathisch ist, wird er das verstehen.

Allerdings klingt seine Nachricht alles andere als sympathisch, sondern eher genervt. Aber ehrlicherweise wäre ich das an seiner Stelle auch gewesen. Gott, warum habe ich nicht einfach nach lizenzfreien Bildern und Videos gesucht? Oder welche gekauft? Okay, die Frage kann ich leicht beantworten. Weil ich jeden verdammten Cent zum Leben brauche – und ihn wollte. Diesen bestimmten Mann, von dem ich jetzt auch den Namen kenne. Alex.

Chiara war genauso schockverliebt in seine Ausstrahlung wie ich, als ich ihn ihr auf Pinterest gezeigt habe.

Trotzdem hätte sie mich als Jurastudentin und angehende Strafrechtlerin ruhig davon abhalten können, seine Bilder zu benutzen. Wobei ich zu ihrer Verteidigung gestehen muss, dass ich zu diesem Zeitpunkt noch gar nicht wusste, dass ich daraus ein TikTok machen würde.

Immer noch ratlos, was ich tun soll, sehe ich mich auf der Instagram-Seite von Alex um. Auf den wenigen Videos und Fotos, die ihn nicht bei irgendwelchen Work-outs zeigen, wirkt er wirklich nett. Weil er lächelt. Aber das muss nichts heißen. Für ihn bin ich irgendeine Fremde, die seine Bilder gestohlen hat. Keine Ahnung, was ich ihm als Antwort schreiben soll. Eine Entschuldigung wäre eigentlich angebracht. Aber dann hätte er ein schriftliches Schuldeingeständnis, was schlecht wäre, wenn es im Ernstfall vor Gericht ginge.

Unsicher, wie ich reagieren soll, schicke ich Chiara einen Screenshot von seinem Profil und eine Voicemail hinterher. «Mich hat dieser Typ hier angeschrieben und meint, ich hätte seine Bilder und Videos für mein TikTok verwendet. Was – so wie es aussieht – ja auch stimmt. Jetzt will er, dass ich es lösche. Aber wenn ich das tue, ist nicht nur die Reichweite weg, sondern bei meinem Pech auch das Interesse der Verlage. Aber wenn ich es nicht tue, bekomme ich vielleicht eine Anzeige. Oder sogar eine fette Geldstrafe, die ich nicht zahlen kann, und muss dann ins Gefängnis. Hilf mir!» Mit diesem dramatischen Finish schicke ich die Nachricht ab und spüre schon wieder mein Herz pochen.

Ich spiele mit dem Afrika-Anhänger meiner Goldkette – bis das Klingeln meines Handys Chiaras Anruf ankündigt. Sofort hebe ich ab.

«Es wird alles gut», ist das Erste, was von ihr kommt.

«Sagst du das, weil ich so panisch bin und du mich nur beruhigen willst oder weil du davon überzeugt bist?»

«Beides.» Ich höre das Grinsen in ihrer Stimme und schnaube.

Es gibt nicht viele Momente, in denen ich die ehrlich-direkte Art meiner Freundin verfluche. Aber das hier ist einer davon. «Was soll ich denn jetzt machen, Chiara?»

«Was sagt deine Agentin dazu?»

«Ich hab's ihr noch nicht erzählt. Sie ist immer sehr korrekt und würde mir wahrscheinlich dazu raten, das Video sofort zu löschen.»

«Wäre vermutlich das Vernünftigste. Aber ich kann verstehen, dass du das nicht machen willst. Und wenn du ihm deine Situation schilderst? Ihm sagst, wie wichtig dieses Video für deine Karriere ist?»

«Glaubst du, das interessiert ihn?»

«Keine Ahnung ... Wie schätzt du ihn denn ein?»

«Ich kenne ihn nicht. Aber nach dem, was er mir geschrieben hat, klang er sehr genervt. Und so als würde er gar nicht mit sich reden lassen.» Seufzend erhebe ich mich von meinem Schreibtischstuhl und laufe in meinem Zimmer auf und ab. Von der Tür zum Fenster und wieder zurück, während ich Chiara erzähle, was mir durch den Kopf geht. «Was, wenn es ihn nur noch wütender macht, sobald ich ihm erkläre, warum ich das Video nicht löschen möchte? Ob ich es riskieren kann, ein bisschen Zeit zu schinden? Oder meinst du, er erstattet direkt Anzeige, wenn ich mich erst in ein paar Tagen bei ihm melde? Sollte ich mich vielleicht sogar juristisch beraten lassen beziehungsweise doch vorher mit Marina sprechen, bevor ich überhaupt auf seine Nachricht antworte?»

«Ich würde sagen, da ist Recherche angesagt.»

Ich runzele die Stirn. «Was?»

«Du musst rausfinden, wie er so tickt, damit du ihn besser einschätzen kannst.»

«Und wie soll ich das bitte anstellen?»

«Laut seinem Profil arbeitet er im *Fitness Express*. Da war ich schon mal angemeldet. Du könntest ja ein Probetraining bei ihm buchen und ihn ein bisschen abchecken. Dafür brauchst du keine Mitgliedschaft. Ich glaube, die bieten sogar 'ne komplette Testwoche an.»

«Du meinst, ich soll ihn mit meinem Charme um den Finger wickeln, um ihn dann emotional erpressen zu können? Ernsthaft?»

«Das habe ich eigentlich nicht gemeint. Wäre aber natürlich auch eine Variante.» Ihr Lachen dringt an mein Ohr. «Dazu müsstest du dann aber irgendwann deine Identität preisgeben.»

«Stimmt.» Aber solange nicht sicher ist, dass ich nie wieder in meinen Bürojob zurückmuss, will ich definitiv anonym bleiben. Aus genau diesem Grund habe ich weder Fotos noch Videos von mir auf meinen Social-Media-Accounts. Dieser Alex würde also niemals erfahren, dass wir uns schon gegenüberstanden, wenn ich Chiaras Vorschlag folge. Und, na ja, man sollte immer wissen, wer seine Feinde sind, oder? «Okay, ich mach's», sage ich kurz entschlossen.

«Ihn um den Finger wickeln?»

«Ihn abchecken, damit ich ihn besser einschätzen

kann. Wenn er ein Arsch ist, suche ich mir am besten direkt einen Anwalt.»

«Und wenn er nett ist ... schreibst du ihm eine herzzerreißende Nachricht, in der du ihn um Gnade anflehst?»

«So ähnlich ...» Ich verziehe unsicher das Gesicht. «Der Plan hat Lücken, oder?»

«Einen Versuch ist es wert. Und wenn es in die Hose geht, hast du einen supercoolen Plot für eins deiner nächsten Bücher.»

Ich lache. Typisch Chiara, die ewige Optimistin.

«Wann gehst du hin?»

Ich werfe einen Blick auf die Uhr. Es ist kurz vor zehn. «Jetzt gleich. Aufs Schreiben kann ich mich eh nicht mehr konzentrieren. Und wenn ich schon mal da bin, dann will ich auch trainieren. Darf ich mir Sportklamotten aus deinem Schrank nehmen? »

«Alles, was du brauchst, um diese Schlacht zu gewinnen, Mina.»

Schnaubend schüttele ich den Kopf über meine beste Freundin. «Ich ziehe doch nicht in den Krieg. Das ist ein ganz harmloses kleines Unterfangen. Zu Recherchezwecken.»

Nur dass mich dieses harmlose kleine Unterfangen körperlich an meine Grenzen bringen wird, wie ich eine Stunde später feststellen muss.

* * *

Bewaffnet mit Nervennahrung und einer Sporttasche, in der sich ein Handtuch, schwarze Tights, ein weißes Top und Sportschuhe befinden, mache ich mich auf den Weg.

Eine etwas längere Bahnfahrt und einen fünfminütigen Fußmarsch später stehe ich vor dem Eingang des Fitnessstudios und schlucke den letzten Bissen meines Schokoriegels runter.

Während der Fahrt hierher war ich noch total motiviert. Aber als ich durch das Fenster all die Cardio-Geräte sehe, fällt mir wieder ein, warum ich noch nie in einem Fitnessstudio angemeldet war. Wer kam eigentlich auf die glorreiche Idee, Laufbänder und Stepper an der Fensterfront in Reihe zu positionieren? So kann wirklich jeder, der hier vorbeigeht, einem beim Schwitzen zusehen.

Ich nehme definitiv eines der hinteren Geräte, denke ich, als ich den Laden betrete. Am Empfangstresen bleibe ich stehen und sehe mich um. Das Studio ist ziemlich leer, was vermutlich daran liegt, dass die meisten Menschen vormittags unter der Woche arbeiten. Auf der Suche nach einem Typen, der dieser Alex sein könnte, lasse ich meinen Blick durch den Raum schweifen. Kein Alex in Sicht. Dafür aber eine junge Frau, die hier zu arbeiten scheint. Sie kommt zielstrebig auf mich beziehungsweise den Tresen zu, während sie mich freundlich anlächelt. Ich lächele zurück.

«Hi, wie kann ich dir helfen?», fragt sie und geht hinter den Tresen.

«Ich bin neu hier und würde gerne eine ...» Wie hatte Chiara das vorhin genannt? «... eine Schnupperwoche bei euch machen.»

«Gerne. Ich bin sofort für dich da.» Sie verschwindet hinter der Tür eines Raums, vermutlich ein Büro, und kehrt mit einem Tablet wieder zu mir zurück. Sie tippt irgendwas darauf ein, bevor sie aufsieht. «Dann komm mal mit.»

Ich folge ihr in denselben Raum, tatsächlich ein Büro, und nehme ihr gegenüber an einem Schreibtisch Platz.

«Warst du denn schon mal Mitglied in einem Fitnessstudio?»

«Nein.» Keine Ahnung, warum ich so kleinlaut klinge. Als wäre es verwerflich, keinen Sport zu machen und sich auch ohne regelmäßige Work-outs in seinem Körper wohlzufühlen. Trotz der paar Liebeskummerpfunde, die sich seit der Trennung auf meine Hüften und Schenkel geschlichen haben. Der einzige Grund, weshalb ich öfter mal darüber nachgedacht habe, regelmäßig Sport zu machen, ist das ständige Sitzen am Rechner. Mein Rücken würde es mir danken.

«Machst du anderen Sport?»

Ich schüttle den Kopf. «Aber ich würde gerne aktiver werden.» Das ist nicht mal gelogen. Nur liegt zwischen wollen und es dann auch tatsächlich durchziehen ein Schweinehund namens Ich-hab-keinen-Bock.

«Dann bist du hier genau richtig.» Sie reicht mir einen Fragebogen, den ich kurze Zeit später ausgefüllt zurückgebe.

Sie wirft einen kurzen Blick drauf. «Okay, Aminata. Was hast du dir denn als Ziel gesetzt?»

Herausfinden, wie einer deiner Arbeitskollegen so tickt. «Ähm … Ich möchte einfach ein bisschen fitter werden. Außerdem sitze ich beruflich sehr viel und hätte gerne einen Ausgleich.»

«Verstehe», sagt sie lächelnd und lässt ihre Finger über den Touchscreen des Tablets gleiten. «Dann stelle ich dir gleich mal deinen Probe-Trainingsplan zusammen, den wir bei deiner ersten Stunde gemeinsam durchgehen. Dieses Training wird zu gleichen Teilen Kraft- und Ausdauerelemente enthalten. Damit dürftest du in zwölf Wochen schon erste Ergebnisse erzielen.»

Zwölf Wochen. Ich versuche, mir nicht anmerken zu lassen, dass ich überhaupt nicht vorhabe, regelmäßig herzukommen. Mich streift ein schlechtes Gewissen, weil sie sich umsonst die Mühe macht. Also rede ich mir ein, dass es sich bestimmt um einen 08/15-Standard-Trainingsplan handelt, den sie einfach nur auszudrucken braucht. Außerdem wird sie dafür bezahlt. Folglich gibt es keinen Grund, mich mies zu fühlen. «Wäre es möglich, das Probetraining bei deinem Kollegen Alex zu machen? Der wurde mir empfohlen», schiebe ich als Erklärung hinterher. Damit sie es nicht persönlich nimmt.

«Ach …» Einen Moment lang wirkt sie irritiert. Trainerwünsche werden wohl nicht oft geäußert. «Ich habe keinen Zugriff auf seinen Terminplan. Aber das sollte eigentlich klappen.»

«Danke.»

«Kein Problem.» Ihr Blick ist auf das Tablet gerichtet. «Hmmm … Also morgen könnte ich dir eh kein Probetraining anbieten. Ich frage Alex gleich mal, wann es ihm passt.» Mein Herz schlägt automatisch schneller bei diesem Satz. Er ist also da. «Aber in vierzig Minuten beginnt der Fatburn-Kurs. Ein Mix aus Kraft und Ausdauer. Schau gerne vorbei, und wenn das was für dich ist, integriere ich ihn in deinen Trainingsplan.»

«Klar, warum nicht. Wenn der für Anfänger geeignet ist.»

«Absolut!» Eifrig nickend fährt sie fort: «Der Kurs ist zwar nicht ohne, aber für jedes Fitnesslevel geeignet. Es wird zu Beginn auch immer gefragt, wer ihn zum ersten Mal macht. Heb da einfach die Hand, dann weiß der Trainer Bescheid.»

«Okay.» Ich lächele erleichtert.

«Gut! Dann zeige ich dir erst mal den Fitnessbereich. Die Geräte bekommst du bei deinem Probetraining erklärt.» Sie erhebt sich, weshalb auch ich aufstehe. «Für heute genügt ein zehn- bis zwanzigminütiges Warm-up auf einem der Cardio-Geräte. Bist du eher der Laufband- oder Stepper-Typ?»

Couch-Typ zählt als Antwort vermutlich nicht. «Weder noch», gebe ich zu. «Was ist denn anstrengender?»

Lachend geht sie voraus und antwortet: «Dann erklär ich dir erst mal den Stepper.»

Ich verlasse nach ihr das Büro, und wir bleiben am halbkreisförmigen Empfangstresen stehen.

Sie deutet auf einen Flur, der rechts vom Eingangsbereich abgeht. «Die Umkleiden findest du dorthinunter. Zieh dich um, und wir treffen uns in zehn Minuten wieder hier, okay?»

Ich nicke, folge ihrer Wegbeschreibung und gehe mich umziehen. Fünfzehn Minuten später stehe ich in Chiaras schwarzen Tights und einem weißen Top auf dem Crosstrainer und befolge die Ratschläge der Trainerin. Gleichmäßiger Tritt und den Oberkörper ganz leicht nach vorn gebeugt.

Läuft doch!, denke ich nach fünf Minuten und: *Ich kann nicht mehr!*, nach weiteren acht. Ab der ersten Sekunde Vollgas zu geben, war eine absolute Schnapsidee.

Mein Kopf fühlt sich an wie ein Dampfkessel. Schweißperlen rinnen mir die Schläfen und den Rücken hinunter. Ich könnte schwören, selbst zwischen den Pobacken zu schwitzen. Keuchend führe ich mein Handtuch ans Gesicht, um es trocken zu wischen. Und als ich es wieder runternehme, steht vor mir ein Typ.

Groß. Dunkelhaarig. Breitschultrig. Mit markanten Gesichtszügen, die ich auf Anhieb wiedererkenne.

Lucian. Schrägstrich Alex.

Und er sieht live sogar noch besser aus.

Vermutlich hat ihn die Trainerin zu mir geschickt. Aber muss er ausgerechnet dann auftauchen, wenn ich aus dem letzten Loch pfeife und Sturzbäche schwitze?

«Hi.» Volle feste Lippen verziehen sich zu einem Grinsen, das nicht nur meinen gleichmäßigen Tritt kurz ins Stocken geraten lässt. «Mir wurde ausgerichtet, dass du mich als Trainer haben willst.»

KAPITEL 5

Alexander

Steffi hätte mich ruhig mal vorwarnen können, dass die Kundin genauso schön ist wie ihr Name. Ich hoffe nur, dass sie mich nicht als Trainer haben möchte, weil sie dieses verdammte Video gesehen hat. Abwartend blicke ich in ihre großen dunklen Augen.

«Ähm ... hi. Ja ... das stimmt.» Sie wischt mit dem Handtuch über ihr Gesicht und den Hals, an dem sie eine goldene Kette trägt. Mit einem Anhänger in Form des afrikanischen Kontinents, der meinen Blick kurz auf ihr Dekolleté lenkt.

Ich lasse meinen Blick zurück zu ihrem hübschen Gesicht wandern. «Freut mich. Und wie bist du auf mich gekommen?» Ich versuche so neutral wie möglich zu klingen.

«Meine beste Freundin ... Sie ... hat hier mal trainiert.»

Mich durchströmt Erleichterung, weil weder das Wort Video noch TikTok gefallen ist. «Dann habe ich wohl einen ganz guten Job gemacht, auch wenn deine Freundin nicht mehr bei uns angemeldet ist.»

«Aber ... das hat bestimmt nicht ... mit dir zu ... tun», sagt sie schwer atmend und lächelt.

«Puh. Dann bin ich beruhigt.» Ich tue so, als würde ich mir erleichtert Schweiß von der Stirn wischen. Sie hingegen schwitzt tatsächlich. Und weil ich es selbst nervig finde, während des Trainings vollgequatscht zu werden, beende ich das Gespräch. «Dann lass ich dich jetzt mal in Ruhe. Komm, bevor du gehst, einfach zum Tresen. Dann legen wir einen Termin für das Probetraining fest. Bis gleich – du kommst doch noch zum Fatburn-Kurs, oder?»

Sie zögert. Etwa meinetwegen?

«Keine Sorge, ich werde dich schon nicht so hart rannehmen.»

«Dazu kennen … wir uns … auch noch nicht lange genug», antwortet sie so trocken, dass ich auflachen muss. Der Spruch ist so flach und trifft gerade deshalb genau meinen Geschmack.

«Sorry, so war das natürlich nicht gemeint. Ich geh mal besser, bevor ich noch mehr Dinge sage, die ich nicht so meine.»

Belustigung bringt ihre Augen zum Funkeln. Womöglich sehe ich sie gleich doch noch im Kurs, was gut wäre, um ihr Fitnesslevel besser einschätzen zu können. Je mehr ich darüber weiß, desto besser fürs Probetraining. Wobei ich nichts dagegen hätte, sie auch darüber hinaus kennenzulernen.

* * *

Fünfzehn Minuten später betrete ich den Kursraum. Ich schreite an der durchgezogenen Spiegelwand vorbei und begebe mich auf die Empore. Von der Anlage zu meiner Linken nehme ich ein Headset inklusive Mikro und setze es auf.

«Herzlich willkommen zum Fatburn-Kurs.» Meinen

Blick lasse ich bei der Begrüßung über die Teilnehmenden schweifen – und entdecke Aminata links außen in der vorletzten Reihe. Als ob sie sich vor mir verstecken wollte.

«Ist jemand von euch zum ersten Mal hier?»

Aminata und vier weitere heben die Arme.

«Alles klar. Für diejenigen unter euch, die mich noch nicht kennen: Ich heiße Alex und leite diesen Kurs. Alles, was ihr braucht, um mitzumachen, ist ein Stepper, ein Paar Kurzhanteln und Durchhaltevermögen. Wir werden mit einer kurzen Aufwärmphase beginnen und dann direkt in den Ausdauerteil übergehen. Anschließend folgt ein Kraftpart, und danach fordere ich wieder eure Kondition. Ich werdet zwischendurch genug Zeit haben, um euch zu lockern und was zu trinken, aber ...», wie immer mache ich an dieser Stelle eine bedeutungsschwere Pause, «... bleibt in Bewegung. Nicht stehen bleiben oder hinsetzen! Versucht euch an meine Zeitvorgaben zu halten. Macht die Übungen lieber etwas langsamer, dafür aber gründlich und sauber, okay?»

Vereinzelt nickende Köpfe sind die Antwort.

«Ach, und noch was: Wer merkt, dass der Kurs nichts für sie oder ihn ist, kann natürlich jederzeit gehen. Gleiches gilt für diejenigen, die meinen, der Typ, der hier oben so rumbrüllt, geht gar nicht.»

Keine Ahnung, warum mein Blick automatisch den von Aminata sucht. Sie ist gerade damit beschäftigt, ihren hohen Zopf strammer zu ziehen. Als hätte sie Sorge, dass ihre Frisur meinem Kurs nicht standhält.

«Aber ich hoffe, es macht euch Spaß. Also lasst uns loslegen!», rufe ich ins Mikro und klatsche dabei einmal kräftig in die Hände. Ein Ritual, das sich über die Zeit eingeschlichen hat. Ich drehe die Musik auf, zähle bis drei runter und starte den Kurs mit simplen Seitwärtsschritten im Takt zum elektronischen Beat. Mit Adleraugen verfolge ich jeden Schritt der Teilnehmenden. Besonders die Neuen, wobei ich Aminata etwas mehr im Blick habe.

Sie macht sich gut, bleibt im Takt und gibt richtig Vollgas, wirkt routiniert. Als könnte sie die Schritte und Übungen im Schlaf. Zwanzig Minuten später sehen ihre Bewegungen jedoch nicht mehr so rund aus. Ihre Füße verlassen beim Jumping Jack kaum noch den Boden.

Aber darauf kann ich keine Rücksicht nehmen und brülle: «Füße hoch! Ich will euch springen sehen, Leute! Acht!»

Jede Wette, dass Aminata mich gerade verflucht.

«Kommt schon! Zieht durch! Letzter Durchgang! Sieben! Sechs! Fünf!», schreie ich – auch als Motivation für sie.

Nur hat das keinerlei Wirkung. Was auch immer ihre Beine und Arme da veranstalten, hat mit koordinierten Bewegungen nichts mehr zu tun. Wie ein Fisch, der an Land gespült wurde, schnappt sie nach Luft.

Ich runzele die Stirn. *Da stimmt doch was nicht.*

Ihre braune Haut wirkt beinahe gräulich, während sie flach und hektisch atmet, als sei sie kurz davor zu kollabieren. Sie unterbricht die Übung, bleibt stehen und stützt, nach vorn gebeugt, die Hände auf ihren Oberschenkeln ab. Absolut kontraproduktiv bei Luftmangel. Der Drang, nach ihr zu sehen, lässt mich fünf Minuten früher als geplant die Pause einlegen.

«Okay, geschafft! Erholt euch kurz. Trinkt was, aber

bleibt in Bewegung», ordne ich an und nutze die Unterbrechung, um Aminatas Zustand aus der Nähe zu betrachten. Ich bin gerade von der Empore runter, als ich sehe, wie sie bei dem Versuch, sich wieder aufzurichten, ins Wanken gerät. Ihr Körper verliert komplett an Spannung und ...

Fuck!

Ich lege einen rekordverdächtigen Sprint hin, während sie im Zeitlupentempo in sich zusammensackt. In letzter Sekunde gelingt es mir, Aminata aufzufangen und einen Aufprall mit dem Fußboden zu verhindern. Benommen lehnt sie an meiner Brust, in der mein Herz vor Sorge die Schlagzahl verdoppelt.

«Aminata?!» Ich reiße mir das Headset vom Kopf, lege sie vorsichtig auf den Rücken, und Erleichterung flutet mich, als sie flatternd die Augen öffnet. Mit glasigem Blick sieht sie zu mir hoch. Ich umfasse vorsichtshalber ihr Handgelenk und fühle ihren Puls.

«Sollen wir einen Krankenwagen rufen?», dringt die Stimme einer Kursteilnehmerin an meine Ohren. Ich blicke kurz nach rechts und bemerke erst jetzt die Menschentraube um uns.

«M-mir ... geht's gut ...», kommt es mit dünner Stimme von Aminata.

«Bist du sicher?», frage ich, weil ihr Teint noch immer einen ungesunden Grauton hat.

«M-hm.»

Aminata zittert, ihr Kreislauf ist eindeutig am Boden. Der Schweiß, der ihr aus allen Poren schießt, dürfte nicht nur den Übungen geschuldet sein. Ich ahne, was los ist, und frage mit ausgestreckter Hand: «Hat mal jemand was zu trinken?» Keine Sekunde später werden mir fünf Flaschen gleichzeitig ins Sichtfeld gehalten. Ich schnappe mir die vollste. Das nächstbeste Handtuch landet zusammengeknüllt unter Aminatas Kopf, bevor ich vorsichtig ihren Nacken umfasse, um ihr beim Trinken zu helfen.

Ein «Danke» murmelnd, greift sie nach der Flasche und besteht darauf, sie selbst zu halten. Wie das gehen soll, ist mir ein Rätsel, denn ihre Finger zittern wie Espenlaub. Aber sie kriegt es tatsächlich hin, ohne sich das Wasser übers Gesicht zu schütten oder sich zu verschlucken.

«Hast du heute schon was gegessen?», frage ich anschließend und stelle erleichtert fest, dass ihr Gesicht allmählich wieder eine normale Farbe annimmt.

Statt zu antworten, versucht Aminata, sich aufzurichten.

«Das halte ich für keine gute Idee.» Aber sie ignoriert meinen Einwand, weshalb ich ihr unter die Arme greife, um sie zu stützen. Allerdings ist ihr Stand so wackelig, dass ich beschließe, sie zu tragen.

«Komm her!» Ich lege einen Arm um ihre Schultern, und mit dem anderen unter ihren Knien hebe ich sie hoch.

«Ich … kann alleine gehen.»

Diesmal bin ich es, der ihren halbherzigen Protest ignoriert. «Das sehen deine Beine aber anders», sage ich und wende mich dann etwas lauter an die übrigen Teilnehmenden. «Ich hoffe, ihr versteht, wenn wir den Kurs an dieser Stelle unterbrechen.»

«Nein. Mach weiter», kommt es mit schleppender Stimme von Aminata. «Sonst habe ich ein schlechtes Gewissen.»

«Das brauchst du nicht. Es sei denn, du hast dich absichtlich zu Boden fallen lassen, um herauszufinden, wie es ist, von mir getragen zu werden.» Ein Scherz, der ein winziges, wenn auch kraftloses Lächeln auf ihre vollen Lippen lockt.

«So toll bist du auch wieder nicht.»

«Aha. Aber ein bisschen schon, was?»

Schnaubend umklammert sie meinen Nacken und fragt: «Wo bringst du mich hin?»

«Auf die Liege im Notfallraum. Da bekommst du erst mal einen Power-Riegel. Danach sehen wir weiter.»

«Klingt gut.»

Dann schmiegt sie ihren Kopf an meine Brust, und plötzlich bin ich es, der weiche Knie hat.

KAPITEL 6

Aminata

D u musst mich nicht nach Hause fahren», sage ich zum gefühlt hundertsten Mal, während ich Alex zum Hinterausgang des Fitnessstudios folge, wo sich anscheinend die Parkplätze befinden.

«Da deine Freundin nicht ans Handy geht und es auch sonst niemanden gibt, der dich spontan abholen könnte, sehe ich das anders.»

Chiara ist tatsächlich die Einzige, die alles stehen und liegen lassen würde, um mir zu helfen. Blöderweise meldet sich bei ihr nur die Mailbox. Und solange ihr Handy aus ist, wird meine Nachricht nicht zu ihr durchgestellt. Eine Taxifahrt nach Eimsbüttel würde mich locker fünfzig Euro kosten, die ich mir momentan nicht leisten kann.

Ich schiebe mein Handy zurück in meine Manteltasche und schnaube unzufrieden. Eher mit mir selbst als mit Alex. Weil meine Undercover-Mission überhaupt nicht so läuft, wie ich es mir vorgestellt habe. Ja, ich wollte herausfinden, wie Alex so drauf ist, aber ganz sicher nicht, indem ich in seinem Kurs umkippe, dieser deswegen abgebrochen werden muss und mich Alex nach Hause bringt. Ihm nicht zu sagen, wem er gerade so fürsorglich hilft, kommt mir dermaßen manipulativ vor. Und je

53

länger ich schweige, desto mieser fühlt sich diese ganze Aktion an.

Unentschlossen versuche ich ihm meine Sporttasche abzunehmen, die er beim Verlassen des Notfallraums wie selbstverständlich an sich genommen hat. «Dann lass mich wenigstens meine Klamotten selber tragen.»

«Auf die fünf Meter kommt es jetzt auch nicht mehr an.» Alex hält die Tasche so, dass ich nicht mehr rankomme, öffnet mit der anderen Hand die Tür zum Hinterausgang und bedeutet mir mit dem Kinn vorzugehen. Auf dem Parkplatz holt er seinen Schlüssel raus und entriegelt einen schwarzen VW mit der Funkfernbedienung.

Doch statt Alex zu seinem Auto zu folgen, unternehme ich einen weiteren Protestversuch und bleibe stehen. Mit den Armen vor der Brust verschränkt – weil ich unter dem Mantel, den ich über den verschwitzten Sportklamotten trage, friere und weil ich so hoffentlich entschiedener wirke. «Ich möchte aber nicht, dass du meinetwegen alles stehen und liegen lässt. Vorhin im Kurs vor allen umzukippen, war mir schon unangenehm genug.»

Alex verstaut meine Trainingstasche im Kofferraum und schüttelt den Kopf. «Das Thema hatten wir doch schon abgehakt.»

«Meinen Haken habe ich da aber nicht druntergesetzt.»

«Ich fahre dich nach Hause. Ende der Diskussion. Also steig ein!», befiehlt er. Sein Kiefer ist derart angespannt, dass seine Gesichtszüge plötzlich nur noch aus harten Kanten und scharfen Linien zu bestehen scheinen. Er kommt auf mich zu, mit einem Blick, so finster, fast schon böse …

Also eins ist klar: Wenn er so drauf ist, steige ich auf keinen Fall zu ihm ins Auto. «Du kannst mich nicht zwingen!», stelle ich klar und rühre mich nicht vom Fleck.

Er baut sich vor mir auf und sieht auf mich herab. Ich muss meinen Kopf in den Nacken legen, um in sein attraktives Gesicht sehen zu können. Der düstere Ausdruck in seinen Augen verschwindet nicht, aber darin spiegelt sich auch echte Sorge, was mir fast ein bisschen übertrieben vorkommt – bis Alex zu sprechen beginnt ...

«Meine Ex ist auf einer Party zusammengebrochen. Ihr ist wie dir vorhin schwarz vor Augen geworden, und sie war kurze Zeit später wieder ansprechbar und scheinbar fit. Sie hatte wohl zu wenig getrunken und gegessen. Ich war nüchtern und bot an, sie nach Hause zu fahren. Aber sie wollte weiterfeiern. Also sind wir geblieben. Am nächsten Tag ...» Sein Blick löst sich von meinem, schweift an mir vorbei in die Ferne. «War sie nicht mehr da. Ihr kleiner Schwächeanfall war eine Hirnblutung», sagt er sachlich, beinahe nüchtern. Wie ein Nachrichtensprecher. Nur das harte Schlucken und der Ausdruck in seinen Augen zeugen von seinem Schmerz.

Während er weiterspricht, läuft es mir immer wieder eiskalt den Rücken runter.

«An der Hirnblutung selbst hätte ich nichts ändern können, aber wenn ich darauf bestanden hätte, sie nach Hause zu fahren, dann wäre mir vermutlich aufgefallen, dass sie sich nicht wegen des Alkohols übergeben oder so wirres Zeug erzählt hat. Dann wären wir ins Krankenhaus gefahren, und vielleicht wäre sie heute noch da.» Nun sieht er mir wieder in die Augen und holt tief Luft, als hätte er hundert Kilo gestemmt.

Ich muss ihn nicht kennen, um zu wissen, dass es unheimlich Kraft gekostet haben muss, über diese traumatische Erinnerung zu reden. Noch dazu mit einer Fremden.

«Du hast recht, Aminata. Ich kann dich nicht zwingen. Aber ich kann dich darum bitten, dich von mir nach Hause fahren zu lassen, damit ich weiß, dass ... du okay bist. Auch auf die Gefahr hin, dass du mich jetzt für einen überfürsorglichen Freak hältst und das Probetraining cancelst.» Ein unbeholfenes Lächeln legt sich auf seine Lippen, und seine Wangen werden rot. Als wäre ihm gerade bewusst geworden, wie sehr er sich mir geöffnet hat. Vermutlich hat er deshalb diesen Witz hinterhergeschoben. Um davon abzulenken, und das finde ich ... süß.

«Okay.» Ich erwidere sein Lächeln. «Du darfst mich sehr gerne nach Hause fahren, Alex.»

Sein Atem streicht warm über mein Gesicht, als er ihn ausstößt.

Eigentlich möchte ich noch mehr sagen. Dass er keine Schuld am Tod seiner Ex hat. Dass mir sein Verlust unfassbar leidtut. Und dass ich die Person bin, die aus seinen Fotos und Videos dieses TikTok gemacht hat. Stattdessen teile ich ihm kurz darauf lediglich meine Straße und Hausnummer mit, damit er beides ins Navi seines Handys eingeben kann.

Die ganze Fahrt über bin ich still. Alex ist nicht minder schweigsam, was aber vermutlich mit der Erinnerung an seine Ex zusammenhängt. Und ich hasse es, dafür verantwortlich zu sein. Ich hätte ihm gestern einfach auf seine Nachricht antworten sollen, anstatt mich wie die Hauptakteurin eines schlechten Spionagefilms aufzuführen. Während ich über mich selbst den Kopf schüttele, vibriert mein Handy in der Manteltasche. Ich hole es hervor und sehe das Kontaktbild von Chiara auf dem Display.

«Es geht mir gut!», ist das Erste, was ich sage, damit sie beruhigt ist.

«Gott sei Dank. Ich hab mich sofort ins Auto gesetzt und bin losgefahren. Bist du noch im Fitnessstudio?»

«Nein. Ich ... werde gerade nach Hause gefahren.» Hoffentlich klingt meine Stimme nicht wirklich so seltsam, wie sie sich für mich anhört. Unauffällig schiele ich zu Alex, der sich zumindest augenscheinlich auf den Verkehr konzentriert.

«Von wem?»

«Einem der Trainer.»

«Etwa von *dem* Trainer?», flüstert sie.

«M-hm.»

«Oh mein Gott, Mina. Wie ist es denn dazu gekommen?», fragt sie mich allen Ernstes mit gesenkter Stimme. Ihr muss doch klar sein, dass ich darüber jetzt unmöglich reden kann. Was ihr aber in der nächsten Sekunde selbst auffällt: «Ach Mist, er sitzt ja neben dir.»

«Genau, aber ich bin in fünf Minuten da. Und du?»

«In fünfzehn.»

«Alles klar, dann bis gleich. Und danke, dass du sofort losgefahren bist, Chiara.» Wir legen auf, und ich bete zu Gott, dass meine Freundin leise genug geflüstert hat. Als ich diesmal in Alex' Richtung schaue, treffen sich unsere Blicke.

«Dann brauche ich ja nicht mit hochzukommen.» Was ich im ersten Moment für einen Witz halte, scheint sein voller Ernst zu sein. Denn es deutet nichts an seiner

Mimik darauf hin, dass er einen Scherz gemacht haben könnte. Klar. Wie hätte er auch sonst sicherstellen können, dass es mir nach meinem Schwächeanfall gut geht. Keine Ahnung, ob ich das nett oder merkwürdig finden sollte. Ich meine, wie seltsam wäre es bitte gewesen, einen praktisch Fremden in unsere Wohnung zu lassen? Wobei das bei einem One-Night-Stand nicht anders ist. Vielleicht hatte ich deshalb noch nie einen. Vielleicht ist aber auch die siebenjährige Beziehung mit meinem verdammten Ex daran schuld, dass ich nie eine Wilde-Party-Phase hatte. Ich wünschte, ich hätte damals, als wir uns kennenlernten, gewusst, dass Jacob mich nicht nur betrügen, sondern auch noch einen Tag, nachdem ich blöde Kuh ihm das verziehen habe, Schluss machen würde. Dann hätte ich heute nicht das Gefühl, sieben Jahre meines Lebens komplett verschwendet zu haben. Und ich hätte bestimmt mehr als nur einen Sexpartner vorzuweisen. Nicht dass es darauf ankommen würde, aber trotzdem.

Alex kommt vor dem roten Haus, in dem Chiara und ich unsere Wohnung haben, langsam zum Stehen.

«Danke, dass du mich gefahren hast. Und sorry für ... die Umstände», sage ich. Mit «Umstände» meine ich die Tatsache, dass ich nicht ehrlich zu ihm war. Er wird vermutlich niemals erfahren, wer ich bin. Es sei denn, wir ziehen vor Gericht – was ich mir allerdings nicht vorstellen kann. Denn so, wie ich ihn kennengelernt habe, bin ich sicher, dass er nicht darauf bestehen wird, das Video zu löschen, wenn er weiß, was für mich auf dem Spiel steht.

«Hör auf, dich zu entschuldigen. So was kann jedem

passieren. Wenn sich jemand entschuldigen muss, dann bin ich das.»

Verwundert begegne ich seinem entschuldigenden Blick. «Was? Wofür denn bitte?»

«Dass ich dir die Sache mit meiner Ex erzählt habe, um ... um zu bekommen, was ich will. Mir ist während der Fahrt klar geworden, wie ... unangebracht und manipulativ das war. Dass es mir dabei um deine Sicherheit ging, macht es nicht besser. Ich ... ich hätte akzeptieren müssen, dass du nicht von mir gefahren werden willst. Es tut mir echt leid.»

Ein Welpenblick ist nichts im Vergleich zu dem Ausdruck in Alex' dunklen Augen. Noch nie hat mich die Entschuldigung eines Fremden so ... verwirrt und gleichzeitig gerührt. Wobei Letzteres das falsche Wort ist, aber ein besseres fällt mir gerade nicht ein.

«Ich halte dich nicht für manipulativ, Alex. Oder ...» Ich lege eine rhetorische Pause ein, bevor ich seinen Scherz von eben aufgreife. «... für einen überfürsorglichen Freak.»

Seine Mundwinkel zucken kaum merklich.

«Ich kann verstehen, wieso dich mein Schwächeanfall im Kurs getriggert hat. An deiner Stelle hätte ich wahrscheinlich genauso reagiert. Das mit deiner Ex tut mir sehr leid.»

«Schon okay. Es ist lange her.» Er tut es mit einem Schulterzucken ab, aber seine Augen verraten, dass es ihn – zumindest in diesem Moment – belastet. «Mir war nur wichtig, das anzusprechen. Damit du dich bei unserem Probetraining nicht unwohl fühlst oder so.»

Probetraining. Verdammt. Ich hatte eigentlich nicht

vor hinzugehen, aber nach diesem Gespräch wird er es persönlich nehmen. Ihn zu ghosten, wäre so mies. Ich muss ihm zumindest sagen, dass ich nicht kommen werde. Aber mit welcher Begründung? Mir fällt keine ein – außer der Wahrheit. Ich schlucke, und mein Herz schlägt schneller, weil ich in diesem Moment beschließe, mit offenen Karten zu spielen. Ich wappne mich mit einem tiefen Atemzug. «Du, Alex?»

«Ja?»

Ich kaue auf meiner Unterlippe rum und sehe ihn reumütig an.

Seine Augenbrauen ziehen sich zusammen. Er scheint zu ahnen, dass etwas nicht stimmt. «Was ist los?»

«Ich … ich bin diejenige, die du wegen des TikToks angeschrieben hast.»

KAPITEL 7

Alexander

Ich blinzele irritiert. Es dauert einen Moment, bis ich verstehe, was sie meint. Und dann fällt mir die Kinnlade herunter. «Du bist ... diese Paige?», brülle ich fast. «Die Autorin Paige Turner?», präzisiere ich, als könnte es da irgendein Missverständnis geben.

Sie nickt.

«Dann heißt du also gar nicht Aminata?»

«Doch. Paige Turner ist mein Pseudonym. Mein Künstlername.»

Ich schnaube. «Als Kunst würde ich das Video, das du aus meinen Bildern gemacht hast, nicht bezeichnen», erwidere ich angepisst. «Was ziehst du hier für eine Nummer ab? Was sollte das werden?»

«Ich ... ich wollte wissen, mit wem ich es zu tun habe, bevor ich dir antworte. Weil ... also ... Du ...» Sie unterbricht ihr Gestammel und atmet tief durch. Dann beginnt sie von Neuem. «Einen Tag bevor du mich angeschrieben hast, hat meine Agentin mir mitgeteilt, dass Verlage durch das Video auf das Buch, zu dem ich dieses TikTok gemacht ...»

«Dieses TikTok mit Bildern und Videos von mir», korrigiere ich sie.

«Ja, das war nicht okay ... Das weiß ich. Aber ... durch

dieses TikTok habe ich zwei Verlagsangebote und ein Filmangebot bekommen. Weil sie gesehen haben, wie viele Menschen sich für diese Story interessieren.»

«Das ist schön für dich.» Meine Stimme trieft vor Ironie. «Und jetzt verrate ich dir mal, was *ich* dank dieses Videos bekommen habe ... beziehungsweise seit über einer Woche täglich bekomme: Nachrichten von Leuten, die ich nicht kenne. Vermehrt von Typen, die mich wegen der Einhorn-Thematik für schwul halten und mich deshalb nach einer Nummer fragen – und ich rede hier nicht nur von der Handynummer. Ich überlege immer noch, ob ich höflich absagen oder diese Nachrichten einfach ignorieren oder blockieren soll. Ich wurde übrigens auch schon mehrmals gefragt, ob ich nicht aktmodeln oder auf irgendwelchen Geburtstagen strippen will – im Einhorn-Kostüm.»

Aminatas Hand hebt sich zu ihren Lippen. Allerdings habe ich das Schmunzeln, das sie dahinter zu verbergen versucht, längst gesehen.

«Wenn du das schon witzig findest, dann wird dir das hier auch gefallen: Wegen deines Videos halten Frauen mein Tinder-Profil für fake. Weil die denken, dass dein Einhorn-Gestaltwandler echt ist und ich ein Catfish bin.»

Das «Oh» wird von ihrer noch immer vorgehaltenen Hand gedämpft. In ihren Augen funkelt unterdrückte Belustigung.

Das sollte mich eigentlich noch wütender machen. Doch stattdessen kämpfe ich selbst gegen das Zucken meiner Mundwinkel an, weil das alles einfach so schräg klingt, dass es schon wieder lustig ist.

«Hör auf zu lachen», presse ich in dem Versuch, mein Schmunzeln zu unterdrücken, hervor.

«Ich lache nicht, siehst du?» Wie zum Beweis nimmt sie ihre Hand runter – und fängt direkt an zu kichern. «Oh Gott, es tut mir leid. Wirklich.»

«Ja, das sehe ich.»

«Nein, echt ... Ich will das gar nicht lustig finden, aber ... Ich hab mir dich gerade im Einhorn-Kostüm vorgestellt und ...»

Jetzt prustet sie los, was ihr Gesicht zum Strahlen und ihre Augen zum Leuchten bringt. Sie sieht so verdammt schön aus, dass ich beinahe vergesse, wie wir hier gelandet sind. Aber als ich mir dessen wieder bewusst werde, kippt meine Stimmung. Mir wird klar, dass sie mir ins Gesicht gelogen hat, als ich sie am Crosstrainer fragte, wie sie auf mich gekommen ist. Und plötzlich verliert ihr Strahlen an Kraft, ihr Aussehen an Schönheit. Weil ich es auf den Tod nicht ausstehen kann, angelogen zu werden.

Dass sie von jetzt auf gleich verstummt, muss wohl mit meinem ernsten Blick zusammenhängen.

«Hör mal ... Aminata, Paige oder wie auch immer du angesprochen werden willst. Ich möchte nach wie vor, dass du das Video löschst. Von außen betrachtet sind die Nachrichten, die ich bekomme, ganz lustig und zum Teil schmeichelhaft, aber auch extreeeeeeeeem nervig. Und es ist auch nicht sonderlich geil, für fake gehalten zu werden. Ich bin Single und lerne 99 Prozent der Frauen, die ich date, online kennen. Wenn es – wie auch immer – die Runde macht, dass mein Profil angeblich nicht echt ist, würde mich das ziemlich abfucken.»

63

«Aber spätestens, wenn sie dich live sehen, wissen sie doch, dass du echt bist.»

«Würdest *du* dich mit einem Typen treffen, von dem du glaubst, dass er fake ist?»

Sie schluckt.

«Dachte ich mir. Lösch bitte einfach das Video, okay?»

«Fünfzig», antwortet sie.

Ich runzele die Stirn. «Fünfzig was?»

«So viele Absagen habe ich von Verlagen bekommen.»

«Aber du hast doch schon Bücher veröffentlicht.»

«Das habe ich allein gemacht. Und die kann man auch nur online kaufen. Deshalb liegt keines meiner Bücher in irgendeiner Buchhandlung aus. Von den Einnahmen kann ich gerade mal so leben … Zum ersten Mal in meinem Leben interessieren sich Verlage für eine meiner Ideen, und das nur, weil vier Millionen Menschen dieses Video gesehen und sehr viele davon geschrieben haben, dass sie das Buch sofort lesen würden. Das habe ich nur diesem Video zu verdanken. Und ich weiß, dass ich kein Recht hatte, deine Bilder zu verwenden. Aber als ich das tat, hielt ich dich für irgendein Fitnessmodel aus … den USA oder sonst wo, der dieses Video niemals zu Gesicht bekommen würde. Zumal ich nicht mal im Traum daran gedacht hätte, dass es so viral gehen würde. Ich verstehe total, dass du genervt von all den Nachrichten bist, die du bekommst. Und dass du dir Sorgen um deinen Ruf auf Tinder & Co. machst. Aber während es für dich darum geht, wie viele Dates du bekommst, geht es für mich darum, ob ich meinen Traum leben darf.»

Ihr Blick in meine Augen ist genauso eindringlich wie

ihre Worte, die mich alles andere als kaltlassen. Und sie weiß es, sieht es mir garantiert an, weil es mir nicht gelingt, einen auf gleichgültig zu machen.

«All das wollte ich dir schreiben. Aber ich hatte Schiss, dass du es nicht verstehen würdest. Ich hatte keine Ahnung, ob ich dich damit nur noch mehr verärgern würde, weil du so genervt geklungen hast. Es gibt Leute, die würden sich direkt einen Anwalt suchen und einen Screenshot meiner Nachricht als Beweisstück A nehmen, um mich zu verklagen. Ich ... wusste nicht, wie ich reagieren sollte, und dachte ... Ich dachte, wenn ich herausfinde, wie du tickst, würde mir das helfen, dich besser einzuschätzen.»

Verständnislos sehe ich sie an. «Das ergibt null Sinn.»

«In meinem panischen Hirn irgendwie schon.»

Ich fahre mir stöhnend durchs Haar. «Was erwartest du denn jetzt von mir?»

«Dass ... ich das Video nicht löschen muss?», murmelt sie und sieht mich aus ihren großen, fast schwarzen Augen flehend an.

«Darüber muss ich nachdenken, okay?»

Sie atmet aus, als hätte sie die Luft angehalten. «Ich wäre dir wirklich dankbar, wenn wir eine andere Lösung finden würden, Alex.»

«Wie gesagt, ich denke drüber nach und melde mich über Instagram bei dir. Das Probetraining fällt ja jetzt flach.»

Sie nickt und verzieht entschuldigend das Gesicht. «Tut mir leid ... dass ich nicht ehrlich zu dir war.»

«Ja, mir auch», sage ich eher zu mir selbst, weil ich vor ihrer Beichte nicht abgeneigt gewesen wäre, sie näher kennenzulernen. Wenn ich ehrlich bin, reizt sie mich irgendwie immer noch. Was ist nur los mit mir? Mir fällt auf, dass eine junge Frau vor dem Haus steht, in dem Aminata wohnt, und uns aufmerksam beobachtet. «Ich glaube, deine Freundin wartet auf dich.»

Sie dreht den Kopf und winkt, als sie sie entdeckt. Dann wendet sie sich wieder mir zu. «Danke, dass du mich gefahren hast, Alex ... Und ...»

«Und was?»

«Schade, dass wir uns nicht unter anderen Umständen kennengelernt haben.»

Finde ich auch, schießt es durch meinen Kopf. Aber diesmal behalte ich meine Gedanken für mich. Weil ich nicht sicher sein kann, ob sie das nicht nur sagt, um meine Entscheidung zu beeinflussen. «Mach's gut. Du hörst beziehungsweise liest von mir.»

Sie nickt. Dann steigt sie aus, und ich fahre zähneknirschend zurück ins Gym.

**

Den Abend verbringe ich wie geplant bei Simon. Ich wurde gerade beim FIFA-Zocken von ihm abgezogen, weil ich währenddessen von der Sache mit Aminata beziehungsweise Paige Turner erzählt habe. Während ich geredet habe, musste er nur zuhören und war dadurch klar im Vorteil. Deshalb habe ich vor der nächsten Runde darauf bestanden, eine Pause zu machen, damit wir in Ruhe reden können.

«Was für eine unnötige Aktion war das denn?», kommentiert er ihre Undercover-Nummer.

«Ja, oder?! Ich kam mir komplett verarscht vor.»

«Kann ich verstehen. Zumindest ist sie noch mit der Sprache rausgerückt. Sie hätte dich auch einfach im Dunkeln lassen können.»

«Mein Bedürfnis, ihr dafür zu danken, hält sich in Grenzen», sage ich trocken.

«Ich mein ja nur ...» Er erhebt sich vom Sofa. «Willst du auch noch ein Bier?»

Ich schüttele den Kopf, stehe aber ebenfalls auf, um ihm zu folgen und im Kühlschrank nach was Essbarem zu suchen. Dass ich fündig werde, liegt allein an Alissa. Denn als wir noch zusammengewohnt haben, herrschte in unserem Kühlschrank immer gähnende Leere.

«Kann ich mir was von dem Auflauf warm machen?», frage ich.

«Klar. Hau rein.»

Drei Mikrowellen-Minuten später sitze ich ihm gegenüber am Esstisch im Wohnzimmer und stecke mir eine Gabel Gemüse mit geschmolzenem Käse in den Mund.

«Und?» Simon nippt an seinem Bier. «Was willst du jetzt tun? Wirst du die Karriere einer aufstrebenden Autorin kaputtmachen oder deinen Ruf bei Tinder wiederherstellen?»

«Du findest also ...», ich schlucke den Bissen runter, bevor ich weiterspreche, «... dass ich ihr das Video durchgehen lassen sollte?»

«Ich finde, in Relation zu dem Schaden, den sie hätte, wenn sie es löschen müsste, gibt es Schlimmeres.»

«Du wurdest ja auch nicht vor der ganzen Welt zum Einhorn-Gestaltwandler gemacht.»

Ein schadenfreudiges Grinsen breitet sich auf seinem

Gesicht aus. «Karma. Du hättest dich nicht so oft über mein Tattoo lustig machen sollen.»

«Ich glaube nicht an Karma», erwidere ich und denke, während ich weiteresse, darüber nach, ob Simon recht hat. Ob ich Gnade vor Recht ergehen lassen und das Video einfach vergessen sollte.

«Wie viele Follower hat sie eigentlich?», wechselt Simon das Thema.

«Fünfzig- oder sechzigtausend. Warum?»

«Hmmm ... Also, wenn es dir vor allem darum geht, nicht für einen Catfish gehalten zu werden, könntest du dir ihre Reichweite zunutze machen und ihr einen Deal vorschlagen.»

Fragend hebe ich eine Augenbraue. «Was denn für einen Deal?»

«Ein Video mit euch beiden, auf dem sie klarstellt, dass du echt bist.»

Ich reiße die Augen auf. «Das ist es! Oder noch besser: ein Video, auf dem es aussieht, als würden wir daten. Damit wäre dann auch klar, dass ich auf Frauen stehe.»

«Und du glaubst, da spielt sie mit?»

«Ich glaube, dass sie was wiedergutzumachen hat.»

Er zuckt mit den Schultern. «Dann schlag's ihr vor ...»

KAPITEL 8

Aminata

Hi, Aminata (oder soll ich dich lieber Paige
nennen?). Wie geht's dir?

Mein Puls schießt gefühlt von null auf hundert, als ich
Alex' Nachricht lese. Seit ich aus seinem Auto gestiegen
bin, habe ich alle zehn Minuten nachgeschaut, ob er
mir geschrieben hat. Vergeblich. Ich wollte mich gerade
schlafen legen, aber jetzt bin ich hellwach und nehme
mit wild klopfendem Herzen auf der Bettkante Platz.

Hi, Alex, ich schätze, das kommt darauf an, was du
mir gleich wegen des Videos antworten willst. PS:
Nenn mich gerne Aminata.

Ich frage nicht wegen des Videos, wie es dir geht,
sondern wegen deines Schwächeanfalls. Du
hattest hoffentlich keine weiteren Beschwerden.

Mir schießt sofort die Geschichte um seine Ex durch den
Kopf. Gott, er macht sich noch immer Sorgen um mich,
und ich reagiere so blöd.

Wie lieb, dass du fragst. Es geht mir gut. Ich habe keine Beschwerden.

Wenn man davon absieht, dass mein Herz vor Nervosität rast, denke ich, während ich weiterschreibe:

Und wie geht es dir? Bist du mir noch böse?

Ich verziehe vorsorglich das Gesicht und halte den Atem an. Denn wenn er diese Frage mit Ja beantwortet, stehen meine Chancen, das Video zu behalten, schlecht.

Freut mich, dass es dir wieder gut geht. Und böse war ich dir nie. Ich fand die Aktion im Fitnessstudio einfach nur unnötig und kapiere auch jetzt nicht, was du damit bezweckt hast. Aber ich werde wohl darüber hinwegkommen, dass dein Interesse an mir als Trainer nur gespielt war. 😀

Seine Antwort, insbesondere der letzte Satz, gibt mir Hoffnung. Ich lasse die angestaute Luft aus meinen Lungen entweichen und überlege, wie ich zurückschreiben soll. Dem Emoji nach zu urteilen, scheint er in Flirtstimmung, was ich als gutes Zeichen deute. Also steige ich darauf ein:

Im Nachhinein weiß ich selbst nicht mehr so genau, warum ich das für eine gute Idee hielt. Aber ich bin froh, meine «Tarnung» aufgegeben zu haben. Und wenn ich jetzt einen Trainer bräuchte, würde meine Wahl definitiv auf dich fallen. 😀

Obwohl ich dich anscheinend zu hart
rangenommen habe?

Gerade deswegen! Ich mag es, gefordert zu
werden.

Mein Daumen schwebt über dem Wörtchen «Senden».
Ist das zu offensiv, zu doppeldeutig? Zu ...
Oh Gott. Nein.
Jetzt bin ich mit dem Daumen aufs Display gekommen
und habe die Nachricht verschickt. Blut schießt mir in die
Wangen. Was, wenn er darauf eingeht? Und was, wenn er
es nicht tut – das fände ich noch schlimmer. Ich kaue mir
mal wieder fast die Unterlippe ab, während ich auf seine
Reaktion warte. Und warte ... und warte ... und warte ...
und –

Dann weiß ich Bescheid.

Nichtssagender hätte seine Antwort nicht sein können.
Gleichzeitig fühlt es sich ein bisschen wie eine Abfuhr
an. Will er mich auf diese Weise darauf einstimmen, dass
er gleich von mir verlangen wird, das Video zu löschen?
Aber welchen Sinn hätte dann das ganze Vorgeplänkel
gehabt?

Ich hab mir Gedanken wegen des Videos gemacht.
Und ich hätte da einen Vorschlag, den ich gerne
mit dir besprechen würde. Können wir uns
treffen? Auf einen Kaffee oder so?

Meine Augen werden groß. Was für ein Vorschlag? Und wieso muss er mich dazu treffen? Nicht dass es mir grundsätzlich was ausmachen würde. Es gibt definitiv Schlimmeres, als ihm gegenüberzusitzen und in sein attraktives Gesicht zu sehen. Es sei denn ...

Beinhaltet dein Vorschlag die Löschung des Videos?

Nein.

Okay.

Wir verabreden uns für Samstagabend, weil er an dem Tag freihat. Und obwohl es so scheint, als dürfte ich das Video behalten, kann ich mich die nächsten beiden Tage kaum aufs Schreiben konzentrieren. Vor Aufregung. Es mag zwar kein Date sein, aber Alex ist der erste Mann, mit dem ich mich seit der Trennung von Jacob treffen werde. Und aus irgendeinem Grund macht mich dieses Nicht-Date echt nervös.

* * *

Was tut das Universum mir nur an? Wieso muss ich ausgerechnet jetzt meinem Ex über den Weg laufen?

Erst macht Alex mir diesen unmöglichen Vorschlag, dann will ich angepisst aus der Bar rauschen, und in diesem Moment betritt Jacob den Laden. Als ob das nicht genug wäre, hat er auch noch eine Frau dabei. Dass sie groß und blond und damit das komplette Gegenteil von mir ist, sollte mir egal sein. Aber es fühlt sich wie ein Box-hieb in die Magengrube an. Auch noch nach einem Jahr. Wieso, wieso um alles in der Welt muss ich ihm in einer Millionenstadt wie Hamburg gerade jetzt das erste Mal nach der Trennung über den Weg laufen?

Ich wäre den beiden auf meinem Weg zur Tür fast in die Arme gerannt. Und statt wie jede normale Frau Mitte zwanzig einfach «Hallo» und «Tschüss» zu sagen, bekam ich Panik und bin geflüchtet. Zurück zu Alex, der mich verständlicherweise ansieht, als würde ich in eine Zwangsjacke gehören. Was er von mir denkt, ist aktuell allerdings mein kleinstes Problem. Viel mehr beschäftigt mich, ob ich von den beiden gesehen wurde. Um das herauszufinden, riskiere ich einen unauffälligen Blick über die Schulter und stelle fest, dass sie auf diesen Teil der Bar zusteuern.

Oh Gott. Gibt es hier einen Notausgang?

«Ähm ... Wolltest du nicht gehen?», dringt Alex in meine Gedanken.

Ich ziehe mir rasch die Kapuze über den Kopf, setze mich und mache mich klein. Zum Antworten habe ich keine Zeit. Erst muss ich herausfinden, wo genau mein Ex und sein Date Platz nehmen. Bei meinem Glück ... natürlich zwei Tische rechts von uns. Großartig.

«Hey. Ich rede mit dir.»

«Ähm ... was?», antworte ich etwas zeitverzögert, ohne ihn dabei anzusehen.

«Okay. Dann eben nicht. Das ist mir echt zu blöd.»

Alex ist gerade dabei aufzustehen, da dringt ein «Aminata? Bist du das?» an meine Ohren und lässt mich erstarren.

Jacob hat mich gesehen und wird vermutlich gleich rüberkommen. Und Alex will mich hier sitzen lassen.

Das darf er nicht. Ich will nicht die verlassene Ex sein, die keine Freunde hat und deshalb allein durch Bars ziehen muss. So und nicht anders wird Jacob die Situation nämlich auffassen. Daher weiß ich mir nicht anders zu helfen, als rasch nach Alex' Arm zu greifen.

«Bitte …», höre ich mich flüstern und hasse es, ihn nach unserer Auseinandersetzung anbetteln zu müssen. Stolz ade.

Alex' Augenbraue wandert nach oben und sein Blick zu meinen Fingern, die sein Handgelenk umschließen.

«Kannst … kannst du noch bleiben?» Gott, ist das entwürdigend. Sollte er mir jetzt einen Korb geben, was mehr als legitim wäre, wandere ich morgen aus.

«Was soll ich? Sprich lauter. Ich verstehe kein Wort …»

Da ich Jacob im Augenwinkel auf uns zukommen sehe, kann ich seiner Bitte nicht nachkommen. Zumindest nicht, ohne dass mein Ex es mitbekommen würde, weshalb mir nur eins bleibt: Ich sehe Alex flehend an und hoffe inständig, dass er telepathische Fähigkeiten hat. Die Fragezeichen auf seiner Stirn lassen leider etwas anderes vermuten, und dann stehen Jacob und sein Date auch schon an unserem Tisch.

«Hey, Aminata. Schön, dich zu sehen. Ist lange her.»

Cool bleiben – auch wenn sicher jeder im Umkreis von zweihundert Metern mein Herz poltern hört.

«Das ist Diana, wir arbeiten zusammen …»

Das könnte mich nicht weniger interessieren. Warum erzählt er mir das überhaupt? «Hi.» Ich ringe mir ein Lächeln ab, das meine Augen nicht erreicht.

Seine richtet Jacob gerade abschätzend auf Alex, bevor er mich wieder anschaut. Abwartend und erwartungsvoll, als müsse ich die beiden miteinander bekannt machen. Das würde ich ja, wenn mein Begleiter nicht gerade angekündigt hätte zu gehen. Doch dann ...

«Alex. Aminatas Freund.»

Bitte was?

KAPITEL 9

Aminata

Ich schau mal eben, wo unsere Getränke bleiben, Schatz.» Alex beugt sich vor, presst seinen Mund auf meine Schläfe und murmelt nur für mich hörbar: «Überleg dir schon mal, wie du dich revanchieren kannst.» Dann folgt ein weiterer Kuss auf meine Stirn, bevor er aufsteht und zur Theke geht.

Baff. Ich bin baff. Nur mit Mühe und Not gelingt es mir, meine Kinnlade wieder einzurenken.

Lächerlicher als Jacob, der sich gerade am Hinterkopf kratzt, kann ich zumindest nicht aussehen. «Scheint nett zu sein ... dein Freund.»

«Oh. Ja. Das ist er», entgegne ich und setze ein hoffentlich verliebt wirkendes Lächeln auf. Keine Ahnung, ob es Wunschdenken ist, aber Jacob sieht nicht aus, als würde er mir mein Fake-Glück gönnen.

Yes!

Dass Alex genau in diesem Moment grinsend wieder zu uns stößt, fällt eindeutig unter perfektes Timing. Ich danke Gott für sein umwerfendes Aussehen. Und als er sich wieder setzt und für Jacob deutlich sichtbar auf dem Tisch nach meiner Hand greift und sie nicht – wie angenommen – kurz mal eben streichelt, sondern festhält, könnte ich ihn küssen. Jetzt verschränkt er auch noch unsere Finger ineinander, worauf mein Herz mit einem Stolpern reagiert. Ein warmes Prickeln rieselt meinen Rücken hinunter.

Dass ich so heftig auf das bisschen Körperkontakt reagiere, überrascht mich gerade selbst. Ich bekomme Gänsehaut, kann es nicht verhindern. Mir war nicht klar, wie sehr mein Körper offensichtlich danach lechzt. Anscheinend ist es viel zu lange her, dass ich so berührt worden bin.

«Unsere Drinks sind auf dem Weg», sagt Alex und würdigt Jacob dabei keines Blickes. Wie auch, wenn er mich gerade mit den Augen verschlingt? Zumindest kommt es mir so vor, weil Alex sämtliche Züge meines Gesichts zu studieren scheint. Augen, Nase, Wange, Mund und ... Mund. Als würde er mich jeden Moment küssen. Und ich glaube nicht, dass ich ihn davon abhalten will.

Verdammt.

«Wir setzen uns dann besser mal wieder ... sonst ist der Tisch gleich weg», höre ich meinen Ex sagen und schaffe es irgendwie, meinen Blick von Alex loszureißen. Seinen spüre ich nach wie vor auf mir. Ebenso wie seinen Daumen, den er sacht über meinen Handrücken gleiten lässt.

Ist das noch Teil der Show? Sicher bin ich mir nicht, also lasse ich ihn los und stehe viel abrupter auf als beabsichtigt. Mit klopfendem Herzen. Und viel zu weichen Knien.

«Dann ... dann mach's gut.»

«Du auch. Kommst du zu Sarahs Geburtstagsparty?», fragt er mich.

Sarah ist eine gemeinsame Bekannte, und obwohl ich ihr – genau wie letztes Jahr – bereits abgesagt habe, weil ich keine Lust hatte, Jacob zu begegnen, antworte ich: «Ja, und ihr?» Keine Ahnung, was ich mir dabei denke. Irgendwie bin ich gerade total durch den Wind.

«Oh. Cool! Ist dein Freund ... also bist du auch dabei?», will Jacob, warum auch immer, von Alex wissen.

Das «Nein» liegt mir bereits auf der Zunge, aber Alex kommt mir zuvor und antwortet: «Klar!»

Meine Augen werden groß, aber ich besinne mich und zwinge meine Mundwinkel nach oben.

«Na, dann!» Mein Ex nickt Alex alles andere als freundlich zu. «Man sieht sich.»

Es folgt ein megaaffiges, aber äußerst amüsantes Blickduell der beiden Männer, das eindeutig Alex gewinnt, bevor Jacob herumfährt und zurück zu ihrem Tisch stapft. Natürlich nicht, ohne dieser Diana den Arm um die Schulter zu legen. Erstaunlicherweise macht es mir nichts aus, denn diese Runde des Wer-ist-besser-in-der-Trennung-weggekommen-Spiels geht eindeutig an mich. Dank Alex, zu dem ich mich nun wieder setze.

Obwohl mir nicht passt, dass er sich einfach selbst zu der Geburtstagsparty eingeladen hat, war sein Auftritt einen Oscar wert. Ich lehne mich zufrieden zurück, sehe ihm direkt ins Gesicht und bringe ein aufrichtig gemeintes «Danke» hervor.

Sein Mund verzieht sich zu einem wissenden Lächeln. Ich rechne fest mit einem spöttischen Kommentar, aber er überrascht mich mit einem schlichten: «Gerne.»

Dann folgt Stille, während der wir einander versöhnlich ansehen. Nach dieser Aktion kommt mir sein Vorschlag, sich in einem meiner Videos als Pärchen auszugeben, deutlich weniger absurd vor.

«Wieso hast du das gemacht?», breche ich nach einer Weile das Schweigen.

«Weiß nicht genau. Ich schätze ...» Er wird unterbrochen, als ein Kellner zwei Biere an unseren Tisch bringt.

«Du schätzt?», greife ich seinen unvollendeten Satz auf, nachdem der Mann wieder fort ist.

«Ich schätze, dass mein Helfersyndrom bei Frauen wie dir einfach austickt.»

«Bei Frauen wie mir?», hake ich mit hochgezogener Augenbraue nach. «Ist das nett gemeint?»

«Ist es.»

«Dann Prost.» Ich erhebe mein Glas. Wir schauen uns in die Augen und stoßen an.

Nachdem wir aus unseren Gläsern getrunken und sie zurück auf den Tisch gestellt haben, überrascht er mich mit einer unerwarteten Frage: «Ist dein Ex die Wahrheit?»

Ich runzele die Stirn. «Wie meinst du das?»

«Ich habe den Post mit dieser Three-Things-Challenge bei dir gesehen und mir anscheinend die drei Aussagen gemerkt. Eine lautete: Ich wurde schon mal betrogen. Und so wie du eben auf ihn reagiert hast ...»

Ich senke den Blick auf meine Hände, weil ich mir plötzlich wie ein offenes Buch vorkomme.

«Sorry, das geht mich natürlich nichts an. Du musst nicht antworten, wenn ...»

«Ja. Es stimmt. Ich wurde betrogen. Von ihm.» Ich sehe Alex wieder in die Augen und zucke mit den Schultern. «Auch wenn es grad nicht den Anschein gemacht hat, gefühlsmäßig bin ich über ihn hinweg. Die Trennung ist ein Jahr her. Nur meine Würde hat noch ein paar Schrammen.»

«Der Typ ist 'ne Null! Und du bist 'ne Zehn von Zehn und damit eindeutig zu heiß für ihn. Ich hoffe, das weißt du.»

Hitze schießt mir ins Gesicht, und ich habe keine Ahnung, was ich sagen oder wie ich reagieren soll.

«Wenn du willst, dass ich mit dir auf diese Party gehe, um deine Würde wieder auf Hochglanz zu bringen, sag Bescheid, okay?»

Ich kann nur nicken. Und ihn anstarren.

«Sollen wir weitermachen?», fragt er.

«Womit?»

«Der Challenge.»

Weil ich für den Themenwechsel dankbar bin, nicke ich.

Alex lehnt sich vor. «Die Wahrheit ist geklärt. Dann bleibt noch die Lüge und etwas, von dem du dir wünschst, dass es wahr oder gelogen wäre. Da ich gerade deinen Arschloch von Ex treffen durfte, schätze ich mal, dass die Aussage ‹Ich bin noch Jungfrau› gelogen ist und du dir wünschen würdest, einen Buchvertrag zu haben?»

«Richtig. Okay, dann bist du jetzt dran. Erzähl mir eine Wahrheit, eine Lüge und etwas, von dem du wünschtest, dass es wahr oder gelogen ist.»

«Also gut ...» Er reibt sich die Hände und verzieht dabei nachdenklich das Gesicht. «Ich würde dich gerne küssen.»

Es kostet mich meine gesamte Selbstbeherrschung, ihm jetzt nicht auf den Mund zu starren, während ich mir insgeheim wünsche, dass das die Wahrheit ist.

«Ich habe eine Freundin. Ich stehe total auf Einhörner» fährt er todernst fort.

Mein Versuch, es ihm gleichzutun und ernst zu bleiben, scheitert kläglich, weil ein Lachen aus mir heraussprudelt. «Also, die Lüge steht schon mal fest.»

«Die da wäre?»

«Dass du total auf Einhörner stehst. Dank mir hast du wohl eher ein Trauma.»

Seine Augenbraue hebt sich. «Ist das wirklich so offensichtlich?»

«Nein! Überhaupt nicht!», erwidere ich trocken.

Jetzt lachen wir beide.

«Okay ... weiter», fordert Alex mich auf.

Ich wappne mich mit einem großen Schluck Bier, bevor ich seine Wahrheit rate. Auch diese scheint er bewusst offensichtlich gewählt zu haben. Hoffe ich. «Die Wahrheit ist, dass ... du mich küssen möchtest.»

Sein Blick in meine Augen wird tiefer, als er einfach nur nickt.

Ein Rausch wirbelt durch jede Zelle meines Körpers und hinterlässt ein Kribbeln. Diesmal kann ich nicht anders, als auf seinen Mund zu starren und mich zu fragen, wie es wäre, ihn zu küssen.

«Woran denkst du, Aminata?» Seine Stimme kommt mir mit einem Mal viel rauer und tiefer vor.

Ertappt hebe ich den Blick und treffe auf dunkle Augen, die glühende Hitze ausstrahlen. Das würde zumindest erklären, warum mein Gesicht gerade gefühlt in Flammen aufgeht. Ich danke Gott dafür, dass man das meiner braunen Haut nicht ansieht. «Daran, dass ich niemals erwartet hätte, dass du gerne eine Freundin hättest.»

«Ich bin seit sieben Jahren Single, und so langsam wird es langweilig.»

«Sieben Jahre schon.» Überrascht ziehe ich die Luft ein. Ihn nach dem Grund zu fragen, liegt mir auf der Zunge. Aber ich glaube, ihn bereits zu kennen. «Wegen deiner Ex?» Meine Stimme ist leise und vorsichtig.

«Unbewusst wahrscheinlich schon.» Er greift nach seinem Bier und nimmt gleich mehrere Schlucke hintereinander. Als wollte er die Erinnerung an sie im Alkohol ertränken oder aber den Schmerz damit betäuben. Vielleicht auch beides.

«Fühlst du dich bereit für eine Beziehung?»

Er setzt sein Glas wieder ab. «Mit der richtigen Frau auf jeden Fall. Und du?»

«Das wird sich zeigen. Je nachdem, ob ich wieder vertrauen kann.»

Bedauern huscht über sein Gesicht. «Tut mir leid, dass er dir das angetan hat.»

«Wie du schon sagtest: Er ist eine Null.»

«Apropos.» In seinen Augen glimmt etwas auf. «Weißt du schon, wie du dich revanchieren willst?»

Ich hätte Lust, dich zu küssen.

«Ja ... Ich denke schon.»

Die Frage ist nur, ob ich das wirklich durchziehe und überhaupt noch weiß, wie das geht.

KAPITEL 10

Alexander

Leicht irritiert schaue ich von Aminatas Gesicht zu meinem fast leeren Bier. Irgendwas muss dadrin sein. Wahrheitsserum oder so. Anders kann ich mir echt nicht erklären, wieso ich vor Aminata – aber auch mir selbst – so ehrlich bin. Bis gerade eben war mir nicht mal bewusst, dass ich mir eine richtige Beziehung wünsche. Zwar ist es schon eine Weile so, dass mir oberflächliche Affären und gefühlloser Sex nicht mehr so viel geben. Aber wirklich hinterfragt habe ich das bisher nie. Vielleicht weil ich etwas Vergleichbares will wie das, was Simon in Alissa gefunden hat, und keine Ahnung habe, wie man das schafft.

Während dieser fünfminütigen Showeinlage mit Aminata – als ich ihre Hand hielt, sie streichelte und dabei tief in ihre Augen sah – schoss mir plötzlich die Frage durch den Kopf, wie es wohl wäre, wenn das nicht bloß gespielt wäre. Wenn ich tatsächlich eine Freundin hätte. Wenn ich *sie* als Freundin hätte. Und wie es sich wohl anfühlen würde, Aminata zu küssen.

Habe ich ihr deshalb den Vorschlag mit dem Fake-Dating gemacht? Weil ich schon, bevor dieser Versager von einem Ex-Freund aufgetaucht ist, Interesse an ihr hatte und insgeheim nach einer Möglichkeit gesucht habe, ihr näherzukommen? Ist mein Unterbewusstsein echt so ein hinterlistiges Arschloch?

Kein Wunder, dass sie sich darauf nicht einlassen wollte. Wäre ihr Ex nicht aufgetaucht, hätte ich sie vermutlich nie wiedergesehen. Womit er mir sogar einen Riesengefallen getan hat. Denn so habe ich eine Chance bekommen, mehr über Aminata zu erfahren, sie kennenzulernen und herauszufinden, was sich noch hinter ihrem hübschen Äußeren verbirgt. Und mir ist soeben eine Idee gekommen, wie ich das anstelle, ohne ihr langweilige Fragen über ihre Hobbys zu stellen.

Deshalb gehe ich nicht weiter auf die Sache mit dem Revanchieren ein, sondern frage stattdessen: «Spielen wir weiter?»

«Was?»

«Die Three-Things-Challenge. Aber eine modifizierte Version davon.» Meine Mundwinkel heben sich zu einem herausfordernden Grinsen.

Neugierde blitzt in Aminatas Augen auf. Sie schiebt ihr Bier etwas zur Seite, um ihre Unterarme auf den Tisch zu stützen, und sieht mich abwartend an.

«Jeder gibt ein Thema vor. Zum Beispiel das Verrückteste, das du je gemacht hast.»

«Oh, das klingt spannend.»

«Aber.» Ich hebe den Zeigefinger. «Diesmal raten wir als Erstes die Wahrheit.»

«Warum?»

«Weil die am meisten über einen verrät.» *Und ich dich kennenlernen will*, füge ich gedanklich an.

«Aber was ist, wenn man statt der Wahrheit die Lüge oder das andere erwischt?»

«Dann hat man Pech ...»

«Und muss einen trinken», ergänzt sie.

«Hmmm. Warum eigentlich nicht?»

«Aber nur bei der Lüge, sonst halte ich das Spiel nicht lange aus», gibt sie leise lachend zu bedenken.

«Alles klar! Was wollen wir trinken?»

«Shots?»

Ich hebe zweifelnd die Augenbrauen. «Sicher? Ich will, dass du dich morgen noch an unser Date erinnern kannst, Aminata.»

«Ich wusste gar nicht, dass das hier ein Date ist.»

«Noch nicht. Aber ...» Ich lasse meinen Blick in ihre Augen etwas fester werden. «Das könnte sich im weiteren Verlauf des Abends ja noch ändern.»

Die Verlegenheit, die sich in ihren Zügen spiegelt, kaschiert sie mit einem verdammt süßen Lächeln und kontert: «Dann sollte ich mir dich vielleicht schöntrinken.»

Ich lache. *Gut gekontert.* «Wir wissen doch beide, dass das nicht nötig ist. Ich wäre wohl kaum das Gesicht und der Körper deines Buchhelden, wenn du mich nicht heiß finden würdest.»

«Attraktiv», korrigiert sie mich, in den Augen ein verräterisches Funkeln.

«Damit kann ich leben, zumal da kaum ein Unterschied besteht.»

Sie setzt zu einem Konter an, aber ich komme ihr zuvor: «Wie wär es mit Cocktails anstatt Shots?»

«Einverstanden.»

* * *

Je drei Cocktails und einige interessante Offenbarungen später bestellen wir uns um Mitternacht ein Taxi. Laut App ist es in drei Minuten da, weshalb wir jetzt die Bar verlassen.

«Achtung, ziehen», flüstere ich Aminata zu und halte ihr vorsichtshalber die Tür auf.

«Sehr witzig», zischt sie und tritt nach draußen.

Neben dem Heizstrahler auf der beleuchteten Terrasse bleiben wir stehen. Und als sich unsere Blicke treffen, muss ich schon wieder lachen. Denn eines der Themen unserer modifizierten Three-Things-Challenge war «Einer deiner peinlichsten Momente». Und dank dem von Aminata hatte ich den Lachflash meines Lebens. Sie musste selbst die ganze Zeit kichern, während sie erzählt hat, wie sie auf dem Weg zu einem Bewerbungsgespräch die Glastür des Konferenzraums nicht aufbekommen hat, in dem die Personalreferentin auf sie gewartet hat. Weil sie verzweifelt dagegengedrückt hat, anstatt zu ziehen.

Schmunzelnd verdreht Aminata die Augen. «Nun krieg dich wieder ein, Alex. Soooo lustig ist das nun auch nicht.»

«Doch, ist es.»

«Ich war völlig fertig und hab das Gespräch total verkackt.»

«Okay, dass du den Job nicht bekommen hast, tut mir leid, aber ich hätte trotzdem Geld dafür bezahlt, um in dem Moment in diesem Konferenzraum zu sitzen. Wie kann man nur so verpeilt sein?»

«Also, wer bei einer Kniebeuge so laut pupst, dass es der ganze Kurs hört, sollte nicht mit Steinen werfen, Alex.»

Jetzt lachen wir beide, während sie am Reißverschluss ihres Mantels herumfummelt und ihn offensichtlich nicht zukriegt.

«Lass mich mal», sage ich und trete näher. Genau genommen stehe ich jetzt ziemlich dicht vor ihr, dichter, als es erforderlich wäre. Das ist mir bewusst.

Ihr wohl auch, so wie sie jetzt zu mir aufsieht und etwas atemlos erklärt: «Der klemmt manchmal.»

Unsere Finger berühren sich kurz, als ich die Hand hebe, um den Reißverschluss zu lösen. Lange brauche ich dafür nicht und ziehe ihn bis unter ihr Kinn. Ich spüre die Wärme ihres Atems auf meiner Hand und muss mich zwingen, sie nicht höher wandern zu lassen, um ihre Wange zu berühren ... sie zu streicheln. So zurückhaltend kenne ich mich gar nicht. Aber inzwischen ist mir klar, dass mein Vorschlag, für die sozialen Medien ein Date zu faken, ziemlich daneben war. Schließlich hängt ihr beruflicher Erfolg an diesem Video, und ein Date – egal ob echt oder nicht – unter diesen Bedingungen zu erzwingen, geht mal gar nicht. Deshalb muss jetzt jeglicher Annäherungsversuch – egal wie klein – zuerst von ihr kommen. Damit ich mir sicher sein kann, dass sie das auch will.

«Mit oder ohne Kapuze?», frage ich einen Moment später.

«Eigentlich mit, aber da das Taxi gerade kommt ...»

Ich folge ihrem Blick zur Straße und bedeute dem Fahrer per Handzeichen, dass wir ihn gerufen haben. Neben uns kommt er zum Stehen, und wir steigen ein.

«Hi. Erst mal nach Eimsbüttel, bitte.»

«Er kann auch erst zu dir fahren», kommt es von Aminata.

«Aber dann kann ich dich nicht bis zur Haustür bringen», sage ich.

«Das musst du auch nicht», flüstert sie, vermutlich weil sie nicht will, dass der Fahrer unsere Diskussion mitbekommt.

«Ich weiß, aber ich will es», flüstere ich zurück. «Es sei denn, du möchtest das nicht.»

Daraufhin verstummt sie, was wohl heißt, dass sie nichts dagegen einzuwenden hat.

Während der Fahrt sind wir schweigsam. Um sicherzugehen, dass das nicht an mir liegt oder sie sich unwohl fühlt, frage ich sie irgendwann, ob alles okay ist.

«Alkohol und Autofahren ist nicht gerade meine Lieblingskombination», gesteht sie und gibt sofort Entwarnung. «Aber es geht mir gut.»

«Okay, sag Bescheid, wenn sich das ändert. Dann halten wir an, ja?»

Sie nickt.

«Soll ich das Fenster öffnen?»

Wieder nickt sie.

Ich lasse die Scheibe ein Stück runterfahren und sie für den Rest der Fahrt nicht mehr aus den Augen.

Als wir endlich vor ihrem Wohnhaus angekommen sind, bitte ich den Taxifahrer zu warten und steige mit ihr aus.

Sie atmet tief durch.

«Ist dir schlecht?», frage ich.

«Nein. Alles gut. Bin nur erleichtert.»

«Ich auch. Ich dachte schon, ich muss dir die Haare zurückhalten, während du dich übergibst.»

«Nett, dass du dich dafür geopfert hättest.»

Ich grinse.

Sie lächelt.

Wir bleiben auf der kleinen Treppe vor der Haustür stehen, und die Außenbeleuchtung springt an.

«Ha! Jetzt bin ich fast so groß wie du», bemerkt sie beinahe stolz; sie steht eine Treppenstufe über mir.

«Aber nur fast. Da fehlt noch ein bisschen.»

«Das bisschen ist okay. Ich mag es, wenn Männer größer sind als ich. Hab eine kleine Schwäche für große, starke Männer.»

Ihr Geständnis lockt erneut ein Grinsen auf meine Lippen. «Und was magst du noch so bei Männern?»

Sie verengt die Augen und mustert mich eingehend, dann schüttelt sie den Kopf. «Vergiss es, Alex. So beschwipst, dass ich noch mehr Wahrheiten ausplaudere, bin ich nicht.»

In lache kurz auf. «Ich musste es zumindest versuchen, oder?»

«Dann sollte ich mal lieber reingehen, bevor du es erneut versuchst und noch Erfolg hast», läutet sie die Verabschiedung ein, und plötzlich überkommt mich der Drang, sie einfach an mich zu ziehen und küssen, um den Abend noch nicht enden zu lassen.

«Sicher ist sicher. Gute Nacht, Aminata», sage ich stattdessen.

«Gute Nacht, Alex.» Ich erwarte, dass sie ihre Schlüssel hervorholt, aber sie rührt sich nicht, sieht mir stattdessen weiterhin in die Augen. «Danke fürs Bis-zur-Tür-Bringen … und den schönen Abend. Hat echt Spaß gemacht.»

«Mir auch. Sehr.»

Ihr Ausdruck wird entschuldigend, fast reumütig.

«Du ... es tut mir leid, dass ich wegen deines Vorschlags mit dem Video so sauer reagiert habe. Du hättest auch von mir verlangen können, es sofort zu löschen, aber das hast du nicht. Und das weiß ich wirklich zu schätzen. Deshalb ... also, wenn ... wenn du willst, können wir das mit dem Fake-Date von mir aus gerne machen.»

Ich schüttele den Kopf. «Nein, das ist schon okay. Ich brauche das nicht. Nicht mehr.»

Ihre Augenbrauen ziehen sich zusammen. «Wie meinst du das?»

«Ich wollte damit erreichen, dass mich niemand mehr für einen Catfish hält, um wieder unbeschwert daten zu können, aber ... Die Frau, die mich aktuell interessiert, weiß ja, dass ich kein Fake bin. Mit den paar Nachrichten und Stripanfragen, die ich täglich bekomme, kann ich leben.» Ich zucke gleichgültig mit den Schultern, obwohl ich alles andere als entspannt bin. Ich habe Aminata gerade ziemlich deutlich gemacht, dass ich was von ihr will, und jetzt klopft mir das Herz bis zum Hals. Der verdammte Alkohol hat meine ohnehin schon lose Zunge nur noch mehr gelockert.

Ein Lächeln zupft an ihren Mundwinkeln, und sie gräbt die Zähne in ihre volle Unterlippe. Ein Anblick, der es mir nicht unbedingt leichter macht, ihrer Anziehung zu widerstehen. «Versuchst du mir gerade zu sagen, dass du ein zweites Date willst, Alex?»

Ich hebe herausfordernd eine Augenbraue. «Vorhin meintest du noch, dass das hier kein Date ist.»

«Vorhin hattest du mir auch noch nicht gesagt, dass du Interesse an mir hast.»

«Ich habe zugegeben, dass ich dich gerne küssen würde. Mehr Interesse kann man nicht zeigen, Aminata.» Der letzte Satz kommt etwas leiser über meine Lippen, weil ich in ihren Augen etwas aufflackern sehe: Verlangen.

Ihr Blick fällt auf meinen Mund. «Doch, kann man schon.»

Mein Herz schlägt schneller. Weil ich ahne, worauf sie hinauswill, aber ich möchte … ich muss es aus ihrem Mund hören. «Und wie?»

«Indem du mich küsst.» Ihre Stimme ist nur noch ein Hauch.

Ich trete näher, neige den Kopf etwas zur Seite, damit ich ihr Gesicht besser sehen kann. «Willst du das wirklich?», frage ich mit gedämpfter Stimme. «Oder willst du dich nur für die Sache mit deinem Ex revanchieren?»

«Ich möchte das wirklich … aber …» Meinem Blick weicht sie aus und senkt den Kopf.

«Aber?»

«Erwarte nicht zu viel.»

«Keine Sorge. Ich werde dir danach keinen Heiratsantrag machen.»

«Das meine ich nicht, Alex.»

Ich höre die Verunsicherung in ihrer Stimme und trete lieber wieder einen Schritt zurück. «Wir können uns auch einfach umarmen oder uns gar nicht berühren, bis wir uns besser kennen und du dich wohl damit fühlst», sage ich und meine es auch so.

Mit einem tiefen Atemzug spannt sie mich auf die Folter. Es folgen ein zweiter und ein dritter, bevor sie mich endlich wieder ansieht.

«Es geht nicht darum, dass ich dich nicht berühren will. Das will ich definitiv. Es ist nur so … Ich sollte das wahrscheinlich lieber für mich behalten, aber ...» Sie beißt sich wieder nervös auf die Unterlippe. «Ich bin seit einer Ewigkeit nicht mehr geküsst worden.»

Meine Augenbrauen ziehen sich zusammen. *Na und?*, will ich sagen, doch sie spricht weiter.

«Jacob ist der einzige Mann, den ich bis jetzt geküsst habe. Und das liegt so lange zurück, dass ich mich da gar nicht mehr richtig dran erinnern kann. Es kann also sein, dass ich dir gleich den schlimmsten Kuss deines Lebens gebe und ...»

Ich höre gar nicht mehr hin, starre einfach nur auf diese unfassbar sinnlichen Lippen, aus denen all diese Worte ohne Punkt und Komma in Rekordzeit heraussprudeln.

Und dann unterbreche ich sie und stelle ihr die einzig wichtige Frage.

KAPITEL 11

Aminata

Unaufhaltsam purzeln all diese peinlichen Worte aus meinem Mund. Statt zu lügen oder die ganze Sache einfach für mich zu behalten, oute ich mich als Frau Mitte zwanzig, die erst einen Typen hatte. Als wäre das etwas Schlimmes.

Ich schäme mich nicht dafür. Wirklich nicht. Trotzdem habe ich Angst, mich vor Alex zu blamieren. Was total lächerlich ist. Nirgendwo steht geschrieben, ab welchem Alter man mit wie vielen Typen intim geworden sein muss.

Meinen Monolog habe ich inzwischen beendet und würde ihn am liebsten wieder zurücknehmen. «Alex, ich …»

«Beantworte mir nur eine Frage, Aminata.» Mit einem Blick, so tief, dass ich gar nicht anders kann, als darin zu versinken, fragt er: «Willst du, dass ich dich küsse?»

Ich nicke, ohne zu zögern.

«Alles andere ist mir scheißegal. Okay?»

«Okay.»

Seine Lippen sind leicht geöffnet, kommen meinen näher, immer näher, bis sie knapp über meinen schweben.

Mein Brustkorb hebt und senkt sich hektisch, während ich nach Atem ringe, ganz still halte und warte …

Eine Sekunde, zwei, drei ...

Mein Atem geht flacher, während seiner mein Gesicht wärmt. Er leckt sich über die vollen Lippen, streift dabei fast meine. Das allein genügt, um bei mir Gänsehaut zu erzeugen.

«Du musst nicht nervös sein», murmelt er. «Es ist nur ein Kuss.» Seine Stimme ist ein raues Flüstern an meinem Mund, der sich automatisch öffnet.

Nickend hole ich ganz tief Luft und sauge den frischen Duft seines Aftershaves ein. Dann schließe ich die Augen, fasse all meinen Mut zusammen und drücke meine Lippen zitternd auf seine. Warm und weich. Mein Herz klopft schneller, als ich seine Zunge spüre, die erst sacht über meine Lippen und dann in meinen Mund gleitet. Er liebkost mich mit diesem Kuss. Immer inniger und tiefer, bis ich nur noch Zucker, Alkohol und Alex schmecke.

Er stöhnt an meinem Mund, umschlingt meine Taille. Auf Zehenspitzen komme ich ihm entgegen, weil ich mehr will ... einfach mehr. Von ihm und diesem Kuss. Ausgehungert erwidere ich jede leidenschaftliche Berührung seiner Zunge, seiner Zähne auf meinen Lippen. Knabbernd und saugend, entlockt er mir ein kehliges Stöhnen. Es ist lauter als gewollt. Aber ich kann mir nicht helfen, denn das hier ... die Art, wie Alex mich an sich presst und küsst, als wolle er mich verschlingen, ist einfach nur ... wow!

Der Kuss gewinnt an Intensität, wird härter, wilder und raubt mir den Atem. Alex drängt mich nach hinten, bis uns die Haustür in meinem Rücken bremst. Ein warmes Prickeln breitet sich in meinem Bauch aus und geht über in ein ungewohntes Ziehen meines Unterleibs. Meine

Finger krallen sich in sein dichtes Haar, während seine den Reißverschluss meines Mantels öffnen. Nicht langsam, sondern voller Ungeduld. Ich tue es ihm gleich, öffne hektisch seine Jacke und wölbe mich seinem muskulösen Körper entgegen, presse mich an ihn und …

Gott.

Alex ist hart. Meinetwegen. Und er reibt sich an mir, bis ich feuchte Hitze zwischen meinen Beinen spüre. Mein Verstand setzt aus. «Komm mit hoch», höre ich mich nicht sagen, sondern keuchen. Scheiß auf Dating-Regeln, scheiß drauf, dass dies eigentlich überhaupt kein Date ist, scheiß auf …

«Ich … muss noch Kisten packen», kommt es stöhnend von Alex, und meine Gedanken legen eine Vollbremsung hin.

Er unterbricht den Kuss und lehnt seine Stirn gegen meine.

Wie jetzt?

War's das etwa?

Ich bin zu perplex, um irgendwas zu sagen.

«Danke für den schönen Abend», ist alles, was schwer atmend von ihm kommt. Gefolgt von einem unschuldigen Kuss auf meine erhitzte Wange, der sich wie eine Abfuhr anfühlt.

Hab ich was falsch gemacht?

Hat sich der Kuss nur für mich so … so perfekt angefühlt?

«Schlaf gut, Aminata.»

Anscheinend schon.

«Viel Spaß beim Kistenpacken», presse ich zwischen zusammengebissenen Zähnen hervor.

Seinen großen Körper schiebe ich von mir weg, fahre eilig herum und zupfe mein Kleid zurecht. Gott, wie konnte ich mich nur zu diesem Kuss und dieser Frage hinreißen lassen? Von meinem Geständnis davor ganz zu schweigen. Wenigstens hat es diesmal nicht sieben Jahre gedauert, bis ich wie eine heiße Kartoffel fallen gelassen worden bin. Scham durchfährt mich, mischt sich mit den Überresten meiner Erregung.

«Ist alles okay?» Alex steht noch immer so dicht hinter mir, dass sein Atem mein Ohr streift. Und meine verräterischen Nackenhärchen haben nichts Besseres zu tun, als sich aufzurichten.

«Ja, klar. Ich melde mich.»

Ich höre selbst, wie seltsam ich klinge. Wie verletzt.

«Was ist los, Aminata?» Er dreht mich zu sich um. «Dass ich gehen muss, hat wirklich nichts mit dir oder diesem Kuss zu tun.»

«Okay.» Ich zwinge meine Mundwinkel nach oben.

Er betrachtet mich skeptisch. «Warum habe ich dann das Gefühl, dass hier gerade gar nichts okay ist?»

«Das täuscht. Ich muss einfach nur dringend aufs Klo. Die Cocktails und so ...» Eine bessere Ausrede, um mich aus dieser Situation zu flüchten, ist mir auf die Schnelle nicht eingefallen. Ich kann sehen, dass er mir nicht glaubt. Aber bevor er etwas sagen kann, drehe ich mich mit einem knappen «Bis dann» wieder zur Tür, schließe auf und husche ins Haus.

In der Wohnung angekommen, lasse ich die Tür lautstark ins Schloss fallen. Wütend marschiere ich an Chiaras Zimmer vorbei und will gerade in meins, da kommt sie in den Flur geschossen und schneidet mir den Weg ab. «Uuuuuuund?» Sie starrt mich mit Augen, rund wie Teller, an.

«Nichts und. Er hat mich abblitzen lassen.»

«Was? Musst du das Video jetzt doch löschen? Ich dachte, ihr hättet eine andere Lösung gefunden.»

«Ach so. Nein. Ich muss das Video nicht löschen.»

«Und warum siehst du dann so ... unzufrieden aus?»

«Wohl eher unbefriedigt», murmele ich. Allerdings nicht leise genug.

«Oh mein Gott! Was? Hattet ihr Sex?!» Ihre Stimme überschlägt sich beinahe.

«Nein! Aber ... ich wollte.»

Fragezeichen zerfurchen Chiaras sonst glatte Stirn. «Hä?»

«Lange Geschichte», seufze ich müde.

Sie mustert forschend mein Gesicht und nimmt dann meine Hand. «Aminata Bonsu, Küche! Jetzt!»

Meinen Protest ignoriert sie, schleift mich hinter sich her und setzt mich wie eine Puppe auf einen unserer violetten Esstischstühle.

«Erzähl!», fordert sie und nimmt mir gegenüber Platz. Der Pulli, den sie trägt, kommt mir bekannt vor.

«Ist das meiner?», frage ich, auf ihn deutend.

«Jap! Meine sind in der Wäsche. Und jetzt hör auf abzulenken. Ich will alles wissen.»

Ich schnaube. «Wirklich alles?»

Ihre Lippen formen ein anzügliches Grinsen. «Jedes schmutzige Detail.»

«Haben wir noch Schokolade da?»

«Hör. Auf. Abzulenken. Und nein, wir haben keine mehr.»

Kurz überlege ich, wo ich beginnen und wie weit ich ausholen soll, da kommt sie mir zuvor. «Habt ihr euch geküsst?»

Ich nicke.

«Oh mein Gott! Mina!» Chiara strahlt übers ganze Gesicht. Sie weiß, wie lange mein letzter Kuss zurückliegt und wie sehr Jacobs Untreue und die darauffolgende Trennung an meinem Selbstwertgefühl gekratzt haben. Die einzigen Männer, die ich seitdem an mich rangelassen habe, waren meine Buchhelden. «Sag schon, wie war's?»

«Schön.» Wobei schön die Untertreibung des Jahrhunderts ist. Seufzend schiebe ich ein «Leider» hinterher.

«Wieso denn leider? Und wieso hat er dich abblitzen lassen, wenn es schön war?»

Eine erneute Schamwelle schwappt über mich hinweg und lässt mich Kopf schüttelnd die Hände vors Gesicht halten. «Gott, ich hab mich so blamiert», murmle ich in meine Hände und begegne aus gespreizten Fingern dem fragenden Blick meiner Freundin.

«Wieso? Was hast du gemacht? Ihm in den Mund gerülpst?»

«Schlimmer!»

Chiara zieht eine Grimasse. «Das geht?»

«Ich hab gefragt, ob er mit raufkommen will, und er hat abgelehnt.»

«Oh.»

«Weil er angeblich Kisten packen muss.»

«Und wenn es stimmt?»

«Mitten in der Nacht?» Ich hebe zweifelnd eine Augenbraue.

«Vielleicht zieht er ja gerade um oder so?»

Ich schnaube. «Jetzt mal im Ernst. Würdest du dich mit jemandem verabreden, wenn du mitten im Umzugsstress bist?»

«Hmm ... Wie war denn der Rest eures Treffens?»

Ich beginne mit seinem Vorschlag und meiner Reaktion darauf, dann erzähle ich ihr von der Zufallsbegegnung mit Jacob, Alex' spontaner Showeinlage, unserem Trinkspiel. Den lustigen, aber auch etwas ernsteren Momenten zwischen uns. Seinen Blicken. Und seinen Geständnissen.

Chiara gibt nach gefühlt jedem Satz ein «Awww» oder «Wie süß» von sich. Und während ich die letzten sechs Stunden für sie zusammenfasse, wird mir klar, wie toll ich Alex finde. «Und das Ende kennst du ja», sage ich abschließend und schiebe schmollend die Unterlippe vor.

«Alsoooooo, da du anscheinend zu viele Cocktails hattest, um zu sehen, was ich allein durch deine Erzählung kapiert habe, will ich sein Verhalten jetzt mal für dich interpretieren.»

Ich sehe sie zweifelnd an.

«Er mag dich, Mina. Und er will dich kennenlernen. Das klappt erfahrungsgemäß besser, wenn man nicht schon nach dem ersten Date im Bett landet. Ich denke, dass er deshalb nicht mit dir hochkommen wollte. Das war keine Abfuhr! Das war ein: Ich habe ernsthaftes Interesse an dir.»

«Hmm ... Glaubst du wirklich?», frage ich und klinge dabei ungewollt hoffnungsvoll.

«Ja! Und ich gehe jede Wette ein, dass er sich morgen mit einer supersüßen Nachricht bei dir melden wird.»

Ein Lächeln schleicht sich auf meine Lippen. «Meinst du?»

«Ich weiß es!»

KAPITEL 12

Alexander

Was zur ...?

Aminata, die vor einer Minute noch Wachs in meinen Händen war, ist plötzlich total angepisst und knallt mir die Tür vor der Nase zu. War ich anwesend, als passiert ist, was sie von süß zu sauer mutieren ließ? Ungünstigerweise staut sich gerade all mein Blut in meinem Penis, weshalb ich echt nicht draufkomme. Alles, was ich aktuell weiß, ist, dass mich schon lange keine Frau mehr so heißgemacht hat – und das mit einem simplen Kuss.

Okay ... Aminata und besonders ihre Lippen sind alles andere als simpel. Exquisit trifft es schon eher und ...

Meine Gedanken kommen quietschend zum Stehen, als mir schlagartig klar wird, wie scheiße ich mich eben verhalten habe.

Ich muss noch Kisten packen?

Ernsthaft?

Kopfschüttelnd starre ich die verschlossene Haustür an, durch die sie eben beleidigt abgedampft ist. Sie muss meine Reaktion auf ihr Angebot als Abfuhr verstanden haben. Besonders nach dem, was sie mir von ihrem Ex erzählt hat, ihrer Unsicherheit vor unserem Kuss. Das Letzte, was ich wollte, war, diese Unsicherheit zu verstärken, indem ich sie vor den Kopf stoße. Denn ich will sie. Und nicht nur für eine bedeutungslose Nummer.

«Fuck!», fluche ich und verwandele die Luft vor mir damit in weißen Nebelrauch.

Wieso habe ich ihr das nicht genauso erklärt?

Vermutlich aus demselben Grund, warum ich nicht eher darauf gekommen bin: zu wenig Blut im Hirn und zu viel in südlichen Körperregionen. Mein Penis ist nicht unbedingt ein Blitzmerker.

Ich hole mein Handy hervor und überlege, ihr eine Nachricht zu schicken. Vom Taxi aus, weil mir hier draußen allmählich der Arsch abfriert. Als ich einsteige und den Geldbetrag auf der Uhr sehe, wird mir ein bisschen schlecht. Für das Taxi sind schon drei Kurse draufgegangen.

Während der Weiterfahrt überlege ich, was ich Aminata schreiben soll. Dann tippe ich drauflos:

Es gibt zwei Gründe, weshalb ich nicht mit hochgekommen bin:
1. Ich ziehe in 5 Tagen um, habe noch keine einzige Kiste gepackt und nur nachts Zeit dafür, da ich tagsüber arbeite und heute ein ziemlich cooles (Nicht-)Date mit einer Frau hatte, die ich gerne näher kennenlernen würde.
2. Du gefällst mir zu gut für einen One-Night-Stand. Denn so verlockend dein Angebot auch war, ich möchte mehr als nur eine Nacht. Aber wenn oberflächlicher Sex das ist, was du willst oder brauchst, lass es mich wissen. Dann komme ich morgen nach der Arbeit vorbei. Ich

würde vorher allerdings lieber noch auf zwei oder drei Dates gehen ... Nur damit ich dich mental schon mal auf den besten Sex deines Lebens vorbereiten kann. Haha 😄, kleiner Scherz. 😉
Im Ernst, Aminata ... Was willst du?
Ich bin für alles offen. Es sei denn, ich soll in ein Einhorn-Kostüm schlüpfen und für dich strippen. Bei der Nummer wäre ich dann raus.
Alex

Jetzt heißt es warten.

KAPITEL 13

Alexander

Tags darauf verlasse ich um Punkt halb elf in Trainingsklamotten die Wohnung. Ich bin nicht nur todmüde, weil ich bis drei Uhr morgens Kisten gepackt habe, sondern auch unruhig. Weil Aminata sich nicht gemeldet hat, obwohl sie meine Nachricht noch in der Nacht gelesen zu haben scheint.

Ich weiß, das muss nichts heißen. Ich antworte manchmal selbst erst Tage später auf Nachrichten von irgendwelchen Leuten. Allerdings hätte ich nach dem gemeinsamen Abend und dem Kuss erwartet, für Aminata nicht zu «irgendwelchen Leuten» zu zählen. Oder ist sie trotz meiner Erklärung wegen des Spruchs mit dem Kistenpacken immer noch beleidigt? Ich habe keine Ahnung, was ich jetzt machen soll.

Ich fahre zur Arbeit, stelle meinen Wagen auf dem Mitarbeiter-Parkplatz des *Fitness Express* ab und betrete wenig später das Studio. Weil das Probetraining mit Aminata ausfällt, bleiben mir anderthalb Stunden bis zum Spinning-Kurs. Zeit, die ich nutzen werde, um mich mal wieder meiner eigenen Fitness zu widmen. In den Kursen ist das nicht möglich, weil ich aus Rücksichtnahme auf die Teilnehmenden nie an meine Grenzen gehen kann. Ich bringe meine Sporttasche in den Mitarbeiterraum, wo mir eine Tasse ins Auge springt. Eine Tasse mit einem Einhorn drauf.

«Sehr witzig, Simon», murmle ich vor mich hin. Ich habe ihn vorhin beim Reinkommen im Gespräch mit einem Kunden gesehen und weiß sofort, dass dieses Ding von ihm kommen muss. Wieso bin ich damals nicht auf die Idee gekommen, ihm wegen seines Tattoos eine Tasse zu schenken?

Mein Lächeln verblasst allerdings fast sofort wieder. Wegen Aminata und den vielen Nachrichten, die ich heute schon wieder wegen ihres TikToks bekommen habe, ist mir alles andere als zum Lachen zumute. Wenigstens dürfte mich das Training gleich auf andere Gedanken bringen. Es gibt nichts Besseres als Sport, um den Kopf frei zu kriegen. Selbst wenn er gerade voll von einer hübschen Autorin ist. Ich verlasse den Raum und bin gerade dabei, meine Kopfhörer aufzusetzen, als Steffi mir entgegenkommt und Salz in meine Wunde streut.

«Ist bei der Kundin, die am Mittwoch in deinem Kurs umgekippt ist, alles okay?»

«Ja, alles gut», antworte ich knapp.

«Okay ...» Sie sieht mich verwundert an. «Weil ich gesehen habe, dass ihr Probetraining gestrichen wurde.»

Wieso muss sie mich ausgerechnet jetzt darauf ansprechen? Ich versuche, so gleichgültig wie möglich zu klingen, und antworte: «Das hat andere Gründe.»

Steffi stöhnt auf. «Lass mich raten ...»

Ich runzele die Stirn.

«Wieder eine Kundin, mit der du was hattest? Wollte sie deshalb unbedingt bei dir das Probetraining?»

«Erstens geht es dich nichts an, mit wem ich was habe, und zweitens ist es nun wirklich keine Seltenheit, dass Probetrainings abgesagt werden.»

Der Schärfe meines Tonfalls werde ich mir erst bewusst, als ich Steffis überraschten Ausdruck sehe. «Mein Gott! Entspann dich, Alex! Das sollte kein Vorwurf oder so sein.»

«Das klang aber anders», sage ich etwas gelassener. Ehrlicherweise kann ich nicht behaupten, noch nie etwas mit einer Kundin angefangen zu haben. Aber das waren Einzelfälle, und das letzte Mal ist auch schon ewig her. Außerdem hatte Aminata eh nie vor, hier Kundin zu werden.

«Tut mir leid, dass das so rüberkam, Alex.»

«Schon okay. Ich hätte dich auch nicht gleich so anfauchen müssen.»

Wir lächeln uns versöhnlich an, bevor sie in den Pausenraum verschwindet und ich mir ein Laufband im Kardio-Bereich suche. Nach fünfzehn Minuten Jogging folgen heute je zwanzig Minuten Übungen für Arme und Brust. Ich wische mir mit dem Handtuch den Schweiß vom Gesicht und will gerade weiter zum Freihantelbereich, als ich Aminata auf mich zukommen sehe. In Trainingsklamotten. Mit den schulterlangen Afrolocken hätte ich sie fast nicht erkannt, da sie das Haar bei den letzten beiden Malen glatt getragen hat.

Unsicher, ob sie tatsächlich zu mir will, bleibe ich stehen, während sich mein ohnehin schon erhöhter Puls verdoppelt. Ist sie meinetwegen hier? Das Lächeln auf ihren Lippen lässt mich diese Frage mit einem Ja beantworten.

Ich grinse zurück, wische mir noch mal mit dem Handtuch den Schweiß von der Stirn und gehe ihr entgegen. Eigentlich hasse ich es, beim Training gestört zu werden, aber von Aminata lasse ich mich gerne unterbrechen.

Wir bleiben voreinander stehen, sehen uns in die Augen. «Hi, Alex.»

«Hi.»

Ihre Zunge blitzt hervor, als sie sich flüchtig über die Lippen leckt. Eine winzige Geste, die mich sofort wieder an unseren Kuss denken lässt. Ich will sie wieder küssen. Mich räuspernd, versuche ich meine Gedanken wieder auf Kurs zu bringen und frage: «Was machst du hier?»

Sie verlagert ihr Gewicht von einem Bein aufs andere, spielt dabei mit dem Afrikaanhänger ihrer Kette. «Du hast mich in deiner Nachricht gefragt, was ich will und ... ich finde deinen Vorschlag gut.»

«Welchen Vorschlag?»

«Sich kennenzulernen, bevor ... Du weißt schon.»

Mich durchfährt Erleichterung, aber die lasse ich mir noch nicht anmerken. Ich verschränke die Arme vor der Brust und hebe fragend eine Augenbraue. «Bevor ... was?» Obwohl ich versuche, ernst zu bleiben, zupft ein Schmunzeln an meinen Mundwinkeln.

Ihre zucken ebenfalls. «Du weißt genau, was ich meine.»

«Nope.» Ich zucke mit den Schultern, die Ahnungslosigkeit in Person.

Sie verdreht die Augen. «Ich meine, bevor ...» Sie lehnt sich leicht vor und flüstert: «Wir uns wieder küssen.»

Ich unterdrücke ein Lachen. Wie zur Hölle kann es sein, dass die Frau erotische Romane schreibt, wenn sie das Wort «Küssen» schon in Verlegenheit bringt. Vielleicht sollte ich mir eins ihrer Bücher zulegen.

«Freut mich, dass du extra vorbeigekommen bist, um mir das zu sagen, Aminata.» Ich sehe ihr tief in die Augen, damit sie weiß, dass ich das genauso meine.

«Na ja ... Da ich ohnehin noch ein Probetraining bei dir offen habe, dachte ich, wir könnten das mit unserer», sie zeichnet Gänsefüßchen in die Luft, «Kennenlernphase verbinden. Oder hast du schon was anderes vor?»

Zum Glück nicht, schießt es mir durch den Kopf. Ich werde zwar improvisieren müssen, da ich keinen Plan vorbereitet habe, aber das kriege ich hin.

«Wir können von mir aus sofort loslegen, aber eins muss ich vorher noch richtigstellen ...» Ich beuge mich etwas vor, nähere mich ihrem Ohr und sage mit gesenkter Stimme: «Ich möchte dich wieder küssen, Aminata. Und zwar so schnell wie möglich. Darauf will ich, während wir uns kennenlernen, auf keinen Fall verzichten.» Ich höre, wie Aminata schluckt, und fahre fort: «Aber für alles, was darüber hinausgeht – Dinge, die wir angestellt hätten, wenn ich Samstagnacht mit zu dir in die Wohnung gekommen wäre –, werden wir uns noch etwas Zeit lassen, okay?»

Sie nickt nur.

Und als ich ihr wieder in die Augen blicke und den Ausdruck darin sehe, das Aufblitzen von Verlangen, will ich meine Worte am liebsten zurücknehmen und das Kennenlernen überspringen.

KAPITEL 14

Aminata

ch möchte dich wieder küssen, Aminata. Dinge, die wir angestellt hätten, wenn ich Samstagnacht mit zu dir in die Wohnung gekommen wäre ...

Wie soll ich mich bitte auf die korrekte Ausführung irgendeiner Übung konzentrieren, nachdem er mir so was ins Ohr geraunt hat? Oder wenn er so vor mir steht? In seinem verschwitzten T-Shirt, das wie eine zweite Haut an seinem muskulösen Oberkörper klebt. Oder wenn mich sein Blick wie ein Blitz durchfährt, während er mir erklärt, was ich machen soll.

Zum Glück ist Alex nicht streng. Denn kurze Zeit später unterhalten wir uns mehr, als dass wir uns mit den Geräten beschäftigen. Ich sitze inzwischen schon seit über zwanzig Minuten auf der Beinpresse, ohne sie einmal bedient zu haben.

Alex erzählt mir gerade, dass er vorhatte, bei Ninja Warrior mitzumachen, und ihm das Leben einen Strich durch die Rechnung gemacht hat.

«Was ist passiert?», frage ich, auf der Beinpresse sitzend.

«Zwei Wochen bevor es losging, habe ich mich verletzt. Bänderriss», sagt er und klingt noch immer ziemlich angefressen.

«Oh nein, das tut mir leid. Aber hättest du denn nicht im nächsten Jahr mitmachen können?»

«Hatte ich vor, aber dann hab ich mir den Arm gebrochen.»

«Nein!»

«Doch.»

«Ab da war ich raus. Den Wink des Schicksals habe ich kapiert. Außerdem musst du wirklich auf den Punkt fit sein, wenn du in der Show was reißen willst. Ich war übelst im Trainingsrückstand. Dann kam der Unistress. Mein Abschluss. Der Job hier ... Und jetzt ...», er zuckt mit den Schultern, «... ist der Zug abgefahren.»

«Aber warum denn?»

«Damals habe ich jeden Tag trainiert. Dafür hab ich jetzt keine Zeit mehr. Und nur mitzumachen, um sagen zu können, ich hätte teilgenommen?» Er schüttelt den Kopf. «Dazu bin ich zu ehrgeizig.»

«Verstehe. Aber wenn es dein Traum ist, dann solltest du es vielleicht noch mal versuchen. Ich hätte das Schreiben auch fast aufgegeben, weil ich nicht mehr an mich geglaubt habe ...» Ich erzähle ihm von den vielen Rückschlägen und wie ich dank Chiara am Ball geblieben bin. Und fast auch von dem Loch, in das ich damals gefallen bin. Aber um ihm so viel anzuvertrauen, kenne ich ihn nicht gut genug. «Und jetzt stehe ich kurz davor, einen Buchvertrag zu bekommen. Dank eines TikTok-Videos. Und auch dank dir.»

Alex, der neben mir steht, schüttelt den Kopf. «Das hast du wohl eher deinem Durchhaltevermögen und deinem Talent zu verdanken als mir.»

«Ohne deine Bilder gäbe es das Video nicht.»

«Wenn das so ist, lass ich mich gerne von dir zum Essen einladen, wenn du reich und berühmt bist», erwidert er mit einem Zwinkern.

«Deal. Apropos einladen …» Ich verziehe peinlich berührt das Gesicht. «Ich hab ganz vergessen, dir die Hälfte zu dem Taxi dazuzugeben.»

Alex winkt ab. «Alles gut. Das passt schon.»

«Aber du hast schon unsere Drinks bezahlt. Und es war abgemacht, dass wir uns das Taxi teilen.»

«Die Strecke von der Bar zu dir war eh kürzer als die von dir zu mir. Die Hälfte wäre zu viel.»

«Dann gehen die nächsten Cocktails auf mich», bestimme ich.

«Wann und wo?» Herausfordernd grinst er mich an, als hätte er nur auf die Gelegenheit gewartet, mich auf das nächste Date festzunageln.

Allerdings ist das nicht schwierig. Ich würde ihm am liebsten direkt morgen vorschlagen. Aber sein Umzug steht in ein paar Tagen an, er wird diese Woche kaum Zeit haben. Außerdem muss ich selbst dringend an meinem Buch weiterarbeiten. Also können wir uns frühestens am Wochenende treffen. Und weil ich es langweilig fände, schon wieder in eine Bar zu gehen, mache ich ihm einen anderen Vorschlag.

«Wie wäre es Freitag- oder Samstagabend bei mir? Ich habe während meines Studiums als Barkeeperin gearbeitet und mache herausragende Cocktails.»

Sein Mund verzieht sich zu einem breiten Grinsen. «Klingt herausragend gut.»

Als wäre dies das Stichwort, taucht neben uns ein Typ im Muskelshirt auf und fragt, ob er an die Beinpresse kann. Vermutlich hat er beobachtet, dass wir sie in Beschlag genommen haben, ohne sie auch nur einmal zu benutzen.

Alex und ich räumen das Feld und müssen uns dann auch schon verabschieden. Weil die Stunde rum ist und gleich sein Kurs beginnt. Als er mich fragt, ob ich mitmachen will, winke ich energisch ab. «Auf keinen Fall. Das war mein letzter Tag hier. Ich hoffe, du kannst damit leben, dass ich ein Sportmuffel bin.»

«Was beweist, dass du nur meinetwegen hier warst. Und damit kann ich ziemlich gut leben. Hat mich echt gefreut, Aminata.»

«Mich auch.»

Wir nehmen uns in den Arm, und ich mag, wie er sich anfühlt. Und wie er riecht, obwohl er noch etwas verschwitzt ist.

«Wäre es okay, wenn ich mir deine Handynummer aus unserem System klaue und dir schreibe?», fragt er, nachdem wir uns voneinander gelöst haben.

«Sehr okay.»

* * *

Den restlichen Tag verbringe ich damit, alle zehn Minuten zu checken, ob Alex mir geschrieben hat. Als ich abends ohne eine Nachricht von ihm zu Bett gehe, macht sich Verunsicherung breit. Was total unnötig ist. Alex hätte mich wohl kaum nach meiner Nummer gefragt, wenn er nicht vorhätte, sich zu melden. Trotzdem liefert mein Kopf mir mal wieder tausend irrationale Gründe dafür, warum er mich plötzlich doch uninteressant finden könnte. Aber dann denke ich an unser Treffen in der Bar, an das Probetraining, an unsere Gespräche, an all die kleinen Andeutungen, mit denen er mir gezeigt hat, dass er mich mag. Und an den Kuss.

Er wird sich melden.

Mit dieser Gewissheit schlafe ich ein und habe sie am nächsten Morgen in Form einer Nachricht auf meinem Handy. Von einer mir unbekannten Nummer:

Guten Morgen. Hier ist deine Muse. 😊
Hast du gut geschlafen?

Mein Mund verzieht sich zu einem Lächeln. Natürlich weiß ich sofort, von wem die Nachricht ist, und richte mich auf. Als könnte ich Alex besser antworten, wenn ich sitze, anstatt zu liegen.

Guten Morgen, liebe Muse. Möchtest du ab sofort so von mir genannt werden? Ja, hab ich, und du?

So eitel bin ich nicht. Es reicht, wenn in deiner Danksagung das Wort Muse zumindest einmal in Kombination mit meinem Namen genannt wird.

Leise lachend lese ich weiter.

Ich hab nicht viel geschlafen. Abgesehen davon, dass ich bis spätabends noch Kisten packen musste, hat mich dein Buch die halbe Nacht wach gehalten.

Ich reiße die Augen auf.

Du hast eins meiner Bücher gelesen?

Jap! Hab mir extra dieses Kindle-Programm aufs
Handy geladen.

Wie zum Beweis schickt er mir einen Screenshot von seiner Kindle Bibliothek, in der sich nicht nur eins meiner
Bücher befindet, sondern alle sechs.

Ungläubig starre ich das Foto an. Jacob hat sich in all
den Jahren, die wir zusammen waren, nicht ein Mal die
Mühe gemacht, sich eines meiner Bücher zu kaufen, geschweige denn zu lesen. Alex kennt mich gerade mal eine
Woche und lädt sich direkt alle herunter. Wie süß ist das
bitte?

Und welches davon liest du gerade?

Die Flammenkriegerin.

Dir ist schon klar, dass du mit dem letzten Band
einer Trilogie angefangen hast?

Ich kichere.

Öhm ... Jetzt wo du es sagst ...

Band 1 ist die Sonnengöttin und Band 2 die
Wasserbändigerin.

Okay, ich hatte mich schon gewundert, warum ich ein paar Sachen nicht kapiere ... 😂

Du liest es also wirklich?

Klar. Willst du wissen, an welcher Stelle ich gerade bin?

Ich erwarte einen weiteren Screenshot oder einen reinkopierten Satz, doch stattdessen sehe ich, dass er eine Sprachnachricht aufnimmt. Und während ich sie abspiele, zieht sich alles in mir zusammen.

«‹Was ... was tust du da?›, fragt sie stöhnend. In den Augen dieses erwartungsvolle Funkeln, weil sie die Antwort längst ahnt. Ein Lächeln zieht an meinen Mundwinkeln. ‹Ich will, dass du mir zusiehst, während ich dich lecke.› Mit der Zungenspitze fahre ich über ihren Innenschenkel, komme ihrer Mitte immer näher, bevor ich sie schließlich koste. Das Gefühl ihrer Finger, die sich in mein Haar krallen, der Geschmack ihrer unverkennbar salzigsüßen Note auf meiner Zunge lassen meinen Schwanz fast bis zur Schmerzgrenze anschwellen, während ich ihren Kitzler umkreise und massiere, bis ihr Körper unter mir erzittert.»

«Oh mein Gott», höre ich mich beinahe keuchen, während mich glühende Hitze durchfährt. Alex' Stimme hat noch nie so tief, so rau, so verrucht und so ... unglaublich sexy geklungen. Seine Voicemail ist ohne Zweifel die erotischste Nachricht, die ich je bekommen habe. Es ist, als hätte Alex neben mir gelegen und mir diese Worte geradewegs ins Ohr geraunt. Jedes Wort fühlte sich wie eine

Berührung meiner empfindsamsten Körperregionen an. Wenn das hier Telefonsex ist, dann will ich mehr davon. Ich will es jeden Tag.

Mein Handy summt. Die nächste Nachricht von Alex, diesmal wieder ein Text.

> Bist du noch da?

Mit rasendem Herzen antworte ich:

> Hättest du mich nicht vorwarnen können, bevor du mir so was schickst?

> Warum? Bist du gerade in der Bahn und hast die Nachricht laut abgehört? 😃

> Nein, ich liege im Bett und habe zum ersten Mal eine meiner Sexszenen vorgelesen bekommen.

> Hat es dir gefallen? 😉

Kurz denke ich darüber nach, so zu tun, als hätte mich seine Nachricht komplett kaltgelassen. Aber warum eigentlich? Mir gefällt, dass er anscheinend kein Problem damit hat, über Sex zu reden, und dass er so offen ist. Viel offener, als ich und Jacob es jemals waren. Und ich will mich vor Alex nicht verstellen müssen.

> Wenn ich Ja sage, bekomme ich morgen noch mal so eine Nachricht?

Wie wäre es mit jeden Tag?

Versprich nichts, was du nicht halten kannst, Alex.

Ich bin dann mal entsprechende Textstellen
raussuchen. 😉 Bis morgen, Aminata.

Alex hält tatsächlich Wort und schickt mir jeden Morgen
um Punkt acht Uhr eine Voicemail mit einem erotischen
Zitat aus meinem Buch. Mit dem Ergebnis, dass ich von
Tag zu Tag beim Abhören erregter werde, weil ich nicht
anders kann, als mir vorzustellen, wie er all die Dinge, die
er mir vorliest, mit mir anstellt.

Es fiel mir noch nie so schwer, mich aufs Schreiben zu
konzentrieren, obwohl ich wegen des Videocalls mit der
Filmproduzentin motivierter denn je bin. Laut meiner
Agentin ist die Frau begeistert von mir und der Story und
will nächste Woche einen Vertragsentwurf schicken. Es
ist fast zu schön, um wahr zu sein. Ich gerate immer wieder ins Grübeln, warte auf den Haken, auf eine nieder-
schmetternde Mail meiner Agentin, in der steht, dass alle
Angebote zurückgezogen wurden. Aber stattdessen bekomme ich tagsüber unglaublich süße und lustige Nachrichten von Alex. Von seinen erotischen Voicemails am
Morgen ganz zu schweigen. Und auch er erscheint mir zu
gut, um wahr zu sein. Wo ist bei ihm der Haken? Werde
ich ihn heute bei unserem Cocktailabend finden?

«Hör auf, schon wieder das Haar in der Suppe zu
suchen», hat Chiara gesagt, als ich meine Bedenken geäußert habe. «Wenn ich dir schon bis Mitternacht unsere
Wohnung überlasse, dann versprich mir, deinen Kopf

auszuschalten und die Zeit mit Alex einfach zu genießen, Mina.»

Also nehme ich mir fest vor, genau das zu tun, als ich Alex um neunzehn Uhr die Wohnungstür öffne – und ihn hinter all den Tüten kaum erkenne.

Genau genommen sind es vier volle Papiertüten, die er wenig später in unserer Küche abstellt. Wir nehmen uns zur Begrüßung in den Arm, und wie bei unserer Verabschiedung am Sonntag fühlt es sich gut an. Als wir uns voneinander lösen, spüre ich überall dort, wo sich unsere Körper berührt haben, ein warmes Kribbeln.

«Schön, dich zu sehen. Geht's dir gut?», fragt er und strahlt mich an, als wäre ich das Highlight seiner Woche.

Ich grinse zurück. «Mir geht's gut, aber was ist mit dir? Wie war der Umzug? Und was hat es mit diesen Tüten auf sich?» Jetzt erst nehme ich den köstlichen Essensgeruch wahr. Mein Grinsen wird breiter. «Warst du beim Chinesen?»

«Hat alles reibungslos geklappt. Ich gehöre jetzt offiziell zu den wenigen Menschen ohne Umzugstrauma. Und die Tüten dienen dazu, uns eine Grundlage für die Cocktails zu verschaffen.» Er deutet zum Esstisch, auf dem ich alles, was ich für die Zubereitung brauche, schon mal bereitgestellt habe. «Ich hoffe, du hast noch nichts gegessen.»

«Nein, aber ... ist das etwa alles für uns?»

Er nickt mit einem schiefen Grinsen. «Ich war mir nicht sicher, was du magst, und bin beim Aufgeben der Bestellung leicht eskaliert.»

«Das nennst du *leicht*? Hättest du bei einer schweren Eskalation den ganzen Laden gekauft?» Ich schnaube amüsiert und hole Teller sowie Besteck aus dem Küchenschrank.

«Kann schon sein. Ich liebe chinesisches Essen.»

Da der Esstisch belegt ist, richten wir das All-you-can-eat-Buffet auf dem Beistelltisch unseres Wohnzimmers an. Dann gehen wir wieder in die Küche, wo er mir beim Zubereiten unserer Cocktails zusieht, während ich ihm erzähle, was ich studiert und in welchem Job ich gearbeitet habe, bevor ich hauptberuflich Autorin geworden bin.

«Deshalb habe ich das Pseudonym. Solange ich nicht sicher sein kann, dass ich in den nächsten fünf Jahren so gut vom Schreiben leben kann, dass ich nicht in den Personalbereich zurückmuss, halte ich meinen Klarnamen geheim.»

«Warum?», will er wissen.

«Wegen solcher Szenen, wie du sie mir vorgelesen hast. Ich würde mich total unwohl dabei fühlen, wenn mein Arbeitgeber oder irgendwelche Kolleg:innen wüssten, dass ich so was schreibe. Nicht weil ich mich dafür schäme, sondern weil ich mich dann ständig dafür rechtfertigen und erklären müsste. Darauf habe ich keine Lust.»

Er nickt. «Und was ist, wenn dein Buch die Bestsellerlisten stürmt und sogar verfilmt wird?»

«Dann ist es mir egal, weil ich dann sowieso nicht mehr in den Job zurückkehre.» Ich reiche ihm seinen Caipi. Für mich habe ich einen Mojito gemixt.

Mit unseren Drinks nehmen wir im Schneidersitz auf dem Teppich Platz. Damit es bequemer ist, schieben wir Sofakissen unter unsere Hintern. Dann stoßen wir an, bevor wir uns über das Essen hermachen. Es gibt Frühlingsrollen, Hühnchenspieße, Gyoza, Gambas, Nudeln,

Reis und Gemüse in allen möglichen Variationen und Geschmacksrichtungen.

Während wir – er mit Stäbchen und ich mit Gabel – von allem etwas probieren, fragt er mich alles Mögliche zum Schreiben. Wie ich dazu gekommen bin. Woher ich meine Ideen nehme. Wann meine Schreibzeiten sind. Wie viel von mir in meinen Geschichten steckt. Alles Fragen, die ich schon öfter von Leserinnen gestellt bekommen habe, aber noch nie von einem Mann. Alex scheint sich wirklich für mich zu interessieren. Umgekehrt gilt das Gleiche, weshalb auch ich ihn zu seiner Sportleidenschaft löchere.

Nachdem er davon erzählt, dass ihn der Tod seiner Ex zum Sport gebracht hat, weil er ein Ventil für seine Trauer brauchte, hüllt Schweigen uns ein. Gerade als ich befürchte, dass die Stimmung kippen könnte, wechselt er das Thema und fragt: «Kannst du nicht mit Stäbchen essen?»

«Doch, schon, aber mit der Gabel fällt mir auf dem Weg zum Mund nicht die Hälfte wieder runter.»

Er schmunzelt. «Also kannst du es nicht.»

«Doch, nur nicht so gut.»

«Besser oder schlechter als drei auf einer Skala von eins bis fünf?»

«Zwei Komma fünf», flunkere ich, was Alex grinsend durchschaut.

Er greift in eine der leeren Papiertüten, holt ein Paar Stäbchen hervor und hält sie mir hin. «Vor dir sitzt ein wahrer Meister. Ich hab es sogar meiner Oma beigebracht, und die hatte vorher noch nie welche in der Hand. Also?»

Widerwillig nehme ich die Stäbchen an mich und gestehe kleinlaut: «Möglicherweise habe ich mich etwas zu gut benotet.»

«Wer hätte das gedacht? Du hältst die Stäbchen völlig falsch. Schau mal ...» Alex macht es mir vor, erklärt mir Schritt für Schritt, welche Finger ich wie zum Einsatz bringen muss. Jedoch mit mäßigem Erfolg.

Nachdem ich mir ein paarmal fast die Finger verknotet habe, Reis auf meiner Oberweite statt in meinem Mund gelandet ist und Gambas bei meinem Versuch, sie zwischen die Stäbchen zu bekommen, durch den Raum und zu guter Letzt gegen Alex' Stirn geflogen sind, geben wir lachend auf.

KAPITEL 15

Aminata

Es ist halb zwölf, als wir den letzten Cocktail austrinken und das übrig gebliebene Essen in die Küche bringen. Die Verabschiedung hängt so schwer in der Luft, dass man sie greifen kann, aber keiner von uns macht den Anfang. Ich würde am liebsten die Zeit zurückdrehen, die fünf Stunden erneut erleben. Und ich würde keine Minute, keine Unterhaltung, nichts an dem bisherigen Verlauf des Abends ändern wollen. Weil es wirklich schön war. Ich weiß nicht, wann ich mich das letzte Mal so wohl bei einem Menschen gefühlt habe, der nicht Chiara ist.

«Du hast übrigens nicht übertrieben», sagt er, seitlich gegen den Türrahmen gelehnt. «Deine Cocktails waren herausragend, Aminata.»

Ich stehe neben der Spüle und lächle. «Das Essen aber auch. Du solltest was von den Resten mitnehmen, dann brauchst du morgen nicht zu kochen und hast schon was für mittags auf der Arbeit.» Ich habe die Worte kaum ausgesprochen, da möchte ich sie am liebsten zurücknehmen, weil ich unbewusst das Thema Verabschiedung angesprochen habe. Hoffentlich steigt er nicht darauf ein.

«Nein, schon gut. Auf der Arbeit könnte ich das Essen gar nicht genießen … Nicht so wie mit dir.» Der letzte Satz kommt etwas rauer und leiser über seine Lippen, während er mir in die Augen sieht. Tief. Als hätte er mich fürs Dessert vorgesehen. Ich hätte nichts dagegen.

«Möchtest du ... noch einen Kaffee oder so?», frage ich in dem lahmen Versuch, etwas mehr Zeit mit ihm zu schinden. Aber welcher normale Mensch – außer mir, wenn ich eine Deadline einzuhalten habe – trinkt um diese Zeit noch Kaffee.

«Zum Kaffee sage ich Nein ... aber ...» Er stößt sich vom Türrahmen ab, kommt auf mich zu und baut sich vor mir auf. «Eventuell nehme ich was von dem ‹oder so›, je nachdem, was sich dahinter verbirgt.»

Ich lege den Kopf in den Nacken, um seinem intensiven Blick besser begegnen zu können. «Worauf hättest du denn Lust?»

Kehlig lachend schlingt er seine Arme um meine Taille. «Puh ... Ganz gefährliche Frage.»

«Und warum?»

Er beugt sich etwas vor. «Weil wir eine Abmachung haben, an die ich mich halten will.» Als hätte er genau das Gegenteil vor, zieht er mich in der nächsten Sekunde näher an sich und raunt: «Besonders nach heute habe ich das Gefühl, dass es sich lohnt, noch ein bisschen zu warten.» Seine Stimme, so dicht an meinem Ohr, lässt mich erschauern.

Ich würde ihn am liebsten in mein Schlafzimmer zerren, aber er hat recht. Unser Kennenlernen würde anders verlaufen, wenn wir bereits am ersten Abend im Bett gelandet wären. Mehr als sein Handy, das dort zum Aufladen auf der Kommode liegt, werde ich wohl heute nicht in mein Schlafzimmer bekommen.

«Und wie lange willst du noch warten?», frage ich und hoffe, nicht so ungeduldig zu klingen.

«So lange, bis einer von uns beiden schwach wird.» Ich sehe die Herausforderung in seinen Augen und nehme sie an.

«Und du glaubst, das werde ich sein?»

«Wahrscheinlich nicht ...», gesteht Alex, womit er mich überrascht. Sein Blick gleitet zu meinem Mund, und der Griff seiner Hände an meiner Taille wird fester.

«Stark bleiben wird eh überbewertet», hauche ich, bevor sich sein Mund auf meinen presst. Dann, ohne dass ich es kommen sehe – hebt er mich schwungvoll auf die Arbeitsplatte.

Ich stoße überrascht den Atem aus, aber zu mehr bin ich nicht in der Lage. Weil sein großer Körper, der sich gegen meinen drängt, die von ihm ausgehende Hitze und die Leidenschaft, mit der er mich küsst, mich überwältigen. Gott, wie er meine Zunge mit seiner umschmeichelt und jeden Winkel meines Mundes erforscht. Nicht vorsichtig oder zaghaft, sondern hungrig und verlangend. Atemlos schlinge ich die Beine um seine Hüften. Und als ich seine Erektion spüre, kann ich einen kehligen Laut nicht unterdrücken.

Unsere Münder verschmelzen, werden eins. Wir küssen uns immer inniger, tiefer und ungezügelter. Ich spüre seine Hände an meinem Körper entlangwandern, unter den Saum meines Pullis. Seine Finger streichen über meine elektrisierte Haut. Meine krallen sich in sein volles Haar und in seinen Pulli, an dem ich ihn noch enger zu mir ziehe.

Alex stöhnt, und es klingt so sexy, dass es Vibrationen

durch meinen Körper sendet und die feinen Nerven tief in meinem Innersten in Schwingung versetzt. Ich will ihn! Ich will ihn so sehr, dass ich es kaum aushalte. Dass ich mich an ihm reiben muss, um nicht durchzudrehen und …

«Ups! Sorry!», durchdringt eine überraschte Stimme den Nebel, der mich und Alex umgibt. Erst das Geräusch einer sich schließenden Tür macht mir bewusst, dass jemand in der Küche war.

Chiara. Sie ist zurück. Mist.

Wir unterbrechen den Kuss und ringen Stirn an Stirn nach Luft.

«Deine Mitbewohnerin?», fragt er träge.

«Mh-m. Aber … wir könnten in mein Zimmer.»

«Du weißt, wie sehr ich dich will, Aminata … Aber noch nicht, okay?»

Diesmal kann ich seine Antwort hinnehmen, ohne mich gekränkt zu fühlen. Mal abgesehen von meiner Libido. Die höre ich gellend aufschreien. Alex hat keine Ahnung, was er ihr antut.

«Okay». Ich schiebe ihn sanft von mir und löse meine Beine von seinen Hüften.

«Wirklich?» Er sieht mir prüfend ins Gesicht.

«Wirklich.» Ich tupfe einen Kuss auf seine Lippen und ignoriere die Hitze zwischen meinen Beinen. Mein Herz rast wie verrückt.

Er hilft mir von der Arbeitsfläche, und trotz meiner weichen Knie schaffe ich es, ihn zur Tür zu bringen, wo wir uns zum Abschied umarmen und küssen – diesmal unschuldiger.

Die Tür schließt sich hinter ihm, aber mein Herz rast

noch immer wie verrückt. Mir ist heiß, meine Haut kribbelt, und das Pochen zwischen meinen Beinen wird einfach nicht weniger. Ich weiß nicht, wann ich mich das letzte Mal so gefühlt habe. Als würde ich jeden Moment explodieren.

Obwohl ich weiß, dass Chiara noch wach ist und auf einen Lagebericht wartet, verschwinde ich in mein Zimmer. Ich kann jetzt nicht reden, geschweige denn klar denken, und sinke stöhnend ins Kissen.

Meine Finger kralle ich so fest in die Bettdecke, dass sie wehtun, um den anderen Schmerz, dieses unerträgliche Ziehen zwischen meinen Beinen, irgendwie zu übertönen. Ich habe keine Ahnung, wann und ob ich überhaupt schon mal so erregt war wie in diesem Moment. So fühlt es sich also an, mit jeder Faser seines Körpers Sex zu wollen und keinen zu bekommen.

Wobei ...

Ich schiele zu der Kommode, in der sich mein *Magic Wand Vibrator* befindet. Ein Weihnachtsgeschenk, das ich vorletztes Jahr von Chiara bekommen habe. Es ist eine Weile her, dass ich ihn benutzt oder überhaupt masturbiert habe.

Ich setze mich auf die Bettkante, hole den Vibrator aus der Schublade und überlege genau drei Sekunden lang, ob ich es tun soll. Aber es nicht zu tun, wäre Folter. Also schließe ich meinen Vibrator an die Steckdose neben dem Bett an. Dann ziehe ich meine Klamotten aus und schlüpfe ohne Slip in mein Schlafshirt. Wieder im Bett, krabbele ich unter die Decke, spreize die Beine und drücke auf die erste Vibrationsstufe von insgesamt fünf oder sechs.

Ich schließe die Augen, halte den Silikonkopf an meine Klitoris und genieße die sanften Impulse, während ich an Alex denke. Sein Gesicht, seinen Körper. Seine tiefen Blicke. Daran, wie wir in der Küche übereinander hergefallen sind.

Alex. An mich gepresst. Starke Arme, die mich umfangen, mich halten. Die Härte zwischen meinen Beinen. Herzklopfen. Gänsehaut am ganzen Körper. Ich spüre, wie meine Klitoris unter den vibrierenden Impulsen und den Bildern in meinem Kopf mehr und mehr anschwillt. Druck baut sich auf. Blut rauscht in meinen Ohren. Ein Stöhnen verlässt meine Lippen, ich biege den Rücken durch, als sich die erste Welle ankündigt. Meine Zähne graben sich in meine Unterlippe, ich lasse eine Hand zu meiner Brust gleiten, streiche mit dem Daumen über den steifen Nippel. Stelle mir Alex' Hände auf meinem Körper vor, zwischen meinen Beinen. In mir. Keuchend gebe ich mich meiner Fantasie mit ihm hin – als mich ein Klopfen an der Tür abrupt in die Realität zurückholt.

«Kann ich reinkommen?»

Alex.

Oh Gott. Ich muss die Türklingel überhört haben, Chiara wird ihn reingelassen haben.

«Ich habe mein Handy auf der Kommode liegen lassen.»

Was? Wo?

Ich richte mich hektisch auf und sehe, dass es noch immer ans Ladekabel angeschlossen ist.

Scheiße.

Rasch schalte ich den Vibrator aus, richte mich auf und ziehe mir die Decke bis unters Kinn. Mit zitternden

Fingern fahre ich mir durchs Haar und fächere mir Luft zu, als würde ich dadurch schneller abkühlen und weniger glühen. Er wird es merken.

«Aminata?»

O Gott. Was soll ich tun?

Ich kann ihm das Handy nicht durch den Türspalt geben. Erstens wäre das superseltsam. Und zweitens sind meine Knie so wackelig, dass ich wahrscheinlich schon beim Versuch aufzustehen sofort zu Boden sinken würde. Mir bleibt nur eins ...

«Ja ... ähm ... komm rein.» Ich klinge atemlos und meine Stimme viel zu hoch. Und wenn ich das höre, dann auch er. Daher beschließe ich, einfach so wenig wie möglich zu sprechen, und sehe mit klopfendem Herzen zur Tür.

Sie öffnet sich, und als Alex das große Licht anmacht, möchte ich mich am liebsten in Luft auflösen. Denn als Erstes fällt mein Blick auf das Kabel. Der Vibrator steckt noch in der Steckdose, und dieses verdammte Kabel führt direkt unter meine Bettdecke.

O bitte. Bitte lass es ihn nicht sehen.

KAPITEL 16

Alexander

Als ich Aminatas Schlafzimmer betrete, liegt sie schon im Bett. Sie scheint sich direkt hingelegt zu haben.

«Sorry, ich bin sofort wieder weg», sage ich und gehe zur Kommode neben ihrem Bett.

«Okay.» Ihre Stimme klang vor der Tür schon seltsam, aber jetzt benimmt sie sich auch so. Denn sie sieht mich nicht an, sondern starrt an die Zimmerdecke, ignoriert mich – und zwar demonstrativ. Ich habe einen Verdacht, woran das liegen könnte, auch wenn wir schon darüber geredet haben und ich eigentlich dachte, das wäre geklärt. Aber sie hat mir selbst erzählt, dass ihr Selbstbewusstsein durch ihren Ex etwas angeknackst ist. Ich will auf keinen Fall, dass sie meine Absage schon wieder als Abfuhr versteht. Nicht auf ihr Angebot einzugehen, hat mich alles an Selbstbeherrschung gekostet, was ich hatte.

«Hör mal, Aminata, wegen eben ...»

«Alles gut», kommt es von ihr wie aus der Pistole geschossen und einige Oktaven höher als gewohnt.

«Bist du sicher?»

«Ja, ehrlich. Alles in bester Ordnung», antwortet sie wieder atemlos und blickt dabei noch immer nach oben. Ich sehe nicht viel von ihr, weil sie die Bettdecke bis unter ihr Kinn hochgezogen hat, aber ihr Gesicht kann ich erkennen. Schweiß glänzt auf ihrer Stirn, Nase und über ihrer Oberlippe. Jetzt bemerke ich auch das schnelle Auf und Ab der Bettdecke im Bereich ihrer Brust. Hier stimmt doch was nicht.

Ich schiebe die Augenbrauen zusammen. «Ist denn auch bei *dir* alles in Ordnung?»

Ihr Blick huscht kurz in meine Richtung. «Klar. Alles bestens», sagt sie eher zur Tür in meinem Rücken als zu mir und sieht dann wieder an die Decke.

Was zum Teufel ist denn nur da oben? Ich folge ihrem Blick. Auf der Suche nach einer Spinne oder sonst etwas, das ihr eigenartiges Benehmen erklären könnte. Aber die Decke ist unauffällig, weiß. Keine Monsterspinne in Sicht.

«Hast du dein Handy gefunden?» Ihre Frage gleicht einem Rausschmiss.

«Ja, hab ich.»

«Gut. Dann schlaf schön.»

«Aminata, ist wirklich alles in Ordnung? Ich meine ... geht's dir gut?»

«Klar.» Ich weiß, dass sie lügt, und verdrehe die Augen. Ich habe keine Lust, die ganze verdammte Nacht damit zu verbringen, mich zu fragen, ob zwischen uns oder bei ihr alles okay ist.

«Sieh mich bitte an», fordere ich daher. Ganz langsam und zögerlich kommt sie meiner Bitte nach und dreht ihren Kopf zu mir. Ihr glasiger Blick trifft auf meinen, den ich daraufhin prüfend über die Bettdecke wandern lasse. An einem weißen Kabel, das zu der Steckdose daneben führt, verharre ich und zähle eins und eins zusammen. Erhitztes Gesicht. Glasiger Blick. Sie kann mir nicht in die Augen sehen und verhält sich seeeeeeeehr seltsam.

Hart schluckend komme ich zu der einzig logischen Schlussfolgerung und sehe ihr wieder in die Augen. Ich will sie das nicht fragen, aber die Worte verlassen einfach meinen Mund.

«Aminata? Was hast ...»

«Bitte frag mich nicht, was ich gerade gemacht habe, Alex! Bitte nicht.»

Die Antwort ist offensichtlich.

«Warum nicht?»

«Weil du das ganz genau weißt und es mir ... es ist mir peinlich.»

Oh Gott. Sie hat masturbiert. Direkt nachdem ich gegangen bin. Erregung rauscht durch meinen Körper und setzt ihn komplett in Brand. Tief ... sehr tief Luft holend versuche ich, mich zu beherrschen. Mich irgendwie davon abzuhalten, die Decke von ihrem Körper zu reißen und ihr zu geben, was sie anscheinend so dringend braucht.

«Dir muss gar nichts peinlich sein, Aminata. Nicht vor mir. Niemals.» Ich will das Feuer, das unser Kuss in der Küche in ihr entfacht zu haben scheint, zu einem Inferno machen. Die ganze verdammte Nacht lang. Scheiß drauf, dass wir es langsam angehen lassen wollten. Ich will nicht länger warten.

Mit großen Augen starrt sie mich an. Ohne etwas zu sagen. Dabei würde ein Wort genügen. Ein Ton. Ein Zeichen. Aber sie bleibt stumm. Und ich bin nicht viel besser, weil ich nicht weiß, wie ich reagieren soll. Weil ich so was noch nie erlebt habe. Und weil ich eine Frau noch nie so sehr wollte wie sie.

Abwartend bleibe ich neben ihrem Bett stehen, betrachte sie. Augen, Nase, Mund und ihren Körper unter dieser Decke. Ich warte auf dieses eine Wort.

Aber sie hüllt sich in Schweigen.

Ich räuspere mich. «Okay, dann ... dann geh ich jetzt.» Meine Stimme klingt so heiser, dass ich sie kaum wiedererkenne. «Sorry für die Störung.»

Widerwillig drehe ich mich um, nähere mich der Tür.

Komm schon, Aminata. Sag was.

Ich trete über die Schwelle – und höre hinter mir das Bettzeug rascheln, gefolgt von einem leisen «Alex, warte».

KAPITEL 17

Alexander

Sofort fahre ich herum. Und als ich sehe, dass sie auf mich zukommt, gehe ich ihr entgegen.

«Aminata, was ...» Zu mehr komme ich nicht, weil sie auf Zehenspitzen ihre Lippen auf meine presst. Ihre Arme landen um meinen Hals.

«Ich will nicht mehr warten», stöhnt sie in meinem Mund.

«Ich auch nicht. Das war eine Scheißidee», gestehe ich mir ein und küsse sie. Nein, ich küsse sie nicht. Ich verschlinge sie. So wie vorhin in der Küche, nur dass mich jetzt nichts mehr zurückhält. Ich spüre, wie ihre Finger an meinen Klamotten zerren. An meinem Pullover, den ich mir hastig über den Kopf ziehe, um nicht länger als nötig von ihren Lippen zu lassen. An meiner Hose, die sie voller Ungeduld aufknöpft, während wir nach hinten taumeln. Bis mich die Bettkante stoppt. Ich setze mich auf die Matratze, nur kurz – um mir die Hose auszuziehen. Aminata lasse ich keine Sekunde aus den Augen. Die Boxershorts behalte ich an, als könnte der dünne Baumwollstoff das brutale Verlangen nach ihr irgendwie im Zaum halten.

Sobald ich Hose, Schuhe und Socken los bin, richte ich mich wieder auf, und dann tut Aminata etwas, womit ich nicht gerechnet habe. Sie kehrt mir den Rücken zu, presst sich so an mich und schlingt von hinten ihre Arme um meinen Hals. Meine Hüften dränge ich gegen ihren Hintern. Ich lasse sie spüren, wie hart ich bin ... wie sehr ich sie will. Meine Hände gleiten unter ihr T-Shirt. Ganz langsam über ihren Bauch, ihren Brustkorb, der sich rasch auf und ab bewegt. Ihren Rippenbogen entlangfahrend, sauge ich an ihrem Ohrläppchen, lecke die weiche Kuhle darunter und ziehe eine feuchtheiße Spur zu ihrem Hals. Ich spüre Aminatas rasenden Puls auf meiner Zunge, ihre Gänsehaut unter meinen Fingern.

«Alex ...», haucht sie und wirft den Kopf in den Nacken. Meine Hände streichen höher, umfassen ihre Brüste. Eine hauchzarte Berührung lässt ihren Körper erbeben, als meine Daumen ihre Nippel streifen.

Leise, kehlige Laute verhallen in meinem Mund, als sie den Kopf dreht und mich küsst. Meine Zunge findet ihre, spielt mit ihr. Auf die gleiche Weise, wie es nun meine Finger mit ihren Spitzen tun. Zupfend und reibend. Nicht zu fest. Die Berührung entlockt Aminata ein heiseres Stöhnen. Es klingt so verdammt sexy. Sie geht ins Hohlkreuz, drückt ihren Hintern gegen meine Erektion und bringt mich mit kreisenden Bewegungen ihres Beckens um den Verstand.

«Gott ...» Wenn sie so weitermacht, explodiere ich in meine Shorts. «Heb die Arme», befehle ich rau.

Sie tut es und lässt sich von mir ihr T-Shirt ausziehen. An den Schultern drehe ich sie wieder zu mir um und muss erst mal schlucken. Denn sie ist noch schöner, als mich meine Hände erahnen ließen. Alles an ihr.

«Du bist wunderschön, Aminata.»

Ihr verlegener Blick wandert an meinem Körper runter und wieder rauf. «Nicht so schön wie du.»

«Du hast keine Ahnung, Aminata. Absolut keine Ahnung», flüstere ich und küsse sie. Zärtlich und intensiv, während meine Hand über die Rundungen ihrer Hüften und langsam, Zentimeter für Zentimeter, zu den Innenseiten ihre Schenkel gleitet. Kurz vor ihrer Mitte halte ich inne und suche ihren Blick.

Plötzlich sieht sie verlegen zur Seite. «Ich bin nicht rasiert», murmelt sie und bringt mich damit zum Schmunzeln. Glaubt sie echt, das würde mich stören?

«Als ich sagte, dass du wunderschön bist, meinte ich alles an dir. Ich will dich. Ich will dich genauso, wie du bist.»

Verlangen hat die Verunsicherung verdrängt, als sie mir nun wieder in die Augen sieht. «Worauf wartest du dann noch?», haucht sie an meinem Mund und küsst mich.

Ich erwidere den Kuss für einen Moment, dann mache ich mich sanft von ihr los, setze mich auf die Bettkante und umfasse ihren Hintern, um sie näher zu mir zu ziehen.

Oh Mann, wie gut sie duftet.

Ich hatte eigentlich vor, sie zuerst mit den Händen zu erkunden, aber als ich entdecke, wie feucht sie bereits ist, ist alles, was ich will, sie zu schmecken. Ich kann nicht widerstehen, küsse ihren Schenkel und lecke die Spuren ihrer Erregung mit der Zunge auf. Langsam und genüsslich, während ich zu ihr aufsehe und auf ihren lustverhangenen Blick treffe. Sie spreizt die Beine, und ihre Lider werden schwerer, je mehr sich mein Mund ihrer

Mitte nähert. Ich zögere den Moment noch etwas hinaus, atme ihren Duft ein. Dann lasse ich meine Zunge durch ihre Hitze fahren und ihre Klitoris umkreisen. Ihr Becken zuckt nach mehr verlangend gegen meinen Mund, und ich gebe ihr, was sie braucht. Ich sauge und lecke, mal sanft, mal schneller.

Aminata keucht, hält sich an meinem Nacken fest. Als ich vorsichtig mit zwei Fingern in sie eindringe, um ihr Innerstes zu massieren, empfängt mich ein Pulsieren. Undefinierbare Laute, irgendwo zwischen Schreien und Stöhnen, verlassen ihren Mund. Sie hebt ein Bein, stellt ihren Fuß neben mich auf die Matratze und fängt an, ihr Becken zu bewegen. Kreisende Bewegungen, mit denen sie vorgibt, in welchem Tempo sie von mir geleckt werden will. Das macht mich so an, dass ich selbst anfange zu stöhnen.

Aminata beginnt zu zittern, immer heftiger. Als sie einen hohen Laut ausstößt und mich dann sanft von sich schiebt, weiß ich, dass sie gerade gekommen ist.

Ich ziehe sie auf meinen Schoß. Halte sie, presse sie an mich, küsse ihre Schultern, ihren Nacken, ihren Hals, während wir beide um Atem ringen. Gerade als ich mich mit ihr zum Kuscheln ins Bett legen will, langt sie nach einer kleinen Dose auf der Kommode und holt ein Kondom hervor. Sie sieht mir in die Augen, und in ihren steht eine Frage, die ich mit einem hungrigen Kuss bejahe. Hastig befreie ich meine Erektion endlich aus der Enge der Boxershorts. So hastig, dass Aminata sich Sorgen macht.

«Vorsicht, tu dir nicht weh.»

Ich lache. «Zu spät. Ich leide gerade eindeutig.»

Schmunzelnd setzt sie sich rittlings auf meinem Schoß

zurecht und widmet sich meinem Penis, streichelt ihn, macht sich mit ihm vertraut und bringt mich mit dem gleichmäßigen Auf und Ab ihrer Hände an meine Grenzen. Den Kopf in den Nacken gelegt, ringe ich um Beherrschung. Als die Bewegungen ihrer Hand schneller und der Griff um meinen Schaft fester werden, stoppe ich sie.

«Warte, warte, warte ... Aminata.» Ich ziehe scharf die Luft ein. «Wenn du so weitermachst, werden wir kein Kondom mehr brauchen.»

Sie nickt, reißt die Verpackung auf und reicht sie mir.

Ich hole das Kondom heraus und ziehe es über. Ich halte Aminata fest, lege mich mit ihr im Arm ins Bett und bringe sie mit einer geschmeidigen Bewegung unter mich. Kurz vergewissere ich mich, dass sie immer noch feucht ist, dann gleite ich in sie. Vorsichtig, Stück für Stück, immer tiefer, während wir uns in die Augen sehen.

«Okay?», frage ich mit heiserer Stimme und verharre.

«Okay», flüstert sie.

Ich gebe ihr einen Kuss auf die Stirn, dann fange ich an, mich zu bewegen. Langsam – bis mir Aminata signalisiert, dass sie mehr will. Ihre Beine sind um meine Hüften gewunden, während sie meinen Stößen entgegenkommt. Es braucht eine Weile, bis wir einen Rhythmus gefunden haben, der uns beide aufkeuchen lässt. Ab da wird unser Atem schneller, unsere Küsse ungestümer und wilder.

«Mehr», keucht sie.

«Gott, ja.» Tief und hart stoße ich in sie und spüre, wie sich ihre inneren Wände um meinen Penis krampfen. Immer enger, immer fester. Hitze jagt durch meinen Körper, gefolgt von heftigen Schauern, während ich weitermache, mich tief in ihr vergrabe.

Sie fühlt sich so gut an, so verdammt perfekt, dass ich nicht mal einen Orgasmus bräuchte, um das hier zu genießen. Wie sich Aminata unter mir windet. Der Ausdruck hilflos erregten Verlangens in ihren Augen. Ihre Finger drücken sich so fest in meinen Rücken, dass sie sicherlich Blutergüsse hinterlassen werden. Aber dieser Schmerz ist nichts im Vergleich zu dem Druck, der sich in mir aufbaut, sich staut und auftürmt. Keine Ahnung, wie lange ich das noch aushalte.

«Gott, Aminata ...» Ich schiebe meine Hände unter ihren Hintern, presse sie mit jedem Stoß noch enger an mich, kreise mein Becken. Bis sie wie vorhin zu zittern anfängt, ihre Atmung sich fast überschlägt und eher einem Winseln gleicht.

Sie beißt mir in die Unterlippe und gibt sie erst wieder frei, als ein heiserer Schrei ihren Mund verlässt. Der gelöste Ausdruck in ihrem Gesicht ist genug, um mich unmittelbar nach ihr kommen zu lassen. In einer weichen Explosion, die pure, echte Befriedigung durch meinen Körper spült.

KAPITEL 18

Aminata

O h. Mein. Gott.
Ich hatte Sex. Und was noch viel wichtiger ist: Er war gut, sogar unglaublich gut, so gut, dass ich nicht genug bekam und wir danach noch zwei Mal miteinander geschlafen haben.

Bis vor zwei Stunden – so lange liegt das letzte Mal mit Alex zurück – war mir nicht mal bewusst, dass mein Körper so fühlen kann. Dass mir gleichzeitig heiß und kalt sein kann und dass ich im Bett gar nicht so verkrampft bin, wie Jacob mir immer weiszumachen versucht hat. Ich bin sehr wohl in der Lage, mich fallen zu lassen. Mit einem Mann, der mir das Gefühl gibt, begehrt zu werden, und daran könnte ich mich gewöhnen. An ihn. Oder auch die Art, wie er mich in diesem Moment hält, während er tief und fest schläft. Leider verbirgt die Dunkelheit sein Gesicht, aber ich höre ihn leise schnarchen, und lächle.

Ich will gerade aufstehen, um auf die Toilette zu gehen, da spannt sich sein Arm fester um meinen Körper, und er knurrt: «Wie kannst du jetzt schon wach sein? Hast du noch immer nicht genug?»

«Was, wenn ich Nein sage?», flüstere ich zurück und spüre ein leichtes Kribbeln im Bauch, obwohl die Frage gar nicht ernst gemeint ist.

«Gib mir noch vier, fünf Stunden, okay?» Er drückt mir einen Kuss auf meine Stirn. «Viel länger werde ich dir eh nicht widerstehen können.»

Ich muss lachen, weil er das ernst zu meinen scheint. «Mal sehen. Jetzt muss ich erst mal aufs Klo. Bis gleich.»

«Mal sehen?», brummt er und klingt alarmiert.

«Ja, mal sehen, ob du um zehn überhaupt schon wach bist», erkläre ich und winde mich aus seinen muskulösen Armen. Ich klettere mit wackeligen Beinen über ihn hinweg, taste im Dunkeln den Boden nach etwas Anziehbarem ab und werde fündig.

Dem Duft nach zu urteilen, scheine ich seinen Pulli erwischt zu haben und schlüpfe hinein. Er riecht herrlich. Nach ihm. Ich atme seinen Geruch so tief ein, wie es nur geht. Weil ich Alex nicht erneut stören will – dem tiefen Atmen nach ist er schon wieder weggedämmert –, lasse ich das Licht aus und leuchte mir den Weg bis zur Tür mit dem Licht meines Handydisplays.

Ich drücke die Klinke langsam hinunter und luge in den Korridor. Chiara ist eine Frühaufsteherin, es wäre also nicht ungewöhnlich, sie um sechs schon putzmunter anzutreffen. Mir ist klar, dass man Alex und mich bis zur Elphi gehört haben dürfte, weshalb ich mich früher oder später ihren Fragen werde stellen müssen. Später wäre mir jedoch lieber. Deshalb schleiche ich auf leisen Sohlen wie ein Assassine den Flur entlang. Unbemerkt schaffe ich es zum Bad und anschließend ins Wohnzimmer. Was ich hier will, ist mir selbst nicht so ganz klar. Vermutlich bin ich es einfach nicht mehr gewohnt, so lange jemanden um mich zu haben – außer Chiara –, und lasse mich seufzend aufs Sofa sinken. Tausend Gefühle wirbeln in mir herum, und genauso viele Fragen springen in meinem Kopf hin und her.

Was ist das zwischen mir und Alex? Wie geht es weiter? Geht es überhaupt weiter? Würde er das wollen? Will ich es? Dem Bauchkribbeln nach zu urteilen, lässt sich die letzte Frage wohl eindeutig mit einem Ja beantworten. Trotzdem macht sich eine Stimme in mir breit, die mich davor warnen will, leichtfertig Gefühle zu entwickeln. Insbesondere zu vertrauen.

Hör auf, das Haar in der Suppe zu suchen, und genieß es einfach.

Chiara hat recht. Es ist schön mit Alex, und er tut mir gut. Solange das der Fall ist, kann nichts Falsches daran sein. Mit diesem Gedanken erhebe ich mich vom Sofa und bin fast zur Tür heraus, als die Vibration meines Handys die Ankunft einer Nachricht verkündet. Ich halte es noch immer in der Hand und traue meinen Augen kaum. Denn die Nachricht stammt von Jacob, und beim Lesen stockt mir der Atem:

Hey, Aminata,
ich habe lange überlegt, ob ich dir diese Nachricht schreiben soll. Um genau zu sein, seit unserem Treffen in der Bar. Denn dort ist mir eins klar geworden:
Ich habe einen Riesenfehler gemacht, den ich sehr bereue. Über ein Jahr habe ich gebraucht, um das zu begreifen. Inzwischen hast du einen Freund, und ich könnte mir selbst dafür in den Hintern treten, weil ich derjenige sein könnte, der dich glücklich macht. Dass ich das kann, habe ich vor

meinem Fehltritt jahrelang bewiesen, und ich will es wieder tun. Wenn du uns eine zweite Chance gibst. Wie scheiße es ist, dich per WhatsApp darum zu bitten, ist mir klar, und mein Timing könnte nicht schlechter sein. Ich hoffe einfach, dass das zwischen dir und diesem Alex noch nichts Festes ist. Denn wir gehören zusammen. Das weiß ich jetzt. Den Mut, dir das persönlich zu sagen, hatte ich einfach nicht. Du hättest allen Grund, noch wütend auf mich zu sein. Aber wenn du die geringste Chance siehst, mir verzeihen zu können, dann lass uns reden. Einfach nur reden. Bitte denk drüber nach und melde dich.
Jacob
PS: Ich liebe dich noch immer.

Ich habe die Bedeutung dieser Nachricht kaum über-wunden, da höre ich Schritte. Im nächsten Moment be-tritt Chiara unser Wohnzimmer.

«Naaaaaa? Gut geschlafen?», flötet sie und setzt sich neben mich.

Mein Blick ist immer noch fassungslos aufs Handy ge-richtet.

«Müsste deine Laune nach der Nacht nicht besser sein?», fragt sie. «Was ist denn los?»

Ich reiche ihr das Handy. «Das ist los.»

Stirnrunzelnd nimmt Chiara mein Telefon an sich und liest. Im nächsten Moment springt sie aufgebracht vom Sofa auf. «Hat der den Arsch auf? Der tickt doch nicht ganz richtig! Betrügt dich, und jetzt – über ein Jahr spä-ter – wird ihm klar, dass er dich liebt?», schimpft Chiara wie ein Rohrspatz. Sie kriegt sich gar nicht mehr ein. «Schreib ihm, dass er zur Hölle fahren soll, und blockier den direkt, Mina. Hier.» Sie drückt mir das Telefon in die Hand und sieht mich abwartend an. «Na los.»

«Ich ... ich muss das erst mal sacken lassen.»

Ich senke den Blick, damit Chiara nicht sieht, wie aufgewühlt ich bin, obwohl mich das mindestens genauso aufregen sollte wie sie. Denn jedes ihrer Worte trifft zu. Trotzdem ... Nach der Trennung haben mich so viele Fragen gequält. Ich konnte nicht aufhören, mich zu fragen, wieso er fremdgegangen ist. Ab wann für ihn feststand, dass er mich nicht mehr liebt und aus seinem Leben entfernen will. All das schwirrte ständig in meinem Kopf herum. Mir wird wieder bewusst, wie sehr mich die Trennung – die Art der Trennung – belastet hat. Wie klein, minderwertig und ungeliebt ich mich gefühlt habe. Ich hab es einfach nicht verstanden, und das machte es so schwer, darüber hinwegzukommen. Mit ihm abzuschließen.

Ich will nicht wieder mit Jacob zusammen sein. Da besteht überhaupt gar kein Zweifel. Der Zug ist so was von abgefahren. Aber er hat Wunden verursacht, die noch nicht geheilt sind. Wie unsicher ich immer wieder in Bezug auf Alex agiere, zeigt das nur zu deutlich.

«Mina?», drängt sich Chiaras Stimme zwischen meine Gedanken. Sie klingt alarmiert. «Sieh mich mal an.»

Widerstrebend begegne ich ihrem fragend-mahnenden Blick.

«Du hast doch nicht etwa vor, dich mit diesem Arsch zu treffen. Oder?» Mein Schulterzucken lässt sie verständnislos den Kopf schütteln. «Warum?»

«Ich ... ich will einfach verstehen, wie es so weit kommen konnte.» Meine Stimme wird leiser. «Damit es nicht noch mal passiert.»

«Jetzt hör mir mal zu.» Sie stemmt die Hände in die Hüften. «Dass er dich betrogen hat, hat nichts, aber auch rein gar nichts mit dir zu tun.»

Ich schnaube frustriert. «Es hat eine ganze Menge mit mir zu tun.»

Ich winke ab, als sie mir widersprechen will, erhebe mich vom Sofa und gehe rastlos durchs Zimmer. «Ich weiß, dass ich nicht schuld daran bin.» Am Fenster bleibe ich stehen und sehe, dass es über Nacht geschneit hat, obwohl wir schon Mitte März haben. Anscheinend spielen nicht nur meine Gefühle verrückt, sondern auch das Wetter. «Aber vielleicht brauche ich ja die Aussprache, um ihn endlich komplett zu vergessen.»

«Alles, was du brauchst, um diesen Typen zu vergessen, befindet sich ein Zimmer weiter und verschafft dir Orgasmen. Bitte, Mina. Triff dich nicht mit ihm. Er wird sich verteidigen, dir entweder Vorwürfe machen oder versuchen, dich zu manipulieren, und am Ende bist du unsicherer als vorher. Er kann dir nicht helfen, damit abzuschließen. Das kannst nur du selbst.»

Ich reibe mir übers Gesicht. Was ist nur los mit mir, verdammt? Wieso gehe ich nicht einfach zurück zu Alex und vergesse, dass Jacob mir diese Nachricht geschickt hat?

«Du musst wissen, was du tust», lenkt Chiara ein. Vermutlich, weil sie meine Zerrissenheit spürt. Sie stellt sich neben mich und sieht mich mit ihrer Therapeutinnen-Miene von der Seite an. «Mach dein Selbstwertgefühl einfach nicht von einem Mann abhängig, egal ob es dabei um Jacob oder um Alex geht.»

Mein Blick geht in Richtung Schlafzimmer, als könnte ich Alex durch die Wand hindurch sehen.

Chiara errät sofort, wo meine Gedanken sind. «Du magst ihn, oder?»

«Ja.»

«Und er mag dich.»

«Glaub schon ...»

«Das war keine Frage, sondern eine Feststellung. Und wenn dein ‹Glaub schon ...› ernst gemeint war, leidest du echt an Wahrnehmungsstörungen. Ich hab zwar nur kurz mit ihm gesprochen, als er gestern wegen seinem Handy wiedergekommen ist, aber das hat schon gereicht, um zu erkennen, dass er dich anhimmelt. Ich habe bei ihm ein gutes Gefühl. Im Gegensatz zu Jacob. Den fand ich nämlich schon immer kacke, ich hab's dir nur nie gesagt.»

«Im Ernst?» Ich starre sie empört an.

«Jetzt ist es raus», antwortet Chiara trocken und grinst frech. «Lass dir Jacob von Alex einfach aus dem Kopf vögeln. Dafür verzichte ich sogar auf meinen heiligen Schlaf.»

Ich verziehe entschuldigend das Gesicht. «Waren wir echt so laut?»

«Wart ihr! Aber es dient ja einem guten Zweck», sagt sie und gähnt. «Ich bin übrigens um neun – also in drei Stunden – zum Lernen verabredet. Das heißt, ihr habt wieder sturmfrei. Aber lasst mich vorher noch etwas schlafen, ja? Ich lege mich wieder hin.»

Ich kriege noch einen Kuss auf die Wange, bevor sie mich mit meiner Verwirrung zurücklässt. Plötzlich kommt es mir falsch vor, mich wieder neben Alex ins Bett zu kuscheln, solange ich nicht weiß, wie ich mit Jacobs Nachricht umgehen soll. Also schnappe ich mir «Queenie». Den Roman von Candice Carty-Williams habe ich schon vor einigen Wochen angefangen, und irgendwie fühlt sich das jetzt wie die perfekte Gelegenheit an, darin weiterzulesen.

* * *

«Hey ...», gebe ich reumütig von mir und betrete gegen elf die Küche. Alex steht in Shorts und T-Shirt am Herd und brät Eier, was mein schlechtes Gewissen nur noch größer werden lässt.

«Tut mir leid, dass ich nicht zurück ins Bett gekommen bin ... Ich wollte nur ein bisschen lesen und bin dann auf dem Sofa eingeschlafen.» Nicht die ganze Wahrheit, aber immerhin.

«Alles gut.» Er sieht über die Schulter zu mir und grinst gut gelaunt. «Hast du Hunger? Ich mache gerade das weltbeste Omelette. Solltest du dir nicht entgehen lassen. Deine Mitbewohnerin hat mir übrigens das Okay gegeben, eure Küche zu benutzen. Nur falls du dich wunderst, warum ich so tue, als würde ich hier wohnen.»

Dass er kein bisschen sauer ist, weil ich erst Stunden später wieder aufgetaucht bin, obwohl ich eigentlich nur kurz aufs Klo wollte, überrascht und verwundert mich sehr viel mehr. Aber im positiven Sinn. «Was gibt's denn für ein Omelette?», frage ich.

«Ein China-Gemüse-Omelette», antwortet er und wackelt verheißungsvoll mit den Augenbrauen.

Mein Blick fällt auf eine der Tüten von gestern.

«Das klingt gut. Womit habe ich das denn verdient?»

Er stellt die Herdplatte ab und streckt seine Hand nach mir aus. Ich ergreife sie und lasse mich an seine Brust ziehen. Als sich seine Arme um mich legen, fängt es in meiner sofort wieder heftig zu pochen an. «Bei mir musst du dir so was nicht verdienen, Aminata. Für dich mach ich das gerne, und ich würde das auch in Zukunft gerne öfter tun. Gleiches gilt übrigens für gestern Nacht. Das war sehr, sehr schön.»

Seine raue Stimme, gepaart mit seinen Worten, lässt unweigerlich Bilder aufblitzen. In Erinnerung an all die Dinge, die wir miteinander angestellt haben, wird mir warm. «Ich fand es auch sehr, sehr schön mit dir», gestehe ich, als ob er das nicht längst wüsste.

«Dann lernen wir uns also weiter kennen?» Er streicht mir eine Locke hinters Ohr, und ich erschauere schon wieder. Ist das normal?

Ich lächle. «Ja.»

«Dann habe ich jetzt eine sehr schlechte Nachricht für dich», beginnt er und setzt eine übertrieben bedauernde Miene auf. «Du musst jetzt stark sein. Bekommst du das hin?»

Ich nicke stirnrunzelnd.

«Bevor wir dort weitermachen, wo wir heute Nacht aufgehört haben, muss ich darauf bestehen, dass du dich an den Tisch setzt und stärkst. Mit meinem Frühstück.»

Weitermachen, wo wir aufgehört haben ... fasst ziemlich gut zusammen, worum Jacob mich in seiner Nachricht bittet. Einfach so tun, als wäre nichts gewesen. Als hätte er mir nie das Herz aus der Brust gerissen und es zum Verbluten in die Ecke geworfen. So hat es sich nämlich angefühlt, als er mich verlassen hat. Gott, ich muss verrückt sein, auch nur mit dem Gedanken zu spielen, mich noch mal freiwillig mit ihm zu treffen.

«Der Schock muss wohl erst mal verarbeitet werden?», fragt Alex belustigt und deutet mein Schweigen vollkommen falsch. Statt zu antworten, überrumpele ich ihn mit einem Kuss, den er lachend erwidert. «Netter und wirklich verlockender Versuch, aber gefrühstückt wird vorher trotzdem.»

Sein schiefes Grinsen ist einfach umwerfend. Genauso wie alles, was ich bis jetzt von ihm kenne. Und ich will mehr. Vor allem aber will ich, worauf auch immer das hier hinausläuft, nicht gefährden oder sabotieren.

«Bin gleich wieder da ...», poltert es aus mir heraus.

«Oh, oh ... du und dein *gleich*. Damit habe ich ganz schlechte Erfahrungen gemacht.»

Ich lache und winde mich aus seinen Armen. «Nein, echt. Ich muss nur mal eben an mein Handy.»

Und mit diesen Worten gehe ich nicht, sondern laufe aus der Küche, weil ich es plötzlich nicht mehr abwarten kann, diese Sache abzuschließen. Ein für alle Mal. Ich setze mich aufs Sofa, auf dem noch immer mein Handy liegt, und schreibe Jacob eine allerletzte Nachricht:

Ich bin glücklich. Ohne dich. Bitte schreib mir nicht mehr. Alles Gute und leb wohl!

Es fühlt sich an, als würde mir eine Last von den Schultern fallen. Weil ich es endlich fühle.

Ich bin glücklich.

Mein Buch wird in einem Verlag erscheinen.

In meiner Küche wartet ein Mann auf mich, der mir guttut.

Und egal, wie sich das alles entwickelt, es wird gut. Weil ich mit meinen Entscheidungen glücklich bin. Weil ich für das kämpfe, was ich will. Und das ist alles, was zählt.

Ende

Anya Omah, geboren in Nordrhein-Westfalen, hat als medizinisch-technische Laborassistentin und Wirtschaftspsychologin gearbeitet, bevor sie sich als Autorin selbstständig machte. Über diese Entscheidung sagt sie Folgendes: «Ich war verrückt genug, meine Leidenschaft zum Beruf zu machen, und kehrte dem sicheren Bürojob den Rücken. Aber mal ehrlich ... wie verrückt kann es sein, einen Traum zu leben, wenn man die Chance dazu bekommt?»

Im März 2014 veröffentlichte sie ihren Debütroman, es folgten zahlreiche weitere New-Adult-Romane. Mit der Sturm-Trilogie erschien sie erstmals bei KYSS. In «Because It's True – Tausend Gefühle» greift sie eine Nebenfigur aus der Trilogie auf, die Geschichte kann aber komplett unabhängig gelesen werden.

WEITERE TITEL

Nikola Hotel

BECAUSE IT'S TRUE

Ein einziger Kuss

Ein schönes Wiedersehen
mit Harper & Sam
und alles Liebe ♡

[signature]

PLAYLIST

Forget Somebody – Tom Gregory
Teenage Dream – Stephen Dawes
What We Had – Sody
Room for 2 – Benson Boone
Far Away – Peter Fenn
Bitch (I Said It) – Sody
You & Jennifer – bülow
Sweet Little Lies – bülow
I Guess I'm in Love – Clinton Kane
Work of Art – Benson Boone
Kiss Me – Dermot Kennedy

KAPITEL 1

Ich habe Sam so vermisst. Meistens. Die ganzen Monate, in denen er in Paris war, habe ich fast durchgehend an ihn gedacht. Aber wenn er nicht bald auftaucht, werde ich ihn erwürgen.

Sein Flieger hat bereits anderthalb Stunden Verspätung, und ich stehe mir in der Ankunftshalle die Beine in den Bauch. Mit einem Plakat und Blumen. Wahrscheinlich kam ich mir noch nie in meinem Leben so blöd vor. Okay, das ist gelogen, ich kam mir schon mal so blöd vor. Als ich ihm an seinem Geburtstag mein Geschenk überreicht habe und er es schrecklich fand. Und zwar so, dass jeder unserer Freunde es mitbekommen hat. Ich habe mir wochenlang Gedanken gemacht und ihm alles für den perfekten Campingtrip besorgt, und alles, was er dazu gesagt hat, war: «Toll, Harper. Ganz toll, wirklich toll.» Und wer Samuel Guinyard kennt, weiß, was ein *toll* in Kombination mit diesem gequälten Gesichtsausdruck bedeutet. Er hat es gehasst.

Sein bester Freund Asher hat ihm nur eine Minute später ein altes Kinderbuch geschenkt, und das hat Sam Tränen der Rührung in die Augen getrieben. Das Gefühl, das mir jetzt durch den Bauch rumort, erinnert mich genau an diesen Moment.

«Hast du Sam gar nichts zur Begrüßung mitgebracht?» Zweifelnd mustere ich Asher, der auf einem der Metallstühle im Wartebereich sitzt, den Mund mit der kleinen Narbe zu einem dauerhaft spöttischen Grinsen verzogen. Ich kenne Asher seit Jahren, und trotzdem schafft es dieser Ausdruck immer noch, mich zu verunsichern.

Es ist verdammt heiß heute, aber Asher sieht mit seinem Designeranzug so frisch aus, als käme er gerade von einem Shooting für die *Harvard Business Review*. Na gut, hier drin läuft die Klimaanlage auch auf Hochtouren, und unter meinem Shirt trage ich deshalb außer der neuen Spitzenunterwäsche zusätzlich eine Gänsehaut.

«Wieso sollte ich ihm was mitbringen?» Er schlägt die Beine übereinander und legt einen Arm um Ivy, seine Freundin. Sie ist spätestens seit dem legendären Campingtrip, bei dem wir in der Dunkelheit vor einer Horde Kojoten geflüchtet sind, auch eine meiner absolut besten Freundinnen, mit der ich nicht nur ein Zelt, sondern auch jederzeit den Inhalt meines Kulturbeutels teilen würde. «Es gibt kein Geschenk. *Wir* sind das Geschenk», sagt Asher.

Sein Selbstbewusstsein hätte ich gerne.

Ivy zwinkert mir unter dem dunklen Pony erst zu, dann rollt sie wegen Asher mit den Augen. Sie weiß genau, wie es in mir aussieht. Ich habe Sam seit Monaten nicht gesehen. Ein einziges Mal war er im letzten Jahr hier, um Ashers Dad nach einer schweren Operation im Krankenhaus zu besuchen. Noch ein zweites Mal zu kommen, dafür fehlte ihm einfach das Geld. Das Leben in Paris muss irre teuer sein. Und ehrlicherweise konnte ich mich nicht dazu überwinden, nach Europa zu fliegen. Ich war noch nie außerhalb der Vereinigten Staaten, ich spreche nicht ein Wort Französisch außer *bonjour* und *merde*, und die

Vorstellung, auf Sams Kommilitonen zu treffen, die sich wahrscheinlich nur über Kunst unterhalten würden – nicht dass ich das auf Französisch verstehen würde –, hat mich innerlich zu einer Rosine zusammenschrumpfen lassen. Ich verstehe nichts von Kunst. Obwohl ich Sam für seine Leidenschaft bewundere, habe ich keine Ahnung davon. Ich wollte nicht das Klischee der ungebildeten Amerikanerin erfüllen. Und so versauert das Geld, das ich für Europa angespart hatte, um Sam dort zu überraschen, auf meinem Konto.

Ich verlagere das Gewicht auf mein anderes Bein, versuche zu verdrängen, dass ein Schokomüsliriegel in meiner Hosentasche steckt, den ich heute Morgen vor Nervosität nicht runterbekommen habe, und lege die Blumen auf einem der Sitze ab. Das Plakat rolle ich zusammen. Die Flughafenanzeige wurde immer noch nicht aktualisiert – neben Sams Flugnummer steht unverändert «verspätet».

«Willst du dich nicht hinsetzen?» Ivy klopft mit der flachen Hand neben sich. Ihre Haarspitzen sind blond gefärbt und heben sich vom Rest ihres dunklen Bobs deutlich ab.

«Ich kann jetzt nicht sitzen.» Wenn ich meine nervöse Energie auf einen Sitz verfrachten muss, werde ich wahrscheinlich implodieren.

Seufzend steht sie auf und nimmt mich in den Arm. «Hey.»

Mit einem tiefen Ausatmen lasse ich mich gegen sie sinken. Und setze zu einer Minibeichte an.

«Hoffentlich hasst er es nicht, wieder hier zu sein», flüstere ich, damit Asher es nicht hört. «Das ist meine größte Angst.» Womit ich mich selbst belüge. Meine größte Angst ist etwas ganz anderes: dass Sam etwas herausfinden könnte. Etwas, an das ich nicht einmal denken möchte.

Ivy nickt, weil sie mich versteht. «Es ist ganz normal, dass du dir nach der langen Trennung Sorgen machst. Aber Sam freut sich, endlich wieder nach Hause zu kommen. Er liebt dich, und er hat dich so lange nicht gesehen. Und seine Mom auch nicht. Garantiert denkt er seit Wochen an nichts anderes als an diesen Tag.»

In meinem Brustkorb zieht es schmerzhaft, und ich löse mich wieder von ihr. «Klar. Deshalb hat er seinen Aufenthalt auch freiwillig um zwei Monate verlängert.» Ich schüttele den Kopf. Natürlich habe ich mich für Sam gefreut, dass sein Studium an der Kunsthochschule so erfolgreich gelaufen ist. Aber musste er deshalb noch zwei Monate für einen Kurs bei irgendeinem uralten Professor dranhängen? Waren zwei Auslandssemester nicht genug?

«Das war eine einmalige Gelegenheit, Harper», sagt Ivy, als wären meine Gedanken als Hologramm vor ihrem Gesicht erschienen. «So eine Chance muss man ergreifen.»

«Ich weiß.» Meine Unterlippe brennt bereits, so oft habe ich inzwischen draufgebissen. Ich weiß das wirklich. Ich habe Sam ermutigt, länger in Paris zu bleiben, auch wenn es mir schwerfiel. Aber diese beiden Monate sind schuld daran, dass ich solche Angst vor unserem Wiedersehen habe. Wenn diese verfluchten zwei Monate nicht gewesen wären, hätte ich niemals diesen schrecklichen Fehler begangen.

Mein schlechtes Gewissen meldet sich wie auf Knopfdruck. Ich liebe Sam. Er verdient die Welt! Und weil ihm Paris so viel bedeutet, bin ich die Letzte, die ihm das missgönnt. Es ist nur …

Sam und ich sind seit drei Jahren ein Paar, aber wir haben uns ein Drittel der Zeit nicht gesehen. Ich habe ihn vermisst. Seine Umarmungen, seine sanften Küsse. Seinen Humor, seine Begeisterung, wenn er malt oder schreibt. Ich habe es vermisst, sein konzentriertes Gesicht über ein Buch gebeugt zu sehen, und den Moment, wenn er verwirrt aufblickt, weil man ihn angesprochen hat. Und dann, wenn er mich angesehen hat – es war jedes Mal, als würde die Sonne aufgehen. Er hat mich angesehen, als wäre ich *alles* für ihn.

Aber das war, bevor er nach Paris geflogen ist.

Und es war auch nicht nur alles gut. Viel zu oft habe ich auf ihn eingeredet, dass er mehr am normalen Leben teilhaben muss, habe versucht, ihn zu verändern. Das war ein Fehler, denke ich.

Manchmal hat es mir Angst gemacht, wie in sich gekehrt er sein kann. Als wäre er aus der Welt gefallen. Wie albern das war im Vergleich zu jetzt. Ich vermisse Sams freundliches Gesicht mit den fast schwarzen Haaren und wie gut er riecht, wenn er mich an sich zieht. Nur dass ich … Ich glaube, ich habe vergessen, wie Sam riecht. Verdammt.

Ich schüttele verzweifelt den Kopf. «Ivy, ich weiß gar nicht mehr …» Meine Stimme wird noch leiser, weil es mir so unangenehm ist. Was für eine Freundin bin ich bitte? «Ich habe vergessen, wonach Sam riecht. Ich habe es einfach vergessen. Wie furchtbar ist das?»

Ivy presst die Lippen zusammen, und es dauert einen Moment, bis ich begreife, dass sie ein Lachen unterdrückt.

«Wenn du jetzt lachst, Ivy Blakely, töte ich dich! Mir ist klar, dass das eigentlich albern ist, aber es macht mich völlig fertig.»

«Sorry, ich lache nicht über dich. Glaub mir, es wird dir sofort wieder einfallen. Alles. Sobald er dich begrüßt und in den Arm nimmt, ist alles wieder da. Zu hundert Prozent. Als ich letztes Jahr zurück auf die Insel gekommen bin, ging es mir ganz genauso. Schon im Flugzeug ...» Sie zögert. «In der ersten Sekunde war alles wieder da.»

Daran, wie sie schluckt, erkenne ich den alten Schmerz. Auch wenn sie mit Asher heute glücklich ist, hat alles, was sie zusammen durchgemacht haben, dennoch seine Spuren hinterlassen.

Ich drücke ihren Arm und flüstere ein «Okay».

Ivy hat eine wirklich harte Zeit hinter sich, und sie weiß genau, was es heißt, jemanden zu vermissen und gleichzeitig Angst vor einer erneuten Begegnung zu haben. Gott sei Dank gibt sie sich mit meinem Okay zufrieden und fragt nicht weiter nach. Sie ist niemand, der nachbohrt, wenn man nicht von sich aus erzählen will. Ich wünschte, ich wäre mehr wie sie. Und ich wünschte, ich hätte vor zwei Monaten nicht so einen schrecklichen Mist gebaut.

«Die Maschine ist gelandet.» Asher deutet auf die Anzeige, und mein Kopf ruckt so heftig herum, dass ich mir fast einen Muskel zerre. Tatsächlich. Hinter dem Flug steht «Arrival». Sofort spüre ich eine Mischung aus Beklemmung und Vorfreude.

Sam ist da.

«Gott», stößt Asher mit einem Seufzen aus. «Hillary hat mich schon dreimal angeschrieben. Sie ist total nervös.»

Hillary ist Sams Mom. Sie ist Haushälterin auf dem Anwesen von Ashers Vater und bewohnt das kleine Gästehaus auf der Insel. In den letzten Wochen habe ich bei ihr gewohnt, weil ich meine Prüfungen schon hinter mir habe und die Pferde der Blakelys bis zu den Semesterferien versorge. So lange, bis Ashers Bruder Noah wieder mehr Zeit für sie hat.

Asher schreibt schnell eine Nachricht an Sams Mom und schiebt das Mobiltelefon zurück in die Brusttasche seines Jacketts, während ich umständlich das Plakat wieder abrolle. Trotz meiner nicht existenten Französischkenntnisse habe ich auf das Plakat mit einem dicken Filzstift – Google-Übersetzer sei Dank! – *Bienvenue à la maison* geschrieben. Willkommen zu Hause. Auch wenn mich jetzt gerade Zweifel überkommen, ob das so eine gute Idee war. Sam ist nicht unbedingt der Typ für große Gesten.

Ivy hält kurz das andere Ende des Plakats fest, damit ich eine Hand frei habe, um die Blumen aufzuheben. Sie hängen jetzt schon schlaff herunter, aber daran kann ich nichts ändern.

Ich bin immer noch damit beschäftigt, das Plakat zu glätten, weil es sich von allein immer wieder einrollen will, als die ersten Menschen aus der Maschine in die Halle strömen. Plötzlich stößt Ivy neben mir einen überraschten Ausruf aus. «Da ist er!» Sie fängt an zu winken.

Ich recke den Hals, kann Sam aber nicht entdecken. «Wo denn?»

«Da vorne. Mit dem roten Koffer.»

Ich drücke die Blumen an meinen Brustkorb, hinter dem mein Herz zu rasen beginnt, als stünde ich an der Kante einer Klippe. Da ist ein großer, roter Koffer, ja, aber kein Sam. Nur ein sportlich-muskulöser Typ mit braun gebrannten Beinen in kurzen Shorts. Mein Blick gleitet über die anderen Menschen hinweg auf der Suche nach ihm. Meinem Sam. Dem Sam, dem das schwarze Haar immer etwas verträumt ins Gesicht fällt. Dem Sam mit der blassen Haut und den dunklen Ringen unter den Augen. Dem Sam mit der schlaksigen Gestalt, der immer so aussieht, als müsse er dringend mal an die frische Luft.

«Sam, hier!» Asher hebt eine Hand und lacht diesen sportlichen Typen an, den ich keines Blickes gewürdigt habe. Den Typ mit der unglaublich selbstbewussten Körperhaltung, der wirkt, als käme er gerade von einem Surftrip aus Biarritz zurück.

Oh mein Gott, es *ist* Sam!

KAPITEL 2

Wahrscheinlich starre ich Sam an wie einen Alien. Aber ... aber ... wieso sieht er so anders aus?

Wir haben uns vor zehn Monaten getroffen, da war er noch derselbe schlaksige Kerl wie immer. Krampfhaft überlege ich, wann wir das letzte Mal gefacetimed haben. Ist es schon zwei Monate her? Etwas mehr? Zuletzt haben wir nur noch telefoniert, weil ich immer eine Ausrede gefunden habe. Es hat mich jedes Mal so runtergezogen, wie begeistert er von Frankreich war, und ich wollte nicht, dass er das in meinem Gesicht sieht. Ich meine: Wie viele Abhandlungen über Kunst und Architektur kann man über sich ergehen lassen? Das ganze Jahr über hat er mir von diesem Bild oder jenem Gebäude oder der tollen Diskussion in seinem letzten Kurs vorgeschwärmt, und ich habe mich dabei immer mieser gefühlt. Und dann ist es schließlich passiert. Die Sache, wegen der mich mein schlechtes Gewissen beinahe umbringt. Deshalb haben wir nur noch telefoniert, und selbst das wurde in den letzten Wochen immer weniger. Was hat Sam bitte in der Zwischenzeit getrieben? Er ist überhaupt nicht wiederzuerkennen.

Ich schlucke hart, als er auf uns zukommt, und bin fast erleichtert, dass Asher ihn zuerst begrüßt, sodass ich noch Zeit habe, mich darauf einzustellen, dass ... das jetzt Sam ist. So muss man sich als Frau eines Soldaten fühlen, schießt es mir durch den Kopf, dann gebe ich mir selbst einen gedanklichen Fußtritt.

«Hey, Sam.» Im nächsten Moment halte ich den Atem an und spüre seine Wange an meiner, rau und kratzig. Er hat sich nicht rasiert, wahrscheinlich seit Tagen nicht, was total ungewöhnlich für ihn ist. Wie ferngesteuert gebe ich ihm einen Kuss auf die Wange.

Er riecht anders. Was auch immer in meiner Erinnerung hochkommen müsste, das ist nicht der Sam-Geruch, der etwas Vertrautes in mir anschlägt. Als wäre er ein lang verschwundener Zwilling. Ich wette, selbst Simon, der Hund der Blakelys, wird ihn nicht wiedererkennen.

Gott, Harper, reiß dich zusammen. Sam war nicht verschollen oder so. Das hier ist nicht *Cast Away*.

«Wow, Harper», sagt er und lächelt schief. «Das ist echt toll, großartig. Wirklich toll! Danke für das Willkommensplakat.»

Er hasst es. Er hasst mein Plakat.

«Willkommen zu Hause», bringe ich gepresst heraus. In meinem Hals hat sich ein monströser Kloß gebildet. Mit Gewalt dränge ich ihn zurück, genau wie das Brennen in meinen Augen. «Deine Mutter hat sich schon Sorgen gemacht, sie hat Asher dreimal geschrieben, um zu fragen, wo du bleibst. Chase konnte leider nicht kommen, er hat zu viel im Diner zu tun, aber ich soll dich von ihm grüßen und dir sagen, dass wir morgen bei ihm zu einem Filmabend eingeladen sind ...» Mein Geplapper wird immer leiser und versandet schließlich. Was mache ich hier eigentlich? Anstatt Sam zu sagen, wie sehr ich ihn vermisst habe, quassle ich nur dummes Zeug. Als ob ihn interessieren würde, dass mein Bruder nicht da ist.

«Cool, danke. Mann, es ist so toll, euch zu sehen.» Er breitet die Arme aus, eine Geste, die Ivy und Asher mit einschließt. «Ich weiß gar nicht, was ich sagen soll. Tut mir leid, dass ihr so lange warten musstet. Es gab beim Zwischenstopp in New York Probleme auf dem Rollfeld. Mein verdammter Handyakku ist leer, deshalb konnte ich euch nicht Bescheid sagen.»

«Hey, wir haben gerne gewartet.» Ivy zieht Sam in eine feste Umarmung, bei der ich mich seltsam ausgegrenzt fühle. Ich kann nicht mal erklären, warum. Ivy kennt Sam schon viel länger als ich. Sie sind beinahe zusammen aufgewachsen.

«Gib mir deine Tasche.» Asher nimmt ihm die zusätzliche Reisetasche ab und hängt sie sich über die Schulter.

«Soll ich dir auch etwas abnehmen?», biete ich Sam an und rolle dabei das Plakat ein.

«Ja danke.» Die Blumen, die ich ihm eben erst in die Hand gedrückt habe, wandern zurück zu mir.

Ich komme mir ziemlich idiotisch dabei vor, mein eigenes Begrüßungsgeschenk zum Auto zu tragen. Eigentlich dachte ich, dass Sam mir die große rechteckige Mappe geben würde, die er sich unter den Arm geklemmt hat, aber das hätte ich besser wissen können. Sam bewacht die Mappe wie ein Heiligtum, und ich bin mir sicher, dass es Dutzende Kunstwerke sind, die er in Paris gemalt hat. Ich will nicht eifersüchtig auf diese Bilder sein – es sind verdammt noch mal nur Bilder –, aber einen kurzen Moment wallt doch ein beklemmendes Gefühl in mir auf. Dabei habe ich kein Recht dazu, eifersüchtig zu sein. Ganz im Gegensatz zu Sam.

«Ich habe euch so viel zu erzählen.» Sam geht mit

Asher voraus, und Ivy und ich laufen den beiden hinterher. Sobald wir den Vorplatz betreten, knallt die Sonne auf uns nieder. Obwohl wir hier an der Küste sind, ist die Hitze der letzten Tage fast unerträglich gewesen. Der Müsliriegel in meiner Hosentasche löst sich wahrscheinlich gerade in seine Einzelbestandteile auf.

Sam schirmt mit der Hand sein Gesicht ab, während er von seiner Rückreise erzählt und den Koffer vor sich herschiebt. Mein Blick klebt förmlich an ihm.

Das ist nicht mein Freund. Das ist nicht der Sam, der vor über einem Jahr nach Paris geflogen ist. Er wirkt älter, reifer, kultivierter. Und auch so viel selbstbewusster, glücklicher. Offenbar macht das ein Auslandsaufenthalt mit einem. Und sosehr mich das für ihn auch freut, der Gedanke, dass ich nichts, aber auch gar nichts mit dieser Entwicklung zu tun hatte, poppt automatisch auf.

Ich kann nicht aufhören, ihn zu betrachten. Seine Schultern wirken breiter, sein Nacken ist braun gebrannt, das dunkle Haar von der Sonne aufgehellt, und als er den Kopf zu Asher dreht, entdecke ich auf seiner Nase tatsächlich ein paar Sommersprossen. Ich habe zwei Jahre lang alles Mögliche versucht, um ihn aus dem Haus und von seinem Schreibtisch wegzukriegen, und nun kommt er aus Paris zurück und sieht aus wie ein ... ein Naturbursche? Auf jeden Fall wie ein wahnsinnig attraktiver Mann, der das Leben in den vergangenen Monaten in vollen Zügen genossen hat. Ohne mich.

Ivy stößt mich mit dem Ellbogen an. «Ich weiß, woran du denkst», sagt sie leise. «Aber du machst dir ganz umsonst Sorgen. Sam ist total glücklich, wieder zu Hause zu sein, das ist so offensichtlich.»

Ich gebe ein vage zustimmendes «Mm» von mir.

«Er hat so viel Gepäck dabei, garantiert hat er Geschenke und französische Leckereien für dich mitgebracht.»

«Vielleicht.» Ich schätze, noch nie in meinem Leben haben mich Geschenke oder Mitbringsel so wenig interessiert wie in diesem Augenblick. Ich überlege kurz, Ivy von meinem Fehler zu erzählen, weil es vielleicht helfen würde, mir das von der Seele zu reden. Aber hier ist nicht der richtige Ort. Und außerdem ... wenn ich das täte, würde es dadurch noch realer, und ich will es einfach nur verdrängen. Es ist nie passiert. Das rede ich mir seit Wochen ein.

Die verdammten Blumen auf meinem Arm scheinen eine Tonne zu wiegen. Am liebsten würde ich sie in den nächsten Abfalleimer werfen. Müsste ich nicht überglücklich sein, Sam wiederzuhaben? Ich bemühe mich um ein Lächeln, aber stattdessen krampft sich mein Herz zusammen.

Mein Fehler surrt durch mein Hirn wie eine riesengroße Horrormücke. Ich habe mit mir selbst vereinbart, niemals mit Sam darüber zu sprechen, weil es nichts bedeutet hat. Ich habe versucht, mir einzureden, dass es nur ein Albtraum war, dass es in Wirklichkeit niemals stattgefunden hat. In den letzten Wochen hat das halbwegs funktioniert. Aber jetzt gerade schwingen meine Schuldgefühle mit der Wucht einer Abrissbirne zu mir zurück.

«Sams Mom hat sein Lieblingsessen vorbereitet», erzähle ich Ivy, um wenigstens irgendwas zu sagen. «Und wir haben zusammen den Hauseingang mit einer Wimpelkette dekoriert, um alles für seine Begrüßung vorzu-

bereiten. Er wird sich darüber freuen, denkst du nicht?»
Wow, was für eine Ankündigung! Als ob eine Wimpelkette wiedergutmachen könnte, was ich angerichtet habe.

«Ganz bestimmt. Ich freue mich auf jeden Fall. Vor allem aufs Essen.» Ivy lacht leise auf. «Ich liebe Hillarys Essen. Schade nur, dass Noah heute nicht kommt. Obwohl ...» Sie zieht eine Grimasse. «Vielleicht ist es auch besser so. Die beiden geraten sonst gleich wieder aneinander.»

Gut möglich. So nah Sam und Asher sich auch stehen, mit dessen Bruder Noah hatte er schon immer Schwierigkeiten. Was vielleicht daran liegt, dass die beiden das komplette Gegenteil voneinander sind. Noah trägt neben seinem Herzen auch immer ein unbeherrschtes Fuck auf der Zunge, während Sam der sensible Feingeist ist, der sich in Klassiker vertieft und mit mir über Motive der englischen Literatur diskutiert. Zumindest war er das, bevor ...

Ich zerre den Gedanken an der Leine zurück, bevor er ausreißen kann.

Wir erreichen den Parkplatz, wo Asher seinen Tesla geparkt hat, und verstauen Sams Gepäck im Kofferraum. Seine Kunstmappe legt er ganz nach oben, damit nur ja nichts drankommt. Ivy setzt sich auf den Beifahrersitz, sodass Sam zwangsläufig mit mir hinten einsteigen muss.

Als ich mich hinsetze, quetscht sich der Müsliriegel in meiner Hosentasche zusammen. Meine Hose fühlt sich feucht an. Wahrscheinlich ist die Verpackung aufgegangen, und die Schokolade quillt gerade heraus. Ciao, Lieblingsjeans.

Sam ist seltsam still, und ich schiele unauffällig zu ihm rüber, als wir losfahren. Seine Oberschenkel sehen so muskulös aus. War er etwa im Fitnessstudio, oder kommt das von … keine Ahnung, vom Wandern? Wandert man überhaupt in Paris? Drehe ich gerade durch und werde irgendwann als Verrückte auf dem Dachboden enden?

Zaghaft taste ich nach Sams Hand. Als er sie ergreift und seine warmen Finger sich um meine schließen, durchflutet mich Erleichterung.

Im Grunde ist es egal, dass er ein Jahr nicht hier war. Es ist egal, was ich getan habe, denn an meinen Gefühlen für ihn hat sich nichts verändert. Ja, ich habe einen riesigen Fehler gemacht, aber ich bereue es zutiefst und würde es nie wieder tun. Es hat nichts zu bedeuten. Gar nichts. Im Moment bin ich einfach unsicher. Wahrscheinlich müssen wir uns erst wieder aneinander gewöhnen. Dann wird auch das Herzklopfen endlich aufhören, wenn ich Sam ansehe. Verdammt viel Herzklopfen.

Als er meine Hand drückt, blitzt für einen Moment das Gefühl von früher wieder auf. Das Gefühl der Geborgenheit, dass wir einander vertrauen und die Gedanken des anderen lesen können. Um seine Augen bilden sich Fältchen, als er mich anlächelt, dann sagt er: «Hier hat sich überhaupt nichts verändert.»

Er lässt meine Hand wieder los und starrt aus dem Fenster. Unwillkürlich fasse ich mir in den Nacken, wo sich mein kurzes blondes Haar mit einer Gänsehaut aufstellt. Ich muss daran denken, was er in Europa alles erlebt und wie viele faszinierende Menschen er dort im vergangenen Jahr kennengelernt haben muss. Sein Blick, sein Horizont hat sich geweitet, sein ganzes Leben ist so viel reicher geworden, während ich hier in New Hampshire geblieben bin und was gemacht habe? Nichts?

Und was ich in meinem Kopf höre, ist etwas ganz anderes: *Du* hast dich überhaupt nicht verändert.

Nur weiß ich nicht, ob das gut oder schlecht ist.

KAPITEL 3

Noah: Ist der Buchfreak endlich angekommen?

Das ist Noahs liebevolle Art, sich nach Sam zu erkundigen. Typisch. Die beiden konnten sich noch nie besonders gut leiden, aber sie schaffen es die meiste Zeit, ihre Abneigung auf harmlose Sticheleien zu beschränken. Ich glaube, es liegt daran, dass Sam der Sohn ihrer Haushälterin ist. Richard, das Familienoberhaupt der Blakelys, liebt Sam wie einen eigenen Sohn, und damit hat Noah Schwierigkeiten. Auf gewisse Art verstehe ich ihn sogar, aber ich wünschte, es wäre anders.

Ich sitze in dem kleinen Wohnzimmer des Gästehauses, während Sam oben auspackt. Meine Hilfe hat er mit einem verlegenen Lachen abgelehnt, und ich habe ihn allein gelassen, um ihm etwas Privatsphäre zu geben.

Bevor ich Noah zurechtweisen kann, kommt schon die nächste Nachricht von ihm.

Noah: Bist bestimmt froh, dass der Langweiler wieder da ist.

Harper: Er ist kein Langweiler! War er nie, aber jetzt erst recht nicht mehr. Du wirst ihn nicht wiedererkennen. Selbst ich habe ihn fast nicht erkannt.

Noah: Wieso? Ist ihm der verfickte Eiffelturm aus dem Kopf gewachsen?

Meine Mundwinkel zucken. Wenn jemand meine Verzweiflung über Sams Frankreichliebe verstanden hat, dann Noah. Er ist einer meiner besten Freunde. Neben meinem Bruder Chase und Ivy gibt es kaum jemanden, dem ich im vergangenen Jahr mehr anvertraut habe. Noah ist unfassbar ehrlich. Ein Fakt, der dazu führen kann, dass er einen vor anderen schon mal in Verlegenheit bringt. Aber dafür ist er auch hundert Prozent verlässlich. Wir sehen uns zwar selten, aber wir telefonieren regelmäßig, und ab und zu treffe ich ihn und seine Freundin Aubree im Diner meines Bruders zum Essen.

Harper: Wenn es nur das wäre. Er sieht so, so, so gut aus, Noah! Ich meine, viel zu gut für mich. Er hat sich total verändert. Ich glaube, er hat heimlich trainiert.

Noah: Zu gut für dich. 🫤 Okay. Soll ich dir mal gründlich den Kopf waschen? Müssen wir reden? Ich meine, brauchst du jemanden zum Reden?

Harper: Es ist schon okay. Ich werde mich dran gewöhnen.

Noah: Wen willst du hier verarschen? «Okay» ist der kleine Bruder von «Alles ist Scheiße». Wo ist Ivy? Soll ich vorbeikommen? Oder dir Aubree auf den Hals hetzen?

Es ist Noah durchaus zuzutrauen, dass er seine Freundin ins Auto packt und hierherschleift, nur weil er meint, dass man mich nicht allein lassen kann. Aber ich bin nicht so needy. Erst recht nicht, wenn es um den Freund einer anderen geht. Ich weiß, dass Aubree nichts dagegen hätte, aber ich finde es einfach nicht richtig.

Harper: Nicht nötig, ich bin schon groß. Aber kommst du morgen mit Aubree zum Kinoabend in den Diner?

Noah: Hatte ich nicht vor. Chase will verfickte 80er Tanzfilme gucken. Finde ich zum Kotzen.

Harper: Schade. Ich hatte mich auf euch gefreut.

Noah: Ich würde es mir evtl. überlegen ...

Harper: Was muss ich dafür tun, DASS du es dir überlegst?

Noah: Sag Chase, ich will den Film aussuchen.

Ich lache auf. Keine Chance. Das lässt Chase niemals zu. Sein Diner ist der Inbegriff eines nostalgischen Hollywood-Schreins. An den Wänden hängen alte Kinoplakate und Filmrequisiten, die er bei eBay und Spendenaktionen ersteigert hat. Er sammelt Originalautogramme, sein Heiligtum sind die von Doris Day, Rock Hudson und Tony Randall. Wenn er Tanzfilme gucken will, habe selbst ich keine Chance, das zu verhindern. Es sei denn ...

Harper: Ich könnte ihn vielleicht dazu bringen, dass wir abstimmen. Aber dann müssen wir die anderen überreden oder bestechen.

Noah: Krieg ich hin.

Noah ist genauso besessen von Filmen wie Chase; nicht umsonst studiert er Filmmaking in Dartmouth. Ich weiß zwar nicht, ob ich meinen Bruder wirklich umstimmen kann, schreibe Noah aber dennoch, dass ich das regeln werde und dass Leyla, die Köchin im Diner, bestimmt knusprige Chicken Wings für ihn braten wird, was normalerweise die sicherste Methode ist, mit der man Noah zu etwas bringen kann. Und zur Vorsicht tippe ich noch eine Drohung hinterher, was ich ihm alles antun werde, falls er nicht kommt. Als auf der Treppe Schritte zu hören sind, sende ich die Nachricht ab, und in dem Moment, in dem Sam durch die Tür tritt, schiebe ich das Handy in meine Hosentasche.

Mit der Hand streiche ich mein T-Shirt glatt. «Schon fertig mit auspacken?»

«Bist du beschäftigt?»

«Nein, wieso?» Ich lache auf. Warum bin ich nur so nervös?

Es ist Sam. Das hier ist sein Zuhause, und in den vergangenen drei Jahren war es im Grunde auch meins. Selbst im letzten Jahr war ich ständig hier. Ich liebe seine Mom, sie ist auch wie eine Mom für mich. Wir haben so viel Zeit gemeinsam in diesem kleinen, gemütlichen Gästehaus verbracht. Und alles in diesem Haus verbinde ich mit Sam.

An der Wand hängt eingerahmt das Lettering, das Ivy ihm zum Geburtstag geschenkt hat: *Ab sofort verbinde ich die Punkte, wie ich es will.* Sie hat es ihm vor seiner Abreise gemalt, und es sollte ihn darin bestärken, nach seinem Bachelor in Amerikanische Literatur nicht sofort Lehrer zu werden, sondern seiner Leidenschaft nachzugehen und an der Kunsthochschule zu studieren. Ich habe ihn für diesen Schritt bewundert, weil ich selbst nie den Mut dafür gehabt hätte, in ein fremdes Land und sogar auf einen anderen Kontinent zu gehen.

In diesem Haus haben wir zusammen gekocht, Partys gefeiert, auf dem Sofa Netflixserien weggesuchtet und uns geliebt. Sam weiß bis auf diese eine Sache alles von mir und ich von ihm. Ich weiß, wie er aussieht, wenn er tief und fest schläft. Ich weiß, wie er aussieht, wenn er morgens aus der Dusche kommt oder wenn wir …

Nicht daran denken! Das ist alles so seltsam. Ich weiß gar nichts mehr. Ich weiß doch eigentlich nur, wie Sam war, *bevor* er nach Paris gegangen ist. Was in den letzten Monaten passiert ist, davon habe ich keine Ahnung. Er war allein in der Stadt der Liebe, und wir haben uns monatelang nicht gesehen.

Ich schlucke. Schlucke alles runter, was mich quält.

Diese Gedanken, diese Angst will ich nicht zulassen. Sam ist treu und loyal und absolut ehrlich. Er ist nicht der Typ, der einen Fehler begeht, den er hinterher beichten muss. Er ist besonnen. Er würde mit mir reden, *bevor* etwas passiert.

Im Gegensatz zu mir.

Oh Gott. Das schlechte Gewissen kocht in mir hoch und lässt meinen Kopf aufglühen.

«Wem hast du geschrieben?», fragt Sam, als er nun weiter ins Wohnzimmer kommt.

Er hat sich geduscht, sein Haar ist noch feucht, und daran, wie er die Schultern bewegt, erkenne ich, das ihm sein Shirt am Rücken auf der Haut klebt. Zwischen seinen Schulterblättern ist eine Stelle, wo er sich nie richtig abtrocknet, und normalerweise muss ich lächeln, wenn ich es bemerke. Normalerweise trockne ich die Stelle sogar für ihn ab, wenn wir zusammen im Badezimmer sind, aber jetzt traue ich mich nicht, ihn zu berühren. Er ist so anders.

«Noah. Er hat sich erkundigt, ob du gut angekommen bist.»

«Ach wirklich?» Sam presst die Lippen zusammen und zieht skeptisch eine dunkle Braue in die Höhe. «Hätte er mich auch direkt fragen können. Ich schätze, er hat meine Nummer.»

«Vielleicht dachte er, dass du heute genug anderes zu tun hast.»

«Vielleicht.» Sam zieht eine Grimasse.

Ich will Noah nicht verteidigen, aber ich verstehe auch nicht, was Sam daran stört, dass Noah mich nach ihm gefragt hat. Besser, ich wechsle das Thema. «Hast du dir schon überlegt, was du gerne als Erstes machen möchtest? Ich meine, nach dem Essen mit deiner Mom. Musst du etwas einkaufen? Oder willst du zu den Blakelys und Richard und die Hunde begrüßen? Wir könnten auch einfach spazieren gehen oder eine Bootstour machen oder ...»

Sam unterbricht mich. «Oder gar nichts.»

Ich presse schuldbewusst die Lippen zusammen, weil mir schwant, dass er wahrscheinlich einfach allein sein möchte, nachdem er den ganzen Tag, oder eher die halbe Nacht, neben Dutzenden von Leuten in einen Flugzeugsitz gequetscht gewesen ist. «Du bist bestimmt total fertig. Tut mir leid. Ich muss sowieso nachher noch zum Stall und die Pferde versorgen. Das dauert ein, zwei Stunden. Soll ich ... soll ich lieber gehen? Ich meine, nach dem Essen? Deine Mom nimmt es mir vielleicht übel, wenn ich vorher abhaue, aber danach ... heute Abend ... Ich könnte Ivy und Asher fragen, ob ich heute Nacht bei Ihnen im Haupthaus schlafen kann.»

«Was?» Er wirkt entgeistert. «Wieso das denn?»

«Jetlag und so. Damit du ... na ja ... erst mal etwas Ruhe hast nach dem langen Flug.»

Nach den langen Monaten, in denen wir getrennt waren und uns erst wieder aneinander gewöhnen müssen.

«So habe ich das nicht gemeint.»

«Okay, wie hast du es dann gemeint?»

Sam hebt die Schultern an und wischt sich das glatte Haar aus dem Gesicht. «Das Letzte, was ich jetzt will, ist eine Bootstour oder was auch immer du dir wieder überlegt hast. Und nein, ich will auch nicht zu den Blakelys oder mich hier mit einem Buch allein in meinem Zimmer einschließen. Verdammt, Harp!»

Ich zucke zusammen. Sam hat mich noch nie so angefahren, und in der Kombination mit seiner anderen Ausstrahlung wirkt er fast bedrohlich. Er ist so anders. So ... körperlich.

«Ist das so schwer zu verstehen?», fragt er mich, und sein Brustkorb hebt sich angestrengt. «Ich habe meine Freundin seit Monaten nicht gesehen. Nicht mal auf einem verdammten Bildschirm, weil sie sich nicht bereit erklärt hat, mit mir zu facetimen. Und auch wenn sie sich im vergangenen Jahr überhaupt nicht für das interessiert hat, was ich ihr erzählt habe, und ich sie deswegen am liebsten durchschütteln würde, ich habe diese Frau vermisst.»

«Natürlich hat sie sich dafür interessiert, was du erzählt hast!», fauche ich.

«Dann hat sie das aber gut verborgen.»

«Vielleicht hast du es auch einfach nicht gemerkt, weil du mit dir selbst beschäftigt warst?»

Es ist heraus, bevor ich darüber nachdenken kann, was diese Worte anrichten können. Sam erstarrt, und mir zieht sich das Herz zusammen, weil ich merke, wie ihn dieser Vorwurf trifft. Es ist nicht mal wahr. Genau genommen ist es ziemlich unfair von mir.

Sam hat sich nicht nur für sich selbst interessiert. Er hat mich ständig gefragt, wie es mir geht, hat sich nach meinem Studium erkundigt und wollte wissen, was ich den ganzen Tag mache. Er wollte alles von mir wissen. Nur dass ich einfach nichts Weltbewegendes zu erzählen hatte. Im Gegensatz zu ihm habe ich nichts Neues erlebt. Es kam mir einfach lächerlich vor, ihn mit meinen Kursen vollzuquatschen, mit den immer gleichen Sachen, die ich so erlebe. Selbst als einmal im Diner meines Bruders eingebrochen wurde, habe ich ihm nicht davon erzählt, weil das alles so weit weg von dem ist, was ihn bewegt hat. Sam ist in Montmartre den Spuren bedeutender Künstler gefolgt, hat sich die zerstörte Kirche Notre-Dame angesehen, war im Panthéon, wo Marie Curie begraben ist – und bei meinem Bruder hat jemand in die Kasse gelangt, wow, wie spannend!

«Vielleicht war sie unsicher», sage ich schnell. «Deine

Freundin. Vielleicht war sie einfach nur unsicher und ... und eingeschüchtert und konnte ihr Interesse deshalb nicht so gut zeigen.»

Sam schnaubt. «Meine Freundin ist niemals unsicher. Sie ist süß und witzig. Sie treibt mich manchmal in den Wahnsinn, weil sie immer ihren Willen durchsetzen will, aber sie ist nicht unsicher.»

«Tja, vielleicht nicht deine *alte* Freundin. Aber ich bin es.»

Wir sehen uns an. Sam öffnet den Mund, um etwas zu erwidern, dann überlegt er es sich anders. Und ich hasse es, dass wir uns beide so fremd geworden sind.

Aber das ist nur eine Übergangsphase, oder? Wir müssen uns einfach nur wieder aneinander gewöhnen. Er hat gerade gesagt, seine Freundin wäre süß und witzig. Hat er damit nicht etwas total Nettes gesagt? Daran will ich festhalten. Ich mache einen Schritt nach vorn; im selben Moment geht Sam entschlossen auf mich zu.

«Harp, ich ...» Er hebt die Hände an, dann lässt er sie sinken.

«Ich ...», beginne ich stotternd, und dann bricht dieser Satz, den ich schon längst hätte sagen sollen, aus mir heraus. «Gott, Sam, ich habe dich so sehr vermisst.»

Beide Arme lege ich umständlich um seinen Hals, Sam fasst im gleichen Moment nach meinem Gesicht, und wir müssen beide lachen, weil wir so unbeholfen sind und uns dabei in die Quere kommen. Seine Lippen streifen erst meine Wange, dann treffen sie auf meinen Mund, und das Geräusch, das er macht, als er jetzt seufzend ausatmet, lässt einen sehnsuchtsvollen Schauer über meine nackten Arme laufen.

Oh, wow.

«Es tut mir leid, dass ich bei unseren letzten Telefonaten so blöd reagiert habe. Ich glaube ... vielleicht war ich ein bisschen eifersüchtig.» Es kostet mich Überwindung, das zuzugeben. «Okay, vielleicht war ich ein bisschen *sehr* eifersüchtig.»

«Dazu gab es ... keinen Grund», sagt er, aber so richtig fest klingt seine Stimme nicht dabei.

Nicht daran denken, was du getan hast, Harper! Nicht dran denken! Wir sind immer noch wir.

Ich presse mich an ihn und spüre nach einem Moment des Zögerns endlich den Druck von Sams Händen an meinen Schulterblättern und wie sie langsam an meinem Rücken nach unten gleiten. Vorsichtig, als müsste er sich erst vergewissern, dass das für mich okay ist. Sam hat sich rasiert, seine Wange fühlt sich wieder glatt und weich an. Meine Lippen gleiten über seine Haut. Er muss die Blakely-Rasierseife benutzt haben, die im Badezimmer stand, und dieser Geruch ist mir so vertraut, dass ich mich wundere, was ich eben noch für abgefahrene Gedanken gehabt habe. Es ist Sam. Mein Sam. Und mein Herz weitet sich, als er sacht seine Lippen auf meine legt.

«Ich habe dich auch vermisst, Harp.» Er seufzt leise, dann küsst er mich.

Mit den Fingerspitzen fahre ich in sein feuchtes Haar. Wie gut er riecht. Wie fest seine Lippen sind. Unser Seufzen vermischt sich. Meine Hände gleiten an seinem Rücken nach unten und verschwinden unter seinem Shirt. Oh Gott, er fühlt sich so anders an. So viel härter, breiter. So aufregend. Als ich mit der Zunge seine Lippen teile und unseren Kuss vertiefe, wirkt er überrascht. Er zieht

186

sich für einen Moment zurück, dann lacht er unsicher auf.

«Sam», seufze ich leise. «Bitte geh nie wieder fort. Du darfst nicht noch mal nach Paris gehen.»

«Hm …», er räuspert sich, «… das kann ich dir nicht versprechen.»

Im ersten Moment glaube ich, mich verhört zu haben. Dann schieben sich seine Worte zu einem Satz zusammen, ergeben einen Sinn. Und im selben Moment versteife ich mich. «Wieso nicht?» Ich lehne mich ein Stück zurück und versuche, in seine Augen zu sehen.

Nur dass Sam den Kopf wegdreht und meinem Blick ausweicht. Seine Hände gleiten von mir ab.

«Wieso nicht, Sam?», wiederhole ich, und ich hasse es, dass meine Stimme dabei diesen kleinen Kiekser von sich gibt, der immer dann zu hören ist, wenn ich emotional überreagiere.

Ich straffe mich und bin mir ziemlich sicher, auf alles gefasst zu sein: dass Sam nächstes Jahr noch einmal nach Europa fahren möchte. Dass er im Frühjahr mit mir zusammen dort Urlaub machen will. Dass er Freunde gefunden hat, die er an irgendeinem Feiertag besuchen muss. Sogar dass er fürs nächste Jahr noch ein ganzes Auslandssemester geplant hat. Das ist okay, ich werde das hinkriegen. Wir werden das überleben, schließlich haben wir Zeit, uns darauf vorzubereiten.

Aber dann lacht Sam nur wieder auf. Dieses Lachen – es klingt einerseits unsicher, aber andererseits auch entschlossen. «Ich weiß noch nicht, was ich will, Harp.»

«Du weißt noch nicht, was du willst?», echoe ich und komme mir dabei unendlich dumm vor.

«Ob ich überhaupt noch in den Staaten bleiben will. Für immer. Ob ich hier leben will.»

Ich bin so geschockt, dass ich nichts sagen kann. Er will was? Auswandern? Ich will ihn das fragen. Nein, eigentlich will ich ihm das ins Gesicht brüllen. DU WILLST AUSWANDERN???

Aber ausgerechnet in diesem Moment gibt mein Handy in der Hosentasche diesen entsetzlichen «An der Strandpromenade»-Klingelton von sich. Warum habe ich es nicht stummgeschaltet? Warum bin ich nicht eine von denen, bei der das Richtige im richtigen Moment passiert? Dieser Moment ist kein Strandpromenadenmoment – viel passender wäre ein dröhnender Alarmton, der einem bis in die Eingeweide schießt.

Sams Mund verzieht sich spöttisch, als er das Gebimmel wahrnimmt. «Lass mich raten: eine Nachricht von Noah?»

KAPITEL 4

Und dann hat er mir gesagt, ich soll vielleicht einfach die Pferde versorgen gehen», erzähle ich Ivy, als wir am nächsten Morgen zusammen zum Stall spazieren. «Das Abendessen danach war unendlich unangenehm, das hast du ja mitbekommen.»

Noch nie habe ich mich in Hillarys Haus so unwohl gefühlt wie gestern. Auch wenn Sams Mom so gut gelaunt war, dass es für uns alle gereicht hätte, ist die seltsame Stimmung Ivy nicht entgangen. Nur hat sie sie total falsch interpretiert.

«Oh Mist. Und ich dachte, ihr beide wollt eure Ruhe haben. Asher und ich haben nachher sogar noch Witze gemacht, dass ihr kurz davor wart, uns aus dem Haus zu karren, um endlich allein zu sein.» Sie fährt sich mit einer Hand übers Gesicht und gibt ein leises Stöhnen von sich. «Das tut mir voll leid. Ich kann total verstehen, dass du gestern nichts gesagt hast.»

«Du konntest das ja nicht wissen.» Ich schüttele verzweifelt den Kopf. «Die Nacht war auch furchtbar. Wir haben beide wach nebeneinandergelegen und kein Wort miteinander gewechselt. Jedes Mal, wenn ich beim Umdrehen aus Versehen gegen ihn gestoßen bin, konnte ich hören, wie Sam den Atem angehalten hat. Als wäre ich flüssige Lava, die man nicht berühren darf. Er hat eben noch tief und fest geschlafen, weil er sich die halbe Nacht gewälzt hat. Es ist gerade so strange zwischen uns.» Ich spüre, wie mir ein Schauer über den Rücken läuft, und schlinge die Arme um mich selbst. «Deshalb bin ich auch so früh aufgestanden und abgehauen, damit er allein sein kann.»

Dabei hätte ich selbst noch Schlaf gebrauchen können. Ich habe keine vier Stunden bekommen und weiß nicht, wie ich den Abend heute bei Chase überstehen soll. Falls Sam überhaupt noch mit mir hingehen möchte. Vielleicht sollte ich dann gleich bei Chase bleiben. Oder im Wohnheim übernachten, auch wenn das gerade so gut wie verwaist ist.

Ivy verzieht gequält das Gesicht, während ich mit zusammengepressten Lippen und in meinen Gummistiefeln schwerfällig durch das hohe Gras stapfe. Ich muss den Stall ausmisten und will mir nicht schon wieder meine Schuhe dabei versauen. Seit einer Ewigkeit hat es nicht geregnet, trotzdem sind die Sohlen vom Tau ganz nass, und der Grasschnitt klebt an meinen Stiefelspitzen. Ich bin froh über die körperliche Arbeit, die mich erwartet. Sie wird mich auspowern und mir hoffentlich dabei helfen, besser mit meinen Gefühlen umzugehen.

«Wann hat sich plötzlich alles geändert, Ivy? Wann hat Sam beschlossen, dass er seinen ganzen Lebensplan auf einmal über den Haufen werfen will? Alles, worüber wir in den zwei Jahren vor seiner Abreise gesprochen haben. Dass er Englisch unterrichten will, dass wir endlich richtig zusammenziehen, dass wir uns gemeinsam nach einer Wohnung in Uni-Nähe umsehen. Ich wollte den nächsten Schritt gehen.»

Ivy bleibt ruckartig stehen. «Zusammenziehen? Der

nächste Schritt? Heiraten? Oh Gott, eine eigene Familie gründen???»

«Mach nicht so viele Fragezeichen hinter deinen Sätzen!»

«Die kannst du doch gar nicht hören.»

Ihre Augen sind so kugelrund, dass ein Lachen in mir aufsteigt. «Aber ich sehe sie in deinem Gesicht. Deine Augen können nicht nur *Fick dich!* sagen, sie können auch ziemlich laut *What the fuck!?* schreien.»

Ivy prustet los.

«Ich bin ein paar Jahre älter als du und seit drei Jahren mit ihm zusammen, Ivy. Ich bin einfach bereit fürs nächste Level. Also zumindest war ich es vor Paris.» Und bevor ich Mist gebaut und wahrscheinlich alles ruiniert habe, wenn Sam davon erfährt. Aber kann man überhaupt den nächsten Schritt gehen mit einer solchen Lüge im Gepäck? Ich beiße mir auf die Lippe.

Und wenn Sam wirklich nach Europa auswandern will, was soll ich dann dort? Das habe ich mich die ganze Nacht gefragt. Mein Lebensmittelpunkt ist hier. Unsere Freunde sind hier, meine Eltern, mein Bruder. Ich habe so viele Cousins und Cousinen in der Nähe von Boston wohnen, dass wir eine halbe Footballmannschaft aufstellen könnten. Und wir sehen uns mindestens viermal im Jahr. Sams Familie ist zwar nicht so groß wie meine, aber auch er ist hier verwurzelt. Will er das alles aufgeben? Mit den Händen reibe ich mir über die Oberarme, weil es mich fröstelt.

«Hat er dich denn gefragt ... ich meine ... ob du mitkommst?» Ivy spricht aus, worüber ich die halbe Nacht *nicht* nachdenken wollte. Gleichzeitig hebt sie entschuldigend die Schultern und wirkt, als würde sie jeden Moment selbst in Tränen ausbrechen. Dabei müsste ich eigentlich weinen, aber ich stehe wohl immer noch unter Schock.

Schließlich bleibe ich stehen und hole tief Luft. Vielleicht will Sam gar nicht, dass ich mitkomme. Vielleicht war das die Einleitung fürs *Game over,* und es gibt gar kein nächstes Level. Andererseits ... Wie er mich geküsst hat, das hat eine ganz andere Sprache gesprochen. Er wollte mich. Es hat sich echt angefühlt.

«Hat er nicht. Noah hat mir eine Nachricht geschickt, und dann ist seine Mom aufgetaucht, bevor wir weiterreden konnten. Hätte ich auch gar nicht gewollt, glaube ich.»

Ivy betrachtet mich aufmerksam. «Warum nicht?»

«Ich war so fassungslos wegen Sams Aussage. Es kam mir auch so vor, als hätte ihn das selbst überrascht. Er hat mich so erschrocken angesehen, als wäre es ihm in diesem Moment erst in den Sinn gekommen.» Ich stapfe wieder los, beide Hände in der Kängurutasche meines Hoodies vergraben, und Ivy schließt nach ein paar Schritten wieder zu mir auf.

Kann es sein, dass ich das Ganze überdramatisiere? Sam ist gerade erst angekommen, die Eindrücke sind noch zu frisch. Es ist kein Wunder, dass er im Augenblick noch durch den Wind ist. Er war ein Jahr in Paris und hat sich einfach an das Leben dort gewöhnt. Er wird sich auch wieder an das Leben hier gewöhnen, oder nicht?

«Vielleicht müssen wir ihm alle einfach etwas Zeit lassen», meint Ivy auch. «Vielleicht ist es besser, wenn wir erst einmal nicht auf dem Thema rumreiten. Es ist bestimmt ein kleiner Kulturschock, wenn man nach einem Jahr wieder zurückkommt. Aber Sam liebt dich, das weiß ich.»

«Ja.» Solange er nie erfährt, was ich getan habe.

Innerlich stöhne ich auf. Das alles ist so verfahren! Ich würde mich Ivy so gerne anvertrauen, aber ich habe Angst davor, von ihr verurteilt zu werden. Auch wenn ich eigentlich weiß, dass sie das nicht tun würde. Ich tue es! Alkohol ist keine Entschuldigung für das, was passiert ist. Und wenn ich es laut ausspreche, kann ich mich wahrscheinlich selbst nicht mehr im Spiegel ansehen.

Gott, wie konnte ich nur so naiv sein? Warum bin ich an diesem Abend nicht einfach früher gegangen? Warum bin ich Idiotin auch dort sitzen geblieben? Ich hätte einfach nur meinen Hintern von diesem Barhocker runterbewegen sollen, und meine Welt wäre jetzt noch in Ordnung. Zumindest halb in Ordnung. Und ich müsste mich nicht wie ein Arschloch fühlen.

Wir erreichen den Stall, und ich gehe voraus und schiebe das Gatter auf. Ivy geht hindurch, und ich lasse den Riegel wieder einschnappen. Dann heben wir beide den Kopf und schnuppern.

«Gott, machst du das auch immer?» Sie fängt an zu lachen.

«Klar. Diese Einstreu», ich deute auf die braunen Schnitzel am Boden, «riecht so gut nach Pferd. Mittlerweile liebe ich den Geruch einfach.»

«Das hast du mit Noah gemeinsam.»

Ich schnaube. «Das ist aber auch das Einzige, glaub mir.»

Und auch das hat sich erst mit der Zeit entwickelt.

Als ich im Sommer vor drei Jahren einen Job brauchte, habe ich schlicht gelogen. Ich habe behauptet, mich mit Pferden auszukennen, hatte aber keine Ahnung, wie man mit ihnen umgeht. Ich wusste nicht mal, dass man ihnen kein Brot zu fressen geben darf oder dass sie klein geschnittenes Obst zu schnell runterschlingen und deshalb eine Schlundverstopfung kriegen können. Noah war zu der Zeit ziemlich viel unterwegs – genau genommen hat er damals verdammt viel Mist gebaut –, aber sein Bruder Asher hat mir geholfen, sonst hätte wer weiß was passieren können, und ich wäre bei seinem Vater hochkant rausgeflogen.

«Ich bin so froh, dass der Stall nicht abgerissen wurde. Mir haben die Tiere echt gefehlt. Die Insel ohne Pferde kann ich mir gar nicht vorstellen.»

Das geht mir auch so. Noah ist früher professionell geritten. Bis zu einem Vorfall, nach dem er ziemlich durch war und sein Dad sein Pferd in einem anderen Stall untergebracht hat. Inzwischen haben er und sein Dad sich aber wieder versöhnt. Das sanierte Stallgebäude ist nun ein richtiges Schmuckstück. Das Holz dunkelgrün gestrichen, die Beschläge geschwärzt. Innen gibt es insgesamt vier Boxen, die durch einen langen Gang verbunden sind. Alles ist penibel sauber, der Boden gefegt, die Trensen und Sättel gefettet, damit sie nicht spröde und rissig werden, wofür ich allein verantwortlich bin. Allerdings sind nur zwei der Boxen belegt.

In einer davon steht Noahs pechschwarzes Pferd Ebony, mit dem er früher bei Turnieren geritten ist und sogar vor ein paar Jahren bei den Weltmeisterschaften in North Carolina teilgenommen hat. In der anderen Woodstock.

Woodstock war als Schulpferd in Dartmouth, und Noah hat eine Ewigkeit gespart, um ihn der Universität abzukaufen, weil er so an ihm hängt. Er ist ein kleiner Dickkopf. Nicht Noah, ich meine das Pferd.

«Noah meint zwar, Woodstock wäre ein Gentleman, aber in Wirklichkeit ist er ein sturer Esel. Übernimmst du Ebony? Dann versuche ich, Woodie rauszukriegen.»

«Klar, kein Problem.» Ivy hat früher nie viel mit den Pferden zu tun gehabt und kennt sich noch weniger mit ihrer Pflege aus als ich vor drei Jahren, aber sie schnappt sich, ohne zu zögern, Halfter und einen Strick vom Haken.

«Warte, nimm lieber den hier.» Ich reiche ihr einen roten Führstrick. «Bei dem anderen kann sich der Panikhaken lösen, wenn sie scheut.»

Mit einem Nicken nimmt sie den Strick entgegen und geht zu Ebonys Box. Ich atme einmal durch, bevor ich an die andere Box trete, denn Woodie ist ein riesiges Kraftpaket, und ich kann kaum über seinen Widerrist gucken. Er ist lieb, aber manchmal auch etwas zu aufdringlich und tollpatschig. Einmal hat er ein Stück von meinem Hemd abgerissen. Er hat genüsslich auf dem Zipfel gekaut, und ich habe es nicht gemerkt, bis ich zurückgetreten bin und es ratsch gemacht hat. Asher hat sich nicht mehr eingekriegt vor Lachen.

Als ich am Klappern von Ebonys Hufen höre, dass Ivy sie schon auf den Gang führt, schiebe ich endlich den Riegel zur Seite. Woodstocks Kopf schwenkt ruckartig zu mir herum. Ich traue ihm nicht, er ist ein Gauner, deshalb schiebe ich die Tür nur so weit auf, dass ich gerade so hindurchpasse.

«Hey, Woodie», begrüße ich ihn mit leiser Stimme, was er mit einem Schnaufen beantwortet. Er schnuppert an meinem Handrücken, was seine liebevolle Art ist, mir Hallo zu sagen. «Du wirst heute nicht an meinen Klamotten kauen, okay?» Vorsorglich stopfe ich die Bänder meines Hoodies in den Ausschnitt. «Und du wirst aufpassen, wo du hintrittst.» Ich muss an unsere erste Begegnung denken und ziehe reflexartig die Zehen in den Stiefeln ein. So ein Pferd ist verdammt schwer.

Woodstock schnaubt, ein leichtes Beben geht durch seinen Körper, als ich mit der Hand sacht über seinen Rücken und seine Flanke streiche. Er senkt vertrauensvoll den Kopf und reibt seine Nase an meiner Schulter.

«Wir machen einen richtig schönen Spaziergang. Und danach kannst du mit Ebony eine Weile draußen auf die Weide bleiben. Du versprichst mir, sie nicht zu besteigen, und ich mache deine Box sauber, einverstanden?»

Das machen wir jeden Morgen so. Weil ich nicht reiten kann, führe ich ihn spazieren, und Woodie liebt es total. Nur dass er unfassbar schwer aus seiner Box rauszukriegen ist. Als würde er den Zusammenhang zwischen *rausgehen* und *spazieren gehen* nicht herstellen können. Wenn ich es aber einmal geschafft habe, ihn durch die Stalltür zu kriegen, muss ich aufpassen, dass er mir nicht ausbüxt. Insgeheim vermute ich, dass sein Widerwillen, die Box zu verlassen, nur dazu dient, mich in Sicherheit zu wiegen, bis sich eine Gelegenheit zur Flucht ergibt.

«Du bist wirklich das seltsamste Pferd in ganz New Hampshire», murmle ich, während ich ihm das Halfter über die Ohren streife. Er senkt den Kopf, als ich seine Mähne glatt streiche, und beginnt sofort damit, nach meinem Hoodie zu schnappen. «Hey, ich habe doch gesagt, du darfst heute nicht an mir knabbern.» Seine weichen Lippen ziehen am Stoff, und ich schüttele amüsiert den Kopf.

Hinter mir ist ein Räuspern zu hören. «Darf ich das dann an seiner Stelle?»

KAPITEL 5

Mein Kopf fährt herum, als ich die Stimme höre. Und stößt prompt mit Woodies Dickschädel zusammen, der im selben Moment hochgeschreckt ist.

«Hey.» Lachend versuche ich den behäbigen Wallach zur Seite zu bugsieren, um zu Sam zu gelangen, der in der Tür steht und vorsichtig hereinlinst, aber das Tier bewegt sich keinen Millimeter. «Sam, was machst du hier?», frage ich etwas atemlos, weil ich so überrascht bin, ihn zu sehen.

Eben hat er noch tief und fest geschlafen. Außerdem kommt Sam nie in den Stall. Er mag die Tiere, aber er sieht sie sich normalerweise lieber aus sicherer Entfernung an. Vielleicht ein weiterer Grund, warum er und Noah nicht miteinander kompatibel sind.

«Ich habe dich gesucht.»

«Ist was mit deiner Mom?»

«Nein, alles in Ordnung.»

«Mit Mr. Blakely?»

«Wieso muss irgendwas sein? Kann ich nicht einfach nach meiner Freundin sehen, weil sie sich heimlich aus dem Zimmer geschlichen hat?»

Ich verschränke die Arme. «Also geschlichen ist übertrieben, das klingt so negativ. Du hast tief und fest geschlafen, und ich wollte dich nicht wecken. Du hast doch bestimmt noch einen ... Dings ...»

«... Jetlag», beendet er meinen Satz. «Okay, das ist ein Argument. Gib mir noch ein paar Tage, dann habe ich mich an die falsche Uhrzeit wieder gewöhnt. Nicht die falsche», verbessert er sich schnell. «Die andere.» Er stößt einen Laut aus, bei dem Woodie sofort ein Ohr in seine Richtung klappt.

Pferde können ihre Ohren getrennt voneinander um 180 Grad drehen, und das macht Woodie gerade, weil er Sam offenbar genau zuhört, als er einen Schritt in die Box wagt. Ich habe ihm auch genau zugehört, und das hat mir gar nicht gefallen. Unsere Uhrzeit ist nicht falsch; ich wünschte, er würde das nicht so sehen.

«Ist das okay, wenn ich reinkomme? Ich meine, wird der Gaul nach mir treten oder so?»

«Woodie tritt nie, aber wenn du ihn noch einmal Gaul nennst, kann ich nicht dafür garantieren, dass ich es nicht tue.»

«Sorry, Woodie.» Sam macht einen weiten Bogen um sein Hinterteil und kommt durch das Stroh zu mir. Staub wirbelt auf und tanzt in dem Licht, das durch das Fenster hereintritt. Wie ein kleines Radar bewegt sich jetzt auch Woodies zweites Ohr in Sams Richtung. «Wow, du bist echt ein großer Kerl.»

«Ich glaube, er mag deine Stimme», stelle ich überrascht fest.

«Wirklich?» Sam wirkt ebenso erstaunt. «Woran merkst du das?»

«Wenn du redest, dann gibt er ein ganz süßes Brummeln von sich. Und außerdem lässt er zu, dass du an seine rechte Seite kommst, das ist bei Woodie ein großer Vertrauensbeweis. Bei den Menschen, denen er misstraut, sorgt er dafür, dass er sie von links im Auge behalten kann.»

«Okay, jetzt fühle ich mich geschmeichelt.»

«Vielleicht liegt es auch daran, dass er durch Noah an Männerstimmen gewöhnt ist.» Ich sage das nur, um Sam zu ärgern, aber als ich seine zusammengepressten Lippen sehe, würde ich die Worte am liebsten wieder zurücknehmen. «Vielleicht liegt es auch daran, dass ich mich freue, dass du hier bist. Woodie scheint das zu spüren. Du kannst ihn streicheln, wenn du willst.»

Sam sieht nicht so aus, als würde er das unbedingt wollen, aber dann streckt er doch die Hand aus und lässt den Wallach daran schnuppern. «Du magst also meine Stimme, hmm?» Er streicht ihm über den Widerrist und krault ihn sanft, und im Gegensatz zu den meisten anderen Menschen fängt er nicht an, sinnlos auf seinen Hals zu klopfen, was ich noch nie verstanden habe.

Pferde sind total sensible Tiere, und ich habe keine Ahnung, warum so viele Menschen denken, dass Klopfen eine angenehme Geste oder ein Lob für sie wäre. Woodie wird viel lieber gestreichelt, und Sam macht instinktiv genau das Richtige. Woodie senkt sofort den Kopf und bewegt genießerisch seine Oberlippe, und Sam gibt ein sanftes Lachen von sich, bei dem es mich heiß überläuft.

«Könnte sein, dass es mir genauso geht wie Woodie», sage ich mit einem Kratzen im Hals. «Ich mag deine Stimme nämlich auch ziemlich gerne.»

Sams Kopf ruckt herum, er starrt mich an. Er hört auf, Woodie das Fell zu kraulen, und lässt seine Hand sinken. Was Woodie offenbar ganz und gar nicht gefällt, denn er setzt sich in Bewegung und gibt Sam mit seinem dicken Bauch einen Schubs.

«Hey.» Sam stolpert gegen mich, mit den Händen kann er sich gerade noch an der Wand abstützen, aber unsere Oberkörper pressen sich aneinander. «Sorry.»

«Ich schätze, er will nicht, dass du aufhörst», sage ich mit einem Auflachen, aber Sams plötzliche Nähe lässt mein Herz rasen. Ich spüre seinen Atem an meinem Haaransatz und wie schnell sich sein Brustkorb unter dem weißen T-Shirt hebt. Eine Hand drücke ich gegen den Pferdebauch. «Woodie!»

Der Wallach lässt sich aber nicht wegbewegen, deshalb hebe ich mein Knie an und stemme es gegen ihn. Im gleichen Moment hält Sam reflexartig mein Bein fest. Seine Hand packt mich an der Kniekehle. «Und ich will nicht, dass Woodie aufhört», sagt er rau. Mit der anderen Hand fährt er in mein Haar.

Womit aufhören? Uns aneinanderzudrücken?

Okay, ich gebe zu, ich will auch nicht, dass er damit aufhört. Meine Finger krallen sich in Sams Shirt fest, dann senkt er seinen Mund auf meinen. Sofort springt jede Zelle meines Körpers darauf an und erwidert seinen Kuss. Die Art, wie er meinen Kopf festhält, zärtlich und dennoch unnachgiebig, bringt mich zum Seufzen und Sam dazu, mit seiner Zunge in meinen Mund vorzudringen. Er hält immer noch mein Bein fest, und der Druck seiner Hüfte gegen meine Mitte lässt mich aufkeuchen.

Oh wow.

Die Hitze aus Sams Mund durchströmt mich, sein schwerer Atem lässt das Blut durch meinen Kopf rauschen. Er schmeckt ganz leicht nach Minze und ganz viel nach Sam. Unsere Zungen stoßen aneinander, umkreisen sich. Ganz langsam lässt er mein Bein sinken, und weil mir die Knie weich werden, kann ich froh sein, dass sein Körper mich weiterhin fest gegen die Stallwand drückt.

Er ist so unglaublich warm. Unter meinen Händen fühlt sich Sams Körper heiß und fest an. Ich vergesse alles um mich herum, vergesse Woodie und nehme nur noch Sam wahr und wie sehr ich ihn begehre. Seine Zunge schickt heiße Wellen durch meinen gesamten Körper bis in meinen Schoß. Ich weiß nicht, wie er das macht, aber er kann mit seinem Mund alles in mir sofort zum Pulsieren bringen. Das reicht schon aus. Nur ein einziger Kuss.

«Es tut mir leid, was ich gesagt habe, Harp.» Keuchend holt er Luft, aber ich will nicht reden. Ich suche seinen Mund, will noch viel mehr von ihm, aber Sam lässt das nicht zu. «Warte, ich muss das loswerden.» Er lehnt seine Stirn an meine. «Ich bin so ein Idiot. Vergiss, was ich über Paris gesagt habe. Vergiss, dass ich so einen Mist von mir gegeben habe. Ich habe keine Ahnung, was mit mir los war. Der lange Flug, die ganzen Eindrücke der letzten Monate … Unsere wenigen Telefongespräche … Ich habe gedacht, dass … dass ich dir nicht mehr wichtig bin. Aber das Einzige, was ich wirklich will, bist du.»

«Oh, Sam», stoße ich aus, und dann sprudeln die Worte aus mir hervor. «Es tut mir so leid. Ich wollte nicht, dass du das denkst. Ich habe mich einfach nur so unzulänglich gefühlt. Du hast die ganze Zeit so wundervolle Sachen erlebt ohne mich. Ich war unglaublich eifersüchtig. Ich wünschte, ich hätte dir das alles gesagt. Ich war nur so abweisend, weil ich solche Angst hatte, dich zu verlieren.» *Weil ich selbst einen Fehler gemacht habe. Einen schrecklichen Fehler!* «Du bist auch das Einzige, was ich will.»

Ein erleichtertes Beben geht durch seinen Körper. «Du wirst mich nicht verlieren. Ich liebe dich, verdammt!»

«Und ich liebe dich.» Meine Stimme ist erstickt. Es könnte so schön sein, so perfekt, wenn da nicht dieses Geheimnis wäre. Schuldgefühle schwappen in mir hoch, schnüren mir die Kehle zu. Ich muss es ihm sagen. Es geht nicht anders, egal, was ich versucht habe, mir einzureden. Ich muss Sam sagen, was mir passiert ist. Nein, nicht *passiert*. Was geschehen ist, ist doch keine Naturkatastrophe, die plötzlich über mich hereingebrochen ist. Ich habe es *getan*. Ich habe den Moment gesucht und provoziert, es ist nicht einfach so *passiert*.

«Ich will einfach nur bei dir sein, Harp. Wo, spielt keine Rolle, solange wir zusammen sind.»

«Ja.» Tränen schießen mir in die Augen. Oh Gott, Sam. Ich presse mich an ihn, halte ihn so fest, wie ich kann. Ich weiß, dass ich es ihm sagen muss, aber nicht jetzt. Ich kann das jetzt nicht tun. Nicht, wo wir gerade erst wieder zusammengefunden haben. «Ich will auch einfach nur bei dir sein.»

Und das ist die Wahrheit. Wenn ich könnte, würde ich alles ungeschehen machen. Ich würde die Zeit zurückdrehen und an diesem verdammten Abend keinen Tropfen Alkohol anrühren. Ich würde mit Ivy den verdammten Schuppen verlassen und den verdammten Typen, dessen Name ich nicht mal kenne, keines Blickes würdigen. Ich würde Sam nicht auf diese Art betrügen.

Aber ich kann es nicht ungeschehen machen. Ich *habe* Sam betrogen. Oh Gott.

* * *

Der Diner meines Bruders ist immer noch in schummriges Licht getaucht. Seit einer halben Stunde ist der Film vorbei, und ich habe mir die Seele aus dem Leib gekreischt. Ich könnte Noah immer noch umbringen, weil er einen verdammten Horrorfilm ausgesucht hat. Angeblich um unsere Reaktionen für eins seiner Seminare zu dokumentieren. Keine Ahnung, ob das die Wahrheit ist oder ob Noah gedacht hat, er hätte so bessere Chancen. Dabei wäre das nicht mal nötig gewesen. Außer Chase wollte niemand was von einem Tanzfilm wissen.

Jetzt stehe ich mit Ivy am Rand der Theke, an deren Rückwand Dutzende Filmplakate hängen, und beobachte, wie Noah und Chase neben uns über *Casablanca* streiten. Ich höre nur mit einem halben Ohr zu. Eine Hälfte meines Hirns ist immer noch mit der Frage beschäftigt, ob dieser irre Mörder vielleicht gleich aus einer dunklen Ecke hervorspringt, die andere versucht, meine Gedanken um Sam zu entwirren. Wie kann ich es ihm sagen? Wann? Und warum bin ich so eine blöde Kuh und meckere ihn vor allen wegen Paris und seiner Schwärmerei an? Keine Ahnung, was mich da vor zehn Minuten geritten hat. Vielleicht hat er am Nachmittag, den wir zusammen mit Ivy und Asher verbracht haben, einfach einmal zu oft erwähnt, wie toll Paris doch war.

Ivy lacht gerade über irgendwas, das Noah gesagt hat,

aber das Geräusch erstirbt, als sie mich betrachtet. «Du bist ganz schön still. Du hattest wirklich Angst, oder?»

Ich zögere, aber da hier weder die richtige Zeit noch der richtige Ort ist, nehme ich die Ausrede dankend an. «Natürlich hatte ich Angst!» Ich klammere mich an meinem Glas Eistee fest und hole tief Luft. «Noah wollte doch unbedingt unsere echten Reaktionen sehen. Wir sind die verdammten Versuchskaninchen für seine Hausarbeit, und meine echte Reaktion hat er bekommen.» Ich werfe einen bösen Blick in seine Richtung, aber Noah schlendert grad zum Büfett und sucht nach den letzten Resten von Hähnchenfleisch. Er hat bereits einen riesigen Haufen Hähnchenspieße dezimiert. Und sich nicht mal beschwert, dass es keine Chicken Wings waren. Der Albtraum, den wir uns seinetwegen ansehen mussten, hat ihm kein bisschen den Appetit verdorben.

«Der Film war einfach widerlich», füge ich hinzu. «Nur ein spannender Film, hat Noah gesagt. Ich glaube deinem Bruder kein Wort mehr! Unter spannend verstehe ich was anderes. Spiderman ist spannend! Oder von mir aus auch James Bond. Aber das gerade?» Mich überläuft jetzt noch eine Gänsehaut.

Dabei wollte ich nur einen schönen Abend mit unseren Freunden verbringen. Und Sam daran erinnern, wie toll es ist, mit ihnen zusammen zu sein und nicht allein in Europa. Auch wenn die Idee mir jetzt nicht mehr ganz so glorreich vorkommt. Sam hasst Horrorfilme genauso wie ich, und auf Noah ist er sowieso nicht gut zu sprechen. Von meinem Paris-Hass-Ausbruch eben ganz abgesehen. Wenn ich Pech habe, dann ist das Ganze jetzt nach hinten losgegangen.

«Lass uns irgendwas machen, um uns abzulenken», schlägt Ivy vor.

«Uns betrinken?» Mir ist jetzt sehr nach Alkohol. Wenn ich mich betrinke, vergesse ich vielleicht meine Sorgen um Sam – und wie die Frau eben mit ihrem eigenen Blut an das Fenster eine Botschaft an den psychopathischen Mörder geschrieben hat. Ich schüttele mich innerlich.

«Okay. Jane?» Ivy hebt die Hand und tut so, als würde sie sofort nach Jane, der Bedienung im Diner, rufen wollen, fängt dann aber an zu lachen.

Wir stoßen unsere Eisteegläser aneinander und grinsen uns an. Zumindest so lange, bis Ivy fragt: «Würdest du wirklich Sex im Stall haben wollen? Ich finde die Vorstellung ja sehr romantisch», flüstert sie mir zu, «aber das Stroh pikst doch überall. Ich meine, ganz ehrlich, wenn Woodie dabei ist, ist das doch auch ...»

«Ivy», zische ich.

Vielleicht hätte ich ihr vorhin im Auto nicht erzählen sollen, was heute Morgen passiert ist. Aber wir saßen zusammen im Auto auf der Rückbank, könnten uns ungestört unterhalten, und ich behalte schon so viel für mich, dass ich einfach nicht anders konnte. Ich freue mich so, dass Sam und ich uns wieder nähergekommen sind. Und gleichzeitig macht es mir noch mehr Angst, macht mich noch hibbeliger. Außerdem hat Ivy uns heute Morgen unterbrochen, weil sie sich gewundert hat, wo ich blieb. Sie wusste also schon, dass da irgendwas passiert war, nur nicht, was.

Ich schaue mich panisch um, ob irgendjemand was gehört hat, und antworte dann stammelnd: «Wir wollten nicht ... Ich würde niemals ... also vor Woodie ... Du spinnst ja!» Obwohl ich ehrlich gesagt gar nicht so sicher bin, was passiert wäre, wenn Ivy nicht aufgetaucht wäre. Ich stehe auch nicht so auf piksendes Stroh, davon bekomme ich überall Ausschlag. Aber wir standen ja. Und so kräftig wie Sam jetzt ist ... Gott, ist mir heiß.

Aber es ist gut, dass Ivy uns unterbrochen hat. Schließlich habe ich Sam noch nicht erzählt, was ich getan habe. Ich würde mich unendlich schlecht dabei fühlen, mit ihm zu schlafen, bevor wir darüber geredet haben.

Ivy grinst. «Tut mir leid, Harper, aber da musst du jetzt durch. Du hast mich oft so mit deinen Unterstellungen gequält, als ich mit Asher zusammengekommen bin, dass ich jetzt jede Gelegenheit nutzen werde, mich zu revanchieren.»

«Aber Sam und ich sind schon ewig zusammen», widerspreche ich, «da macht das doch gar keinen Spaß.»

«Hast du eine Ahnung. Also plant ihr kein weiteres Treffen im Stall?»

«Natürlich nicht. Das würde ich nie tun.» Vielleicht. Und wenn doch, behalte ich es für mich.

Ivy wiegt den Kopf hin und her. «Ich würde das an deiner Stelle nicht für alle Ewigkeiten ausschließen. Falls du das nicht wusstest: Es gibt Decken, die man auf dem Boden ausbreiten kann.»

Sie macht eine wiegende Bewegung mit ihren Händen, und ich schnaube. Meine Lösung war deutlich kreativer. Aber auch das behalte ich für mich.

«Und es gibt Freundinnen, die ganz dringend ihre Klappe halten sollten.»

Wir fangen beide an zu lachen, aber dann wird Ivy ernst. «Denkst du wirklich, dass er Paris abgehakt hat?»

Ich zögere, nicke aber dann. «Er hat gesagt, dass es ihm nicht so wichtig ist. Hauptsache, wir sind zusammen.»

«Gott sei Dank.» Sie wirkt ehrlich erleichtert. «Er hat am Nachmittag ja gar nicht mehr aufgehört, davon zu schwärmen, wie toll es ist.»

«Ich weiß.»

«Die verdammten Cafés, die Architektur, dass die Leute zu Fuß gehen, anstatt jeden Meter mit dem Auto zu fahren, das Essen, der Wein ... Ich hasse Wein! Wenn ich noch einmal so was wie Savoir-vivre höre, muss ich brechen.»

«Scht», versuche ich sie zum Verstummen zu bringen, obwohl es mir genauso geht. Aber ich habe heute schon einmal zu viel über Paris gemeckert. «Guck einfach nie wieder *Emily in Paris*. Lass uns von was anderem reden, okay?»

«Sorry, tut mir leid. Aber erinnerst du dich, wie er vor einem Jahr noch ekligen fertig geriebenen amerikanischen Käse auf seine Pizza gestreut hat?»

Ich muss lächeln, weil ich das noch ganz genau weiß. Wir haben zusammen Pizza gemacht, und Sam hat auf jedem einzelnen Teigstück mit Oliven und Paprika ein Kunstwerk nachgestellt. Sein Highlight war *Der Schrei* von Edvard Munch.

«Er ist inzwischen offenbar Feinschmecker geworden.»

«Blödsinn, er ist ein Yankee», widerspricht Ivy lachend. «Er liebt Bagels, Apple Pie, gebackene Bohnen und Roastbeef-Sandwiches.»

«Aber er hat sich wirklich verändert. Findest du nicht? Ich meine, sieh ihn dir doch an.»

Ivy folgt meiner Kopfbewegung zu Sam, der sich gerade mit Asher unterhält. Er trägt ein Hemd in Rosa, das ich noch nie an ihm gesehen habe und das ihn im Kontrast mit seinen dunklen Haaren wahnsinnig attraktiv wirken lässt. Und hält ein Glas Rotwein in der Hand. Mit der anderen gestikuliert er, was er früher nie getan hat. Er erzählt mit seinen Händen, und das führt unweigerlich dazu, dass ich ihn wie gebannt anstarren muss. Sam wirkt so weltgewandt, und früher war er eher introvertiert und in sich gekehrt.

«Okay, ich denke, ich weiß, was du meinst.» Ivy schürzt die Lippen, dann trinkt sie mit einem Zug ihr Glas leer. «Er hat sich wirklich verändert, das muss ich zugeben. Lass uns mal austesten, wie sehr.»

Wieso habe ich das Gefühl, dass Ivy etwas vorhat, das mir ganz und gar nicht gefallen wird? «Wie willst du das anstellen? Und wieso macht mir dein Gesichtsausdruck gerade Angst?»

«Ich weiß nicht. Vielleicht, weil ich mich an etwas erinnert habe. Etwas, das wir schon mal gemacht haben und das interessante Dinge zutage gebracht hat.»

Oh Gott, nein. Ich ahne, worauf Ivy anspielt. Wir haben zusammen einen legendären Abend mit *Never have I ever* erlebt. Das Thema kam vorhin schon mal auf. Nur dass dieser Abend etwas über sie und Asher offenbart hat, das uns alle schockiert hat.

«Was denn?», frage ich mit schwacher Stimme. «Komm mir jetzt aber nicht mit einem Teenie-Partyspiel!»

«Zu spät.»

Ich wusste, dass sie das sagen würde, trotzdem beschleunigt sich mein Puls schlagartig. Im ersten Moment nicke ich, aber dann schüttle ich den Kopf. «Sam hasst solche Spiele. Und du weißt, wie dieses *harmlose* Spiel beim letzten Mal ausgegangen ist! Asher und Noah hätten sich fast geprügelt. Es war eine Katastrophe.»

«Als könnte ich das vergessen.» Ivy zögert, doch dann pustet sie von unten ihre dunklen Ponyfransen beiseite und wirft mir einen herausfordernden Blick zu. «Aber du weißt doch, was Sams Mom immer sagt: Bei einem Spiel kann man einen Menschen in einer Stunde besser kennenlernen als sonst in einem ganzen Jahr. Wenn du wissen willst, was wirklich in Sam vorgeht, dann müssen wir ein Spiel mit ihm spielen, und ich habe auch schon eine Idee. Noah hat mir da etwas erzählt. Von einer Challenge, die ziemlich interessant klang.»

«Oh Gott.» Ich lache auf mit einer Mischung aus Neugierde und Panik. «Wenn es von Noah kommt, dann kann es nichts Gutes bedeuten.»

«Da muss ich dir widersprechen.» Sie lächelt zuckersüß. «Wenn es von Noah kommt, dann kann es *alles* bedeuten.»

KAPITEL 6

H abt ihr echt noch nichts davon gehört?» Noah schüttelt ungläubig den Kopf. Beide Ärmel seines Shirts hat er hochgekrempelt, was den Blick auf seine vollständig tätowierten Arme freigibt.

Die Musik säuselt nur noch leise im Hintergrund. Ivy hat ihn eben betont unschuldig nach der Challenge gefragt, und natürlich ist er sofort darauf angesprungen.

«Ich fass es nicht. In welchem Paralleluniversum lebt ihr eigentlich? Ihr müsst doch davon gehört haben, es ist total viral gegangen. Und mit viral meine ich, richtig, richtig viral.» Als er die betretenen Gesichter der anderen wahrnimmt, seufzt er. Lässig sitzt er auf einem der Barhocker, ein Wodkaglas in der Hand, das er nun in einem Zug runterkippt und dann auf die Theke knallt. «Okay, fuck, Leute! Das ist so ein ‹Wahrheiten und Lügen›-Ding. Eine Youtuberin namens Kaya hat das neulich geteilt, die ich noch aus meinen Streaming-Zeiten kenne.»

Chase gibt ein Stöhnen von sich, aber ich bin mir nicht sicher, ob mein Bruder Angst um seine Gläser hat oder ob er von Noah angenervt ist. «Muss man die kennen?»

Noah hebt eine Braue. «Sie hat 6,5 Millionen Follower. Also nein, du musst sie nicht kennen, du kannst dich auch einfach als Boomer outen.»

Ich beiße mir auf die Lippe, weil ich sie natürlich auch nicht kenne. Die anderen lachen, als Chase einen Spüllappen nach ihm wirft und Noah sich gekonnt wegduckt. Er hat neben seinem Studium lange Zeit geboxt, und seine Reflexe sind unanständig gut. Es ist so gut wie unmöglich, ihn mal zu erwischen.

Ich lasse den Blick durch den Raum schweifen. Chase' Freund Alex ist als Einziger schon nach Hause gegangen. Aber Jane, die heute Abend als Bedienung ausgeholfen hat, ist noch da und klettert auf einen der Hocker neben ihren Bruder David, einen großen durchtrainierten Typen in einem Shirt mit V-Ausschnitt, von dem ich weiß, dass er als Physiotherapeut arbeitet. Die beiden flüstern miteinander. Aubree hakt sich bei Noah ein und raunt ihm etwas ins Ohr, bevor sie ihm einen Kuss auf die Wange gibt. Sie hat einen dunkelbraunen Messy Bob und eindrucksvolle Augen, in deren Winkeln sich kleine Lachfalten abzeichnen, als sie mir jetzt zuprostet. Was um Himmels willen hat sie Noah zugeflüstert?

Als Ivy mir von dem Spiel erzählt hat, hat sie das nicht unerhebliche Detail ausgelassen, dass es um Wahrheit oder Lüge geht, und jetzt habe ich ein Problem.

Ich will dieses Spiel nicht spielen.

Seit Wochen vergrabe ich eine Lüge in meinem Herzen, und ich muss erst einmal mit Sam reden. Das ist nichts, was ich ihm vor all unseren Freunden gestehen kann. Auch wenn es nichts zu bedeuten hatte, auch wenn ich ihn liebe und sich nichts daran geändert hat. Es wird ihn dennoch verletzen.

Als meine Augen zu Sam schwenken, sehe ich, dass er jetzt schon die Stirn gerunzelt hat und Asher einen zweifelnden Blick zuwirft. Wenn ich bei einem dämlichen Spiel meinen Fehler gestehe, dann wird er mich hassen.

«Das klingt total spannend, ich hätte richtig Bock auf diese Challenge.» Ivy ist nicht die beste Schauspielerin, aber in diesem Moment hört es sich tatsächlich glaubwürdig an.

«Ich wusste, dass dir das gefällt, Cinnamon.»

Das ist Noahs Spitzname für Ivy, und die beiden wechseln einen Blick, bei dem eigentlich jedem sofort auffallen müsste, dass sie sich verschworen haben. Gott, ich hoffe, Sam bemerkt es nicht.

Er sieht verdammt skeptisch aus und verschränkt die Arme vor der Brust. «Bei solchen Spielen bin ich raus», sagt er und hebt abwehrend eine Hand.

Asher hakt dennoch nach. «Warte mal. Also wie soll das ablaufen?», will er von seinem Bruder wissen. «Jeder erzählt zwei Dinge, und die anderen sollen raten, was wahr und was gelogen ist?»

Wieso sieht er so interessiert aus, verdammt?

«Es sind drei Dinge, Bro.» Mit einem Schnalzen schüttelt Noah den Kopf. «Eine Wahrheit, eine Lüge und eine Sache, von der du dir wünschst, dass es die Wahrheit oder eine verfickte Lüge wäre.»

«Und am Ende gibt man zu, was die Wahrheit und was gelogen ist?» Asher grinst. «Könnte interessant werden.»

Ich beiße die Zähne aufeinander, weil sich in meinem Magen noch mehr Druck aufbaut. Die Wahrheit. Dieses Spiel soll eigentlich Sam aus der Reserve locken, aber wenn wir das wirklich durchziehen, wird es auch für mich gefährlich werden. Eine Wahrheit, eine Lüge und etwas dazwischen. Ich habe kein gutes Gefühl bei dieser Sache.

«Ich finde, das klingt jetzt nicht *so* spannend», murmle ich.

Ivy starrt mich an und formt mit ihren Lippen ein tonloses «What!?».

«Und ob das spannend ist.» Noah nickt mehrmals und wackelt mit den Augenbrauen. «Denn wir machen die verdammten Regeln, und wie wäre es, wenn jeder es aufschreibt und ...»

«Gegenvorschlag», unterbricht Sam ihn. «Wir können auch einfach noch einen Film gucken, oder?»

«Ja.» Ich nicke schnell und spüre, wie ich unter Sams überraschtem Blick rot werde. «Das finde ich auch. Mir wäre ein Film eigentlich auch lieber.»

Ich höre Ivy neben mir den Atem einziehen. Sie weiß nicht, mit was für einer Lüge ich seit Wochen kämpfe. Sie hat keine Ahnung. Für sie und Noah ist dieses Spielchen vielleicht lustig, aber für mich ist jede Minute mit meinem Geheimnis eine riesige Belastung. Es hat sich nach einer witzigen Idee angehört, als ich noch keine Details kannte, aber inzwischen ist mir klar, dass es ein ziemliches Risiko für mich bedeutet. Wenn ich das Spiel nicht abwenden kann, muss ich mir dringend etwas Unverfängliches ausdenken.

«Chase, hattest du nicht noch einen von diesen Tanzfilmen in der engeren Auswahl? *Dirty Dancing* zum Beispiel», schlage ich vor. «Schade, dass Alex schon weg ist, der würde ihm auch gefallen.»

«Ich liebe *Dirty Dancing*», stimmt Sam mir zu, was ihm einen entgeisterten Blick von Asher einbringt.

«Alter, geht's dir gut?» Mit einer Hand fasst er sich in den Kragen, um seinen Krawattenknoten noch etwas weiter zu lösen. Wie immer ist Asher wohl direkt von der Arbeit hierhergekommen.

«Was? Ich meine das ernst. Der Film ist Kult.»

Wenn ich es nicht besser wüsste, würde ich denken, dass Sam dieselbe Panik vor Noahs Challenge hat wie ich. Aber Sam hat doch eigentlich gar nichts zu befürchten, oder?

«Fuuuck, nicht euer Ernst, Leute.» Noahs Kopf pendelt fassungslos von Sam zu mir. «Hört auf mit der Scheiße, ich bekomme Ausschlag, wenn ihr weiter so ekelhaft einer Meinung seid. Wir werden doch jetzt keinen verfickten Tanzfilm sehen.»

«Sorry.» Beschwichtigend hebe ich die Hände an. «Aber wie wär's mit *Footloose*? Der ist auch richtig toll. Kannst du dich an ihn erinnern, Sam? Wir haben ihn mal mit deiner Mom zusammen geguckt.»

Er nickt schnell. «Die Tanzszene in der Fabrikhalle, klar erinnere ich mich. Der Soundtrack ist auch der Hammer.»

«Klar», erwidert Noah mit einem Schnauben, «wenn du den Film mit deiner *Mom* gesehen hast, ist das natürlich was anderes.»

Ich blase die Backen auf und puste die Luft langsam wieder aus. Normalerweise gehen die beiden nicht in diesem Tempo auf Konfrontationskurs. «Ähm», stammle ich, aber Sam und Noah beachten mich nicht; sie liefern sich ein Blickduell, das gefühlt eine Ewigkeit dauert.

«Ich habe kein Problem damit, etwas zu mögen, was meiner Mutter gefällt.» Sam hebt eine einzelne Braue an. «Gott, muss echt anstrengend sein, wenn die eigene Männlichkeit so fragil ist.»

«Kommt mir eher fragil vor, wenn man nicht mal mit einem altersschwachen Schulpferd fertigwird.»

Schlagartig werde ich rot, als Sams Kopf zu mir herumfährt. Nein, nein, nein! Wie kann Noah so was nur sagen? In Sams Augen lese ich Entgeisterung und auch einen deutlichen Vorwurf. Verdammt, Noah! Ich habe ihm nur erzählt, dass Woodie heute ziemlich aufdringlich war. Jetzt muss es für Sam so aussehen, als hätte ich ihn vor Noah richtig blöd dastehen lassen. Dieser Arsch! Ich balle die Fäuste zusammen, weil ich Aubrees Freund am liebsten etwas an den Kopf werfen würde.

«Sam wird im Gegensatz zu mir sehr gut mit Woodie fertig», entgegne ich betont gelassen. «Muss an seinem Besitzer liegen, dass er so dämlich ist.» Ich strecke ihm die Zunge raus, was Noah aber nur dazu bringt, süffisant zu lächeln und mir zuzuzwinkern.

Sam entgeht unser Blickwechsel nicht, und sein Gesichtsausdruck wird noch verkniffener.

«Du bist so ein Blödmann, Noah!» Mit einem Lachen versucht Ivy, die Situation zu entschärfen.

«Ja, hört auf, euch direkt wieder anzugiften. Das ist echt kindisch.» Aubree gähnt lang anhaltend. «Sorry, Leute, aber ich halte nicht mehr lange durch. Bei einem Film schlafe ich garantiert ein. Ich brauche was zum Wachwerden. Ich wäre also auch für das Spiel.»

Auch Jane stimmt für die Challenge. Meine Finger umkrampfen das inzwischen leere Eisteeglas, und ich muss aufpassen, dass ich es nicht zerdrücke vor Anspannung. «Hast du noch was zu trinken für mich?», frage ich sie, und mein heiseres Krächzen macht deutlich, dass ich etwas Alkoholisches meine.

«Klar.» Sie rutscht lachend von ihrem Barhocker herunter und drückt mir wenig später ein Glas mit einer durchsichtigen Flüssigkeit in die Hand. «Auf Empfehlung von Chase.»

Ich sehe genau, wie mein Bruder grinst, auch wenn er sich wegdreht. Als ich daran rieche, erkenne ich sofort an der Wacholdernote, dass es Gin ist. Chase liebt dieses Zeug, ich hingegen bekomme gefühlt schon einen Brechreiz, wenn ich nur den Geruch inhaliere. Chase weiß das.

Trotzdem nehme ich todesmutig einen tiefen Schluck. Prompt brennt es in meiner Kehle, als hätte ich von innen meinen Hals flambiert. Keuchend hole ich Luft.

«Alles okay?»

Sam ist näher gekommen und streicht mir mit der Hand über den Rücken. Ich unterdrücke den Hustenreiz und winke schnell ab. «Alles ... gut.»

«Okay, also doch die Challenge», stellt Noah fest, weil niemand mehr dagegen protestiert. Er scheint ziemlich zufrieden mit sich zu sein, aber warte nur, Noah! Wir beide haben noch ein Hühnchen zu rupfen. Wie kann er zu Sam nur etwas so Fieses sagen? Sam muss denken, dass wir über ihn geredet haben, und das haben wir nicht. Zumindest nicht so. Ich bin stinksauer auf Noah.

«Ich schlage vor, dass jeder seine drei Dinge aufschreibt und wir die Zettel mischen. Dann zieht einer und liest es vor, und die anderen müssen erst mal raten, von wem er ist.»

Ich nehme einen weiteren Schluck vom Gin und verziehe das Gesicht. «Aber», keuche ich, weil es immer noch in meiner Kehle brennt, «man erkennt doch sowieso die Handschrift, oder nicht?»

«Ist das nicht scheißegal? Derjenige, der vorliest, muss halt die Klappe halten, falls er es an der Schrift erkennt.»

«Finde ich gut.» Aubree nickt, und auch von den anderen kommt zustimmendes Gemurmel.

Jane besorgt Zettel aus Chase' Büro, während wir anderen es uns auf den Stühlen gemütlich machen und noch etwas von Leylas leckerem Büfett verputzen. Ich stopfe mir zwei Falafelbällchen auf einmal in den Mund, in der Hoffnung, dass ich den Geschmack vom Gin damit wegbekomme – und damit ich nicht reden muss. Beim Kauen überlege ich siedend heiß, welche drei Dinge ich aufschreiben soll.

Die Wahrheit ist leicht. Oh Gott, aber der Rest?

Die anderen lachen sich schon kaputt, während sie verdeckt ihre drei Dinge aufschreiben, aber mir ist kein bisschen nach Lachen zumute. Irgendwann drückt mir jemand einen Kuli in die Hand, und ich schlucke hastig das Essen runter. Mit dem Stift trommle ich auf den kleinen Notizzettel auf meinem Knie.

Ich liebe Sam.

Nein, das ist dumm, dann ist sofort klar, dass es mein Zettel ist. Gott, Harper, denken, denken, denken!

Mit einem frustrierten Aufstöhnen knülle ich den Zettel zusammen, stehe auf und hole mir einen neuen. Mein Gott, das kann doch nicht so schwer sein! Ich versuche, von Ivy abzugucken, die an der Theke steht, aber sie ist schon fertig, hat das Handylicht gelöscht, das sie auf ihren Zettel gerichtet hatte, und faltet ihn gerade zusammen. Wieso ist das für sie so leicht?

Unschlüssig schiebe ich den Zettel auf meinem Knie hin und her. Noah neben mir grinst die ganze Zeit breit vor sich hin, schirmt aber mit seiner Hand ab, was er schreibt. Ich lasse den Kuli gegen meine Unterlippe klopfen und drehe mich zu Sam um, der mit zusammengepressten Lippen etwas auf das Blatt kritzelt, es dann durchstreicht, wieder schreibt und dabei Noah anstarrt.

Er sieht immer noch angefressen aus wegen dem, was Noah eben zu ihm gesagt hat, und das tut mir leid. Als sich unsere Blicke treffen, wird er plötzlich rot. Ob er an den Moment heute Morgen im Stall denkt? Ich hoffe es. Und weil ich jetzt auch nicht mehr aufhören kann, daran zu denken, verpacke ich das in meine drei Dinge und schreibe sie schnell runter, bevor ich es mir anders überlegen kann. Mein Gott, es ist nicht so wichtig, oder? Hauptsache, es steht etwas drauf.

Chase kommt mit einer Schale vorbei, in der er sonst Snacks serviert, und ich lasse meinen Zettel zu den anderen fallen. «Bin gespannt, welche Abgründe sich heute auftun», sagt er.

Ich reiche ihm mein halb leeres Ginglas. «Ich hatte schon genug Abgründe. Wie kannst du dieses Zeug nur trinken?»

«Mit Eis oder pur.»

«Sehr witzig. Ich meine, wie kriegst du das runter, ohne dass es dir die Kehle verätzt?»

«Harper.» Kopfschüttelnd nimmt mir Chase das Getränk ab. «Das ist Training. Und eine geschulte Zunge.» Er leert den Rest in einem Zug.

«Wieso klingt das aus deinem Mund eklig?»

Er zuckt mit den Schultern. «Weil ich dein großer Bruder bin?» Er klemmt sich das Glas unter den Arm, streckt die Hand aus und strubbelt mir so schnell über den Kopf, dass ich mich nicht wehren kann.

Ich gebe ein Quietschen von mir, weil ich es hasse, wenn er das tut. Hastig streiche ich mir über das Haar, um es wieder in Ordnung zu bringen, und als ich aufgucke, sehe ich in Sams Gesicht, der uns beobachtet hat. Meine Mundwinkel ziehen sich zu einem Lächeln nach oben. Mit den Lippen forme ich ein stummes «love you», aber Sam dreht den Kopf weg, bevor ich ganz damit fertig bin, und das lässt es in meinem Brustkorb schmerzhaft ziehen.

Er ist definitiv sauer auf mich, und ich kann es ihm nicht verübeln. Der Morgen im Stall mit ihm war wunderschön, und mein Zettel sollte das gleich ziemlich klarmachen. Hoffentlich kann ich es damit wiedergutmachen.

Als Noah den ersten Zettel aus der Schale nimmt, halten wir alle gebannt den Atem an.

Um seinen Mund zuckt es. «*Drei Dinge*», liest er vor. «*Ich habe bei meiner Bachelorarbeit gepfuscht und sie mir von jemandem schreiben lassen. Mein Job hat nichts damit zu tun, was ich mal studiert habe. Heute Nacht werde ich den heißesten Sex meines Lebens haben.*»

«Chase!», entfährt es mir so plötzlich, dass ich mir nur eine Millisekunde später die Hand vor den Mund schlage und Ivy neben mir ein Prusten ausstößt.

Alle fangen laut an zu lachen, nur Chase wirft mir einen fassungslosen Blick zu. «Woher zum Teufel weißt du das?»

«Na ja …» Ich beiße mir auf die Lippe. «Du hast BWL studiert, bist jetzt aber Gastronom, das ist also die Wahrheit. Du hast nie im Leben bei deiner Bachelorarbeit gepfuscht, dazu kenne ich dich zu gut, und ich habe eben genau gesehen, dass du eine Textnachricht von Winston bekommen hast.» Jetzt fangen meine Ohren an zu glühen. «Ich schätze also, dass der dritte Punkt etwas ist, von dem du dir wünschst, dass es wahr ist.»

Asher rutscht fast vom Stuhl vor Lachen, während Chase nur kopfschüttelnd zwei Bierflaschen öffnet und mir eine davon reicht. «Punkt für dich.» Unsere Flaschen schlagen aneinander. Chase nimmt sofort einen Schluck, aber ich lasse die Flasche in meiner Hand nach unten baumeln.

«Okay, jetzt bin ich dran.» Aubree nimmt Noah die Schale aus der Hand, lässt ihre Hand über den Zetteln kreisen und zieht schließlich einen heraus. Als sie liest, blitzt es in ihren Augen auf. «*Ich hatte Sex in einem Pferdestall. Ich bin verliebt. Die letzten Monate waren die schönsten meines Lebens.*»

Das sind meine drei Dinge. Die Dinge, die ich aufgeschrieben habe. Ich versuche, mir nichts anmerken zu lassen, aber wahrscheinlich steht es mir förmlich auf der Stirn geschrieben. Eingehend starre ich auf die Flasche in meiner Hand und trinke dann unauffällig. Gott, es wird auffallen, wenn ich jetzt gar nichts sage, oder?

Asher stellt die Vermutung an, dass der Zettel von Noah ist, verwirft sie dann aber wieder. «Wenn Noah noch nie Sex im Pferdestall hatte, muss ich mein Weltbild neu ordnen. Oder es ist seine Lüge.»

Noah verschränkt die Arme vor der Brust und lässt seine Muskeln spielen. «Sorry, Bro. Eindeutig nicht von mir.»

Aubree und Ivy fangen lauthals an zu lachen. Ich räuspere mich, und als ich hochgucke, wirft jeder dem anderen einen neugierigen Blick zu.

Nur Sam wirkt nicht neugierig, sondern misstrauisch. Er starrt mich an, als hätte ich etwas verbrochen, ich verstehe nur nicht, warum. Das, was ich aufgeschrieben habe, soll ihm sagen, wie sehr ich ihn liebe. Nichts daran ist negativ, oder? Zumindest wenn er weiß, was die Wahrheit und was gelogen ist. Aber das ist doch vollkommen klar, oder etwa nicht? Es muss ihm klar sein!

«Okay, lasst mich auflösen.» Aubree schmunzelt und macht eine Kunstpause. «Ich glaube, es ist von Harper.»

«W...wie kommst du darauf?», frage ich unschuldig.

«Ich bin mir ziemlich sicher, dass die letzten Monate alles andere als schön für dich waren, das ist also die Lüge. Du bist hundert Prozent verliebt, und ich schätze ...»

«... du hättest gerne Sex im Pferdestall gehabt», unterbricht Sam sie.

«Okay, erwischt.» Ich lache verlegen auf, aber Sam lacht nicht mit.

Die anderen geben ein Johlen von sich, weil mein Gesicht schlagartig heiß anläuft. Ich verstehe nur nicht, warum Sam mich so böse ansieht. Unser Kuss heute Morgen in Woodies Box ... Ich habe gedacht, dass es für ihn genauso schön war wie für mich. Aber ganz offensichtlich lag ich daneben. Oder es ist ihm unangenehm, dass ich vor den anderen so etwas ausbreite. Mist, daran habe ich nicht gedacht.

«Sorry», forme ich tonlos mit dem Mund, aber Sam steht auf, geht zu Aubree und nimmt ihr die Schale ab. «Lass mich das Nächste vorlesen.»

Ohne lange zu suchen, zieht er einen Zettel heraus und faltet ihn auf. Er überfliegt die Seite und starrt mich über den Rand des Blattes an. Seine Augen wirken fast schwarz, seine Brauen haben sich zusammengezogen, und daran, wie krampfhaft er das Blatt festhält, erkenne ich, wie angespannt er ist. Sam zögert. Dann liest er vor, ohne groß auf das Blatt zu gucken.

«*Ich habe jemand anderen geküsst. Ich habe mit jemand anderem geschlafen. Ich habe mich in jemand anderen verliebt.*»

Im Raum wird es totenstill. Ich spüre meinen Herzschlag pochen. Überall. Es hämmert hinter meinen Rippen und wummert mir bis in den Kopf. Im Hintergrund spielt zwar noch leise Musik, aber niemand tuschelt mehr. Aus den Augenwinkeln nehme ich wahr, wie David seine Schwester Jane anstößt, aber in mir bricht gerade etwas auseinander.

Sam hat nicht mal richtig auf den Zettel geguckt. Er hat es wie auswendig vorgetragen, als hätte er lange über die Worte nachgedacht.

Ich schlucke. Ich schlucke so hart, dass meine Kehle schmerzt, und diesmal ist nicht der verdammte Gin oder das Bier in meiner Hand schuld. Diesmal sind es drei Sätze, die alles in mir verätzen, die mein Herz stolpern lassen und es dann einfach so auseinanderreißen. Es in Stücke brechen. Weil es entsetzlich ist, wenn auch nur eine Sache davon wahr ist. Und ich bin mir absolut sicher: Diese drei Sätze ...

Sie sind von Sam.

KAPITEL 7

Ich habe jemand anderen geküsst. Ich habe mit jemand anderem geschlafen. Ich habe mich in jemand anderen verliebt.

Diese drei Sätze sind eine tickende Zeitbombe. Und wenn es jeder in diesem Raum kapiert hat, explodiert sie. Wenn *ich* es kapiert habe.

Tick, tick, tick. Und dann ... explodiert sie nicht. Nein, alles in mir erstarrt, als die nackte Wahrheit vor mir liegt. Sam hat eine andere geküsst, sich in eine andere verliebt, vielleicht sogar mit einer anderen geschlafen.

Oh Gott, Sam!

Mir bleibt die Luft weg. Jetzt ist wohl doch etwas im Raum explodiert, das jeden Sauerstoff mit sich reißt. Keuchend hole ich Luft, versuche zu atmen, versuche mir zu sagen, dass wir hier im Diner meines Bruders sind und eigentlich nur eine lächerliche Challenge machen. Es kann nicht sein, dass Sam mir auf diese Art so etwas beichtet, oder? Das würde er niemals tun, nicht vor unseren Freunden, nicht einfach so. Das ist nur ein schlechter Scherz. Trotzdem schießen mir Tränen in die Augen.

Noah fängt sich als Erstes wieder und springt auf die Füße. «Scheiße, sag nicht, das ist von dir», faucht er Sam an.

«Sam ... verdammt!» Mit einem Fluch fährt Asher zu ihm herum. «Das ist so was von nicht witzig.»

«Ich denke auch nicht, dass es ein Witz ist. Und außerdem – wer sagt, dass es von mir ist?» Er hebt beide Brauen an, wirkt dabei aber kein bisschen überzeugend. Es scheint eher, als wäre ihm das alles nur rausgerutscht. Als hätte er jetzt erst gemerkt, dass es keine gute Idee ist, so etwas zu gestehen. Im Diner. Vor unseren Freunden.

Vielleicht ist es wirklich der Zettel von jemand anderem. Aber vielleicht hat er auch in Paris mit einer anderen Frau geschlafen. Oder ist das die Lüge? Vielleicht hat er sich nur verliebt.

Nur?

Scheiße, was denke ich da? Wenn er sich verliebt hätte, wäre das doch das Schlimmste von allem! Ich hasse diese Challenge! Es ist egal, wie ich es wende, egal, was davon wahr ist, jeder dieser drei Sätze reißt mich in Stücke. Mir wird klar, dass von diesem Moment an alles anders ist. Weil jede dieser Wahrheiten oder Lügen unsere Beziehung zerstört. Die letzten zwei Monate habe ich mir Vorwürfe gemacht, und dabei hat er sich in eine andere verliebt!

«Du willst uns wohl verarschen. Von wem soll der verdammte Zettel sonst sein?» Chase starrt völlig entgeistert von Sam zu mir. Er sieht aus, als würde er am liebsten auf ihn losgehen.

Sam erwidert nichts. Niemand sagt etwas. Bis auf die verdammte Filmmusik aus den Boxen ist es totenstill. Ob der Herzschlag, der mir in den Ohren wummert, auch für die anderen so laut ist? Auf der Zunge schmecke ich immer noch den Gin.

«Zeig mal her.» Ivy streckt die Hand aus. «Ich will die Handschrift sehen.»

Sam zögert, dann schüttelt er den Kopf.

Ich glaube, mir wird schlecht. Mit einem unterdrückten Würgen halte ich mir die Hand vor den Mund und hüpfe vom Barhocker herunter. Ich muss hier raus. Sofort.

«Hey!», ruft Noah mir hinterher. «Warte, Harper.»

Als Nächstes höre ich seinen Bruder Asher, der ihn anschnauzt. «Halt dich da raus, Arschloch!»

«Ach, und wieso?»

«*Wieso?* Merkst du eigentlich nicht, wann du dich mal zurückhalten solltest?»

Während die beiden sich gegenseitig beschimpfen, stolpere ich im Halbdunkel durch den Diner in den Flur, der zu den Toilettenräumen führt. Das Licht ist aus, weil Chase vergessen hat, die verdammte Zeitschaltuhr abzustellen. Als die schwere Tür hinter mir zufällt, dämpft das die laute Diskussion hinter mir zu einem dumpfen Brei aus Geräuschen.

Mir ist einfach nur schlecht. Ich reiße die erstbeste Kabinentür auf und beuge mich über die Toilette, die nur durch das Mondlicht zu erkennen ist, das durch das schmale Fenster hereinfällt, und würge. Doch ich kann mich nicht übergeben. Das Gefühl in meinem Magen ist unerträglich. Aber vielleicht sitzt es auch viel höher. Es ist mein Herz, das sich gerade so zusammenkrampft, und nicht mein Magen.

Ich will mich übergeben und den widerlichen Gin loswerden, um mich danach besser zu fühlen. Aber es funktioniert einfach nicht. Weil der Gin nicht das Problem ist. Ich huste, bis ich kaum noch Luft bekomme, dann komme ich keuchend hoch und lehne mich gegen die Trennwand.

Ich kann nicht mal richtig heulen, weil ich zu geschockt bin. Nie, nie, niemals hätte ich damit gerechnet, dass Sam solche Geheimnisse vor mir hat. Er ist immer ehrlich zu mir gewesen. Ich hätte die Hand für ihn ins Feuer gelegt, dass er niemals fremdgeht. Und jetzt? Mein Gehirn kann nicht begreifen, was mein Herz längst kapiert hat, sonst würde es nicht so wehtun. Oh Gott, es tut so unglaublich weh!

Dass jemand draußen auf dem Flur gegen die Tür klopft, merke ich erst nach einer ganzen Weile und dann auch nur, weil das Licht plötzlich angeht und ich deswegen den Atem anhalte.

«Harp?» Sams Stimme ist nur ein Flüstern.

Verschwinde, lass mich in Ruhe, will ich ihn anschreien. Aber ich habe kein Recht dazu, so wütend auf ihn zu sein. Ich bin viel mehr wütend auf mich selbst. Wenn ich über meinen Schatten gesprungen und zu ihm nach Paris geflogen wäre, wäre das alles vielleicht nie passiert. Ich hätte nicht diesen Abend in der Bar verbracht, und Sam hätte sich vielleicht nicht auf jemand anderen eingelassen. Wieso habe ich es nicht einfach getan? Warum war ich nur so feige?

«Kann ich reinkommen?»

Ja.

Nein.

Doch, natürlich.

Ich bin keine Idiotin. Ich weiß, dass wir über alles reden müssen, nur fällt es mir gerade so schwer, meine Gedanken zu sortieren. Wenn ich meinen Gefühlen freien Lauf lasse, werde ich ihn anschreien, und das will ich auf keinen Fall. Ich will nicht dem Klischee einer hysterischen Frau entsprechen, auch wenn ich allen Grund dazu habe, gerade durchzudrehen.

Ich habe selbst einen schlimmen Fehler gemacht, aber er … Sam hat sich verliebt, oder? Ich kann ihn nicht dafür hassen, weil ich im Grunde meines Herzens nur will, dass er glücklich ist. Wenn diese andere Frau das ist, was ihn glücklich macht, dann kann ich nichts daran ändern, nicht mit allem Schreien und Fluchen. Man kann niemanden zwingen, einen zu lieben, oder?

Dieser Gedanke bringt mich um. Ich will ihn nicht verlieren, aber was, wenn ich ihn längst verloren habe? Ich kann nichts daran ändern, nur hätte er mir das früher sagen müssen. Und vor allem nicht auf diese Art. Das tut so weh, so unglaublich weh.

«Können wir reden?»

«Ja», flüstere ich heiser und räuspere mich dann. Mit zitternden Fingern taste ich nach der kalten Klinke und öffne die Kabinentür. «Komm rein.»

Sam sieht so schuldbewusst aus, als er den Raum betritt. Er hat den Kopf gesenkt, und jede Farbe ist aus seinem Gesicht gewichen. Er ist so viel größer als ich. Selbst wenn ich mich auf die Zehenspitzen stelle, komme ich mit der Nase gerade einmal bis zu seinem Kinn. Doch jetzt ist Sam völlig in sich zusammengesackt, und ich hasse es, ihn so zu sehen. Ich muss ihm endlich die Wahrheit sagen.

Für eine Sekunde überlege ich, ob es mir wirklich darum geht oder ob ich ihm nicht vielmehr wehtun möchte so wie er mir gerade, aber … nein, das ist nicht der Grund. Wenn es einen Moment gibt, in dem wir ehrlich miteinander sein müssen, dann diesen. Ich hole tief Luft.

«Sam, ich habe einen Fehler gemacht, ich ...»

«Es tut mir ...»

Wir halten beide inne.

«Was?» Seine Augenbrauen sind irritiert in die Höhe geschossen. «Was für ein Fehler? Wovon redest du?»

Ich zögere. Aber es hat keinen Sinn, es länger für mich zu behalten. «Weißt du noch an dem Tag, als du mir gesagt hast, dass du zwei Monate länger in Paris bleiben willst?»

Sam nickt langsam, aber ich rede schnell weiter. Jetzt gibt es kein Zurück mehr. Ich will Sam nicht wehtun, aber ich muss ehrlich zu ihm sein, alles andere wäre unfair. «Wir haben uns gestritten. Du hast mir gesagt, was es für eine Wahnsinnschance für dich ist, bei diesem Professor einen Sommerkurs zu belegen, aber ich ... ich konnte mich überhaupt nicht für dich freuen.» Mir schießen wieder Tränen in die Augen. Vor allem, da ich sehe, wie sehr Sam meine Worte treffen. Er wirkt wie erstarrt. Er nickt zwar, um mir zu signalisieren, dass er mir zuhört und ich weitersprechen soll, aber seine Stirn ist gerunzelt und seine Hände zu Fäusten geballt.

Mit Gewalt zwinge ich die Tränen hinunter, weil ich es jetzt endlich aussprechen muss. «Ich habe es dir gegönnt, wirklich. Du verdienst das alles und so viel mehr noch. Ich wünsche dir die Welt, Sam. Du solltest alles bekommen, wonach du dich sehnst, du solltest das alles mitnehmen, alles, was das Leben dir zu bieten hat. Aber ich habe mich so einsam gefühlt.» Meine Stimme hat einen weinerlichen Ton angenommen, für den ich mich schäme. Ich muss damit aufhören, mich selbst zu bemitleiden. «An diesem Abend war ich mit Chase und Winston in einer

Bar. Ich hatte das wirklich nicht geplant, das schwöre ich dir, ich ...»

«Was hast du getan?»

Ich kann sehen, wir hart er die Zähne aufeinanderbeißt, die Angst in seinen Augen, die keinen Sinn ergibt, denn eigentlich tue ich ihm doch fast einen Gefallen mit meiner Beichte, oder? Er muss dann kein schlechtes Gewissen mehr haben, er kann wütend auf mich sein, so wie ich auf ihn.

«Der Alkohol ist keine Entschuldigung, das weiß ich. Ja, ich habe zu viel getrunken, und ja, ich habe mit jemandem geflirtet, aber das war nur, weil ich ... weil ich vergessen wollte, dass wir uns so gestritten haben. Ich wollte für einen Moment nicht einsam sein, Sam.» Nun laufen mir doch die Tränen über die Wangen. «Ich habe dich so vermisst, und ich dachte, dass ich dir nicht mehr wichtig bin», schluchze ich. «Und jetzt weiß ich, dass es wahr ist. Ich wünschte nur, du hättest es mir nicht *so* gesagt. Nicht auf diese Art. Warum hast du nicht einfach mit mir geredet?»

«Was zum Teufel hast du gemacht, Harp?!» Dieses Entsetzen in seinen Augen. Sein Brustkorb, der sich vor unterdrückter Wut hebt und senkt. Ich kann förmlich dabei zusehen, wie es in Sam hochkocht. Auf meinen Vorwurf geht er gar nicht ein.

«Es war nur ein Kuss. Nur ein einziger Kuss, das schwöre ich dir. Und ich habe es sofort bereut.»

Jede Luft scheint aus seinen Lungen zu entweichen, als er die Worte verarbeitet und langsam nickt.

«Ich wollte eigentlich schon gehen, aber dann hat er mich an sich gezogen. Es hat mir nichts bedeutet. Nein, das ist nicht wahr. Es war einfach alles falsch daran. Es hat sich vollkommen falsch angefühlt, und ich habe mich vor mir selbst geekelt. Wirklich, Sam, ich schwöre es dir, ich habe diesen Kuss nur für eine Sekunde erwidert, und dann ist mir klar geworden, was ich da tue und dass ich gar nicht richtig bei mir bin. Ich war betrunken, Sam, und es war ein Fehler. Er hat dann auch sofort aufgehört, nur ...»

«Ich bringe ihn um.»

«Was?» Ich bin so perplex, dass ich im ersten Moment nicht reagiere, als Sam sich von mir wegdreht und die Klinke packt, um die Tür aufzureißen. «Was? Wen? Warte, verdammt noch mal. Du kannst doch jetzt nicht weglaufen!» Mit aller Macht stemme ich mich gegen die Tür, um ihn daran zu hindern, mich hier stehen zu lassen. Sam will mich wegschieben, aber dann kommt er doch zur Besinnung und reißt sich zusammen.

«Ich laufe nicht weg», sagt er, und ich will schon erleichtert aufatmen. «Aber ich werde ihm die verdammte Fresse polieren. Dieses Arschloch! Ich wusste es! Ich wusste es die ganze Zeit. Wie er ständig mit dir flirtet und so tut, als wäre er nur ein guter Kumpel. Ich wusste die ganze Zeit, dass ich diesem Wichser nicht trauen kann. Also lass mich raus.»

«Von wem redest du, um Himmel willen?»

«Noah!», spuckt er den Namen vor mir aus. «Dieses erbärmliche Arschloch.»

Mein Arm, mit dem ich mich gegen die Tür gestemmt habe, sackt an mir herab. «Aber Noah hat damit doch überhaupt nichts zu tun. Dieser Typ in der Bar – ich weiß nicht mal, wie er heißt. Ich habe ihn nur das eine Mal gesehen, und ich dachte zuerst auch, dass er auf Männer steht. Winston hatte die Bar ausgesucht, du kennst ihn doch. Ich bin echt nicht davon ausgegangen, dass er etwas von mir will. Ich wollte an diesem Abend nur vergessen. Spaß haben. Und ich dachte, ich kann zwanglos flirten, weil da eigentlich nur Männer waren …»

«Es war nicht Noah?»

«Nein, verdammt! Hörst du mir überhaupt zu?» Ich hole keuchend Luft, weil mein Puls so durch meinen Körper rast, dass ich kaum atmen kann. Das Herz hämmert wie verrückt gegen meine Rippen. Hat er wirklich gedacht, dass ich und Noah …?

Oh. Mein. Gott.

«Noah ist der Letzte, mit dem ich etwas anfangen würde. Wie kommst du nur darauf? Wir sind Freunde. Noah ist … Er liebt Aubree über alles. Und er … er ist … Wir würden doch gar nicht zusammenpassen. Noah würde mich wahnsinnig machen. Ich wollte das nicht. Es war nur ein dummer Ausrutscher …»

Im selben Moment, in dem ich es sage, wird mir klar, dass dieses Argument für Sam nicht zählt. Er hat auch fremdgeküsst. Mindestens. Nur hat er sich auch verliebt, oder? Wie konnte es nur so weit kommen? Verzweifelt schüttele ich den Kopf, die nächste Entschuldigung schlüpft mir fast automatisch über die Lippen.

«Es tut mir unendlich leid. Ich bereue das so sehr. Ich wünschte, ich könnte die Zeit zurückdrehen und wäre nie mit meinem Bruder und Winston in diese Bar gegangen. Seitdem kann ich an nichts anderes denken, und das macht mich kaputt …»

«Es macht *dich* kaputt?» Mit einem ungläubigen

Schnauben unterbricht er mich. «Weißt du was, Harp?» Er hält inne.

In diesem Moment rasen die unterschiedlichsten Szenarien durch meinen Kopf. Dass er mir glaubt. Dass er mich in seine Arme zieht. Oder dass er die Tür aufreißt und rausrennt. Oder mir seinen Ring vor die Füße wirft. Den Ring von dem Paar, das wir zusammen in Moultonborough gekauft haben, als wir eine Woche dort Urlaub gemacht haben. Ein örtlicher Schmied fertigt dort nebenbei Ringe an. Mein Ring ist nur aus Silber, weil wir nicht viel Geld hatten, aber er bedeutet mir alles. Wir wollten uns damals nicht verloben, dafür war es noch zu früh. Aber diese Ringe waren unser Versprechen, dass wir gemeinsam in die Zukunft gehen. Ich lege meinen niemals ab. Nicht mal bei der Stallarbeit, nicht mal, wenn mir der Ring dabei in die Handfläche drückt und ich davon Blasen bekomme. Wenn Sam mir seinen Ring zurückgibt, dann ist alles aus.

Aber das tut er nicht. Er tut gar nichts, er sieht mich nur an.

Ich schlucke. «Wieso hast du mir nichts gesagt?», frage ich ihn. Denn ich bin nicht die Einzige, die einen Fehler gemacht hat. «Wieso hast du mir nicht gesagt, dass du jemand anderen geküsst hast? Wieso ...», ich zögere. Es kostet mich so viel Kraft, diese Frage zu stellen. «Hast du dich wirklich verliebt? Bitte sag mir die Wahrheit.»

«Die Wahrheit? Das ist ... Fuck, das ist so ein verdammter Witz.» Sein Auflachen klingt alles andere als fröhlich, es ist beängstigend. «Ich wusste, dass etwas nicht stimmt. Von Anfang an. Schon als du am Flughafen vor mir standest. Du hast dich überhaupt nicht gefreut, mich zu sehen, und ich wusste nicht, wie ich reagieren soll. Die Wahrheit ist: Dieser verdammte Scheißzettel ist nicht von mir.»

Das kann nicht sein Ernst sein. «Der Zettel ist nicht von dir?», wiederhole ich. «Aber wer ...?»

«Der Zettel existiert überhaupt nicht. Ich habe mir die drei Dinge nur ausgedacht, weil ... ich wollte dir wehtun, Harp. Diese ganzen Andeutungen eben – ich dachte die ganze Zeit, es geht um Noah. Er ist doch der Pferdeverrückte. Du wolltest Sex in seinem Scheißstall haben, hast du geschrieben. Und du hast es zugegeben!»

«Ich wollte Sex mit dir, du gottverdammter Idiot!» Ich möchte ihn schlagen, so wütend bin ich jetzt. Als hätte ich auch nur eine Sekunde an Noah dabei gedacht, das ist doch völlig absurd. Und glaubt er ernsthaft, ich würde so etwas dann vor all unseren Freunden ausbreiten?

«Mit mir? Klar.»

«Natürlich mit dir. Mit wem habe ich denn heute Morgen im Stall herumgemacht? Gott, Sam, ich liebe dich. An meinen Gefühlen hat sich nichts geändert.» Nicht mal jetzt. Nicht mal, nachdem er mir untreu war. Aber war er das? Sam hat gesagt, der Zettel existiert nicht. Nur was ist mit den Dingen, die er gesagt hat? «Hast du dich verliebt, Sam? Bitte sag mir die Wahrheit. Ist das wahr oder gelogen? Hast du mit einer anderen geschlafen? Was von diesen drei Dingen ist wahr?»

Bitte sag mir nicht, dass du dich verliebt hast. Bitte, Sam.

«Alles davon war gelogen», presst er durch zusammengebissene Zähne.

Alles ist gelogen? Mein Herz macht einen Satz, nur um in der nächsten Sekunde wie verrückt loszurasen.

«Nichts davon ist passiert. Willst du wissen, was ich wirklich auf diesen verfluchten Zettel geschrieben habe?» Wütend fährt er mit der Hand in seine Jeanstasche und zieht seinen Zettel heraus. «Dann bitte, hier!» Er faltet ihn nicht mal auseinander, sondern drückt mir den zerknüllten Ball vor die Brust, bevor er nun doch die Tür aufreißt und aus der Toilette stürmt.

«Warte, Sam!» Ich schluchze auf, aber er lässt sich nicht aufhalten. Die Hintertür knallt. Sie scheppert so laut, als sie einrastet, dass ich zusammenzucke wie nach einem Schlag.

Sam hasst mich. Ich habe ihm gestanden, was passiert ist, und er hasst mich dafür. Und ich weiß nicht, was ich noch glauben soll. Hat er sich diese drei Sätze wirklich nur ausgedacht, um mich zu provozieren? Aus Wut? Hat er ernsthaft gedacht, ich würde ihn mit Ashers kleinem Bruder betrügen? Ich verstehe nicht, wie er das nur denken konnte. Allerdings ... Noahs fiese Sprüche ihm gegenüber. Die Andeutung eben, dass er nicht mit Woodstock fertigwerden würde. Die vielen Sticheleien, weil Sam so anders ist als er. Vielleicht verstehe ich es doch.

Ich weiß, dass Noah eifersüchtig auf Sam ist, weil er sich so gut mit Mr. Blakely versteht. Sie haben eine schwierige Familienkonstellation, aber das Ganze hatte bisher nie etwas mit mir zu tun! Wieso habe ich das nicht ernster genommen?

Noah hat eine harte Zeit hinter sich. Er stand kurz vorm Abrutschen und hat sich gerade wieder gefangen. Im Gegensatz zu ihm hat Sam immer in sich selbst geruht.

Er ist so viel reifer und erwachsener als Noah. Noah kann ihm doch gar nicht das Wasser reichen. Ich wäre nie auf die Idee gekommen, dass Sam eifersüchtig auf ihn sein könnte. Das ergibt in meinen Augen einfach keinen Sinn.

Mein Blick senkt sich auf den Zettel in meiner Hand. Ich halte ihn so fest, dass meine Finger verkrampft sind. Langsam falte ich das zusammengeknüllte Papier auseinander, halte das Blatt gegen die Wand und streiche es glatt. Als ich die Sätze darauf lese, überschwemmt mich eine Welle von Schuldgefühlen.

Oh Sam.

Ich fange hemmungslos an zu weinen. Das, was er wirklich für die Three-Things-Challenge aufgeschrieben hat, ist etwas völlig anderes als das, was er vorgelesen hat. Mein Herz schmerzt, als ich seine drei Dinge lese. Sams Wahrheit, Sams Lüge und etwas dazwischen.

KAPITEL 8

K lar kannst du heute bei uns schlafen.» Ivy sieht besorgt aus. Anstatt auf die Straße zu gucken, schwenkt ihr Kopf immer wieder zu mir. «Sicher, dass du das willst?»

Nein, ich bin mir bei gar nichts mehr sicher.

Asher ist Sam hinterhergegangen und hat uns seinen Wagen überlassen. Chase hat angeboten, die beiden später nach Hause zu fahren – wenn sie das wollen. Den Zettel mit Sams drei Dingen halte ich zusammengefaltet im Schoß. Ich habe ihn inzwischen bestimmt zwanzigmal gelesen und könnte immer noch heulen.

«Zu einhundert Prozent sicher», behaupte ich.

«Okay.» Sie seufzt. «Ich überlasse dir einfach mein altes Zimmer. Das Bett ist frisch bezogen, weil Hilary immer noch erwartet, dass ich es benutze, dabei kann sie sich eigentlich denken, dass ich bei Asher übernachte, wenn wir auf der Insel sind.»

Allein bei der Erwähnung von Sams Mom schnürt sich mir die Kehle zu. Ich habe tatsächlich überlegt, mit ihr zu reden, es aber doch wieder verworfen, weil es mir unendlich peinlich ist. Ich habe fremdgeküsst, nicht Sam. Das seiner Mutter zu gestehen – auch wenn es bedeutungslos war –, bringe ich nicht fertig.

Es ist schon fast Mitternacht, als wir über die Belle Isle Road zur Insel fahren. Ivy hält sich eine Hand vor den Mund, als sie gähnen muss. Es gibt keine Laternen, nur das Strahlen der Scheinwerfer lässt erahnen, wo die Mauer verläuft, die die Uferböschung von der Straße abgrenzt. Die Brücke, die über den Piscataqua River auf die Privatinsel der Blakelys führt, ist so schmal, dass nur ein Fahrzeug darauf Platz hat. Links und rechts davon glitzert das Wasser im Mondlicht auf.

Der Piscataqua bildet die natürliche Grenze zwischen New Hampshire und Maine und fließt genau hier in den Atlantik. Ich liebe die Küste von New Hampshire, aber jetzt in diesem Moment wäre ich am liebsten zu Hause bei meinen Eltern in der Nähe von Boston, um mich in meinem alten Kinderzimmer zu vergraben, mir von Mom einen Kakao kochen zu lassen und, wenn ich mich ausgeheult habe, mit Dad zusammen ein Spiel der New England Patriots anzusehen. Dad würde immer wieder aufspringen und den Fernseher anbrüllen, und das würde mich garantiert von meinen Problemen ablenken.

Den Zettel in meiner Hand habe ich nun schon so oft auseinander- und wieder zusammengefaltet, dass die Kanten bald reißen werden. Es ist zu dunkel, um Sams Handschrift zu lesen, aber ich kann die Sätze inzwischen ohnehin auswendig. Seinen ersten Versuch hat er durchgestrichen und unleserlich gemacht, aber das, was er dann aufgeschrieben hat, bricht mir das Herz.

Ich habe im letzten Jahr gemerkt, dass ich nicht hierhergehöre.

Ich hasse Roastbeef-Sandwiches.

Ich wollte meiner Freundin eigentlich einen Heiratsantrag machen.

Ich bin mir absolut sicher, dass Sams erster Satz die

Wahrheit ist, und das macht mich unendlich traurig. Außerdem weiß ich, dass er Roastbeef-Sandwiches liebt, deshalb muss die zweite Sache die Lüge sein. Und der letzte Satz ist einfach nur furchtbar, egal, wie ich ihn interpretiere. Entweder er wünscht sich, dass es gelogen wäre, und bereut, überhaupt daran gedacht zu haben, oder er hat vor heute überhaupt noch nie daran gedacht.

Ich muss schlucken, als mir bewusst wird, wie schnell sich das Leben um hundertachtzig Grad drehen kann. Wollte Sam mich wirklich fragen, ob ich ihn heiraten will? Mein Brustkorb zieht sich schmerzhaft zusammen.

Was, wenn ich ihm nicht erzählt hätte, was in der Bar passiert ist? Was, wenn ich das Geheimnis einfach mit ins Grab genommen hätte?

Nein, das hätte ich nicht tun können. Auch wenn dieser blöde Kuss mir nichts bedeutet hat, möchte ich Sam so etwas nicht verheimlichen. Trotzdem nagt der Zweifel weiterhin an mir. Ich habe ihn damit so sehr verletzt. War es das wirklich wert, nur um der Wahrheit willen?

Als Ivy das Haus der Blakelys erreicht und den Wagen in der Tiefgarage parkt, schiebe ich den Zettel in meine Hosentasche und straffe die Schultern. Ich muss mich zusammenreißen und jetzt nicht schon wieder losheulen. Außerdem will ich Ivy nicht beunruhigen. Ich habe ihr gesagt, dass Sam mit seinen drei Dingen gelogen hat, weil er wütend auf mich gewesen ist, aber von meinem Fremdkuss habe ich ihr noch nichts erzählt.

Gott sei Dank ist Ivy zu müde, um mich noch zu einem Tee in der Küche zu überreden, stattdessen schnappt sie sich nur eine Wasserflasche.

«Aber wir frühstücken morgen zusammen?», frage ich sie, als wir gemeinsam nach oben gehen. Mir ist nicht ganz wohl dabei, hier zu übernachten, wenn Mr. Blakely nicht darüber informiert ist. Aber es ist auch zu spät, um ihn zu fragen, er schläft garantiert schon längst.

«Ich schicke dir eine Nachricht, bevor ich runtergehe.» Sie unterdrückt wieder ein Gähnen. Das hat sie den ganzen Abend schon gemacht. «Oder soll ich vielleicht noch mit ins Zimmer kommen?» Sie zögert einen Moment. «Ich könnte bei dir bleiben, bis du eingeschlafen bist. Ich will dich nicht allein lassen. Und ehrlich gesagt, hasse ich es, allein hier zu sein, wenn es im Haus so still ist. Noah ist mit Aubree zurück nach Dartmouth gefahren und kommt erst nächste Woche zurück.» Sie sieht kurz zu Boden. «Und Asher wird vermutlich in seiner Wohnung in Hanover übernachten.»

Weil Sam nicht nach Hause kommen will ...

Zwischen Ashers Job in Hanover – die Blakely Corporation stellt hochwertige Rasierseifen und Pflegeprodukte her und beliefert sogar das Weiße Haus – und Ivys Studium in Dartmouth sehen die beiden sich viel weniger, als sie sich das wünschen würden. Und nun hat unser Streit ihnen auch diesen Abend genommen.

«Ich will auch nicht allein sein», gestehe ich leise.

«Abgemacht.» Erleichtert nickt Ivy und schleppt sich müde die Stufen vor mir hoch in den ersten Stock. «Wir müssen auch nicht reden», sagt sie, als sie bei ihrem Zimmer ankommt und sich zu mir umdreht. Dann stößt sie die Tür auf. Ivys Zimmer ist riesig und ihr Bett mit mehreren Lichterketten dekoriert, die sie nun als Erstes einschaltet. Die gesamte Zimmerseite zum Meer besteht nur aus Glas, und in der Ferne kann man den Leuchtturm aufblitzen sehen.

«Oh Gott, ich habe ganz vergessen, wie sehr ich deine Aussicht liebe», entfährt es mir.

«Ich liebe sie auch, aber ich muss zugeben, dass man sich viel zu schnell daran gewöhnt und dann gar nicht mehr hinschaut.»

Das kann ich mir nicht vorstellen. Wäre das mein Zimmer, ich würde stundenlang auf dem Boden vor dem Fenster sitzen und nur nach draußen gucken.

Ivy leiht mir aus ihrem Kleiderschrank ein übergroßes Schlafshirt, und wir waschen uns zusammen in ihrem Badezimmer das Make-up aus dem Gesicht und putzen die Zähne. Plötzlich fängt sie lauthals an zu lachen – weil ich mir aus Versehen Reinigungsmilch unter die Augen klopfe.

«Ich dachte, das Zeug hilft gegen Augenringe», rechtfertige ich mich und kneife die Augen zusammen, um die winzige Schrift auf der Tube zu erkennen.

«Da verwechselst du was. Die Stars nehmen Hämorrhoiden-Creme gegen Tränensäcke und Falten.» Sie prustet wieder los, als sie mein verdattertes Gesicht sieht.

«Und das wirkt?»

«Kann ich mir nicht vorstellen. Und ich schätze, so was haben wir auch nicht im Haus. Also falls du das ausprobieren wolltest. Du könntest morgen Hilary fragen, ob sie welche in der Apotheke für dich besorgen kann.»

Sams Mom.

Sofort fange ich an zu blinzeln, weil meine Augen heiß werden, und Ivy beißt sich auf die Unterlippe.

«Sorry, Harp. Lass uns einfach von was anderem reden.»

«Ist schon okay», sage ich heiser. «Ich ... ich muss darüber reden, Ivy.»

Als sie nickt, kann ich die Tränen nicht mehr zurückhalten. Ivy nimmt mich in den Arm und streicht mir über den Kopf, während ich ihr Nachthemd vollheule. Alles strömt nur so aus mir heraus. Was zwischen Sam und mir vorgefallen ist, meine Sorgen in den letzten Monaten und dann auch, was heute Abend geschehen ist. Plötzlich kann ich gar nicht mehr aufhören zu reden. Ich erzähle ihr von Sams Verdacht Noah gegenüber und wie absurd ich das finde. Und dann beichte ich ihr von dem Kuss mit dem Fremden in der Bar, von dem ich nicht einmal den Namen weiß.

«Das Einzige, woran ich mich erinnere, ist, dass er blonde Haare hatte und zwei verschiedenfarbige Augen. Ich habe ihn angestarrt, weil ich so was noch nie gesehen habe. Eine Iris war blau, die andere braun. Ich habe auch völlig vergessen, ihn zu fragen, wie er heißt. Denn ganz ehrlich: Diese Augen waren das einzig Spannende an ihm. Aber weil ich ihn so angestarrt habe, ist er irgendwie davon ausgegangen, dass ich an *ihm* interessiert wäre. Und dann haben wir ein bisschen geflirtet, und dann ...», ich kann die Worte nur noch herauspressen, «... haben wir uns geküsst.»

Bevor Ivy da einhaken kann, spreche ich schnell weiter. «Ich war ziemlich betrunken, aber ich weiß, dass das keine Entschuldigung ist, und ich habe auch sofort gemerkt, dass ich einen Fehler mache. Es hat vielleicht zwei Sekunden gedauert, bevor ich ihn von mir weggeschoben habe. Es kann doch nicht sein, dass diese lächerlichen zwei Sekunden jetzt mein ganzes Leben zerstören.»

«Das werden sie nicht.» Ivy streicht mir wieder beruhigend über den Kopf und den Rücken. «Sam ist wahrscheinlich nur geschockt. Und vielleicht auch erleichtert, dass sein Verdacht mit Noah völlig an den Haaren herbeigezogen ist. Er muss wahrscheinlich nur mal in Ruhe nachdenken.»

«Ich hoffe, du hast recht.»

«Ich habe immer recht.» Damit bringt sie mich zum Schnauben, und gemischt mit meinem Heulen, klingt es wie ein Grunzen.

«Und außerdem hast du ihn nicht auf die Stirn geküsst», stellt sie fest. «Das wäre viel schlimmer.»

Ich löse mich von ihr, um sie anzusehen. «Wieso das denn?»

«Normale Küsse sind einfach nur Küsse, aber Stirnküsse sind ein Versprechen. Die gibt man nur jemandem, der einem etwas bedeutet. Jemandem, den man behalten und markieren will. Das ist fast wie ein Branding.»

Jetzt muss ich wirklich lachen. Und dann reden wir im Bett noch eine Ewigkeit weiter, auch wenn Ivy bei jedem Satz einmal gähnen muss. Irgendwann rolle ich mich auf die Seite und spüre im nächsten Moment Ivys Arm um meinen Bauch. Mit ihrer Stimme im Ohr, die mir zuflüstert, dass alles wieder gut wird, schlafe ich ein.

Beim Frühstück am nächsten Morgen treffe ich auf Sams Mom. Ich bin unendlich erleichtert, dass Ivy dabei ist und dass das Gespräch bei unverfänglichem Small Talk bleibt. Hilary wirft mir zwar immer wieder fragende Blicke zu – sie hat ja mitbekommen, dass ich hier im

Haupthaus geschlafen habe, und falls Sam bei Asher in Hanover übernachtet hat, dürfte ihr auch aufgefallen sein, dass sein Zimmer heute Nacht leer geblieben ist –, aber sie hält sich zurück. Während Ivy ihren Kakao mit Zimt bestreut – keine Ahnung, wie sie so etwas im Sommer runterbekommt –, gieße ich mir bereits die zweite Tasse Kaffee ein. Ich bin unheimlich nervös und atme erst auf, als Hilary nach dem Frühstück die Küche verlässt.

Kurz darauf breche ich selbst auf, um die Pferde zu versorgen. In dem Moment, in dem ich den Stall betrete, schlägt die Erinnerung an gestern Morgen mit voller Wucht zu. Dieser Geruch, Woodie, der wieder einmal versucht, ein Stück von meinem Hoodie zu erwischen – ich muss mehrmals schlucken, um nicht gleich wieder in Tränen auszubrechen. Ich führe die beiden Pferde am Strick raus auf die Koppel, schaufle dann im Stall den schmutzigen Teil des Strohs in eine Schubkarre und bringe den Mist nach draußen. Als ich das frische Stroh verteile, tanzt der Staub in der Sonne. Ich reinige den Futtertrog, wische die Trinkstelle aus und bringe zwei gerissene Führstricke zum Haus, um sie dort zu entsorgen.

Umständlich streife ich mir vor dem Haus die Gummistiefel von den Füßen, um keinen Dreck auf dem Boden zu verteilen, und tapse auf Strümpfen in die Küche. Mir ist eben aufgefallen, dass wir Futter nachkaufen müssen. Darum kümmert sich immer Hilary. An der Pinnwand kann ich ihr eine Nachricht hinterlassen, ohne sie noch einmal zu sehen. Es ist furchtbar, dass ich ihr aus dem Weg gehe, aber ich habe Angst, dass sie mir alles vom

Gesicht ablesen kann. Ich mag Sams Mom unheimlich gern. Sie ist wie eine zweite Mutter für mich. In der Zeit, als Sam nicht da war, haben wir oft zusammen gekocht, die Filme geguckt, die Sam nicht mit mir sehen wollte, und stundenlang abends bei einem Glas Rotwein in der kleinen Küche des Gästehauses gequatscht. Aber die Vorstellung, ihr jetzt unter die Augen treten zu müssen, macht mir Angst.

Ich lausche auf jedes Geräusch und bin unendlich erleichtert, dass auf dem Flur alles still ist. Bis ich auf einmal Hundehecheln höre und mein Puls in die Höhe schnellt. Oh nein! Hoffentlich ist es nur Mr. Blakely, der eine Runde mit den beiden Boxern unterwegs war. Panisch kritzle ich meine Nachricht in wenigen Sekunden auf und hefte sie blitzschnell an. Ich überlege, ob ich einfach durch die zweite Tür flüchten soll, als das Pfotentrappeln näher kommt.

Das Hecheln wird lauter, und bevor ich mich in Bewegung setzen kann, stupst mich die erste der beiden feuchten Lakriznasen an. Ein Kopf reibt sich an meinem Bein.

«Hey, Simon», krächze ich und kraule den Hund zwischen den Ohren. Bitte lass es nur Mr. Blakely sein!

Simon reicht mir bis zur Hüfte, aber er ist total gutmütig und inzwischen so alt, dass er etwas tüdelig wirkt. Der zweite Hund der Blakelys ist erst wenige Monate bei ihnen, nachdem der alte Phoenix gestorben ist. Er ist jünger und trabt erst einmal durch die gesamte Küche, um den Boden vergeblich nach Essbarem abzuschnüffeln, bevor auch er herkommt, um von mir begrüßt zu werden.

Schritte auf dem Flur. Bitte …

«Ah, Harper.»

Shit. Ich zucke zusammen und lasse die Hand sinken, mit der ich das kurze Fell gekrault habe.

«Gut, dass du noch da bist. Ich wollte dir etwas zeigen.» Hilary kommt lächelnd auf mich zu, auf dem einen Arm einen ganzen Stapel Handtücher, unter den anderen eine Mappe geklemmt, die mir bekannt vorkommt. Sie sieht genauso aus wie die Mappe, die Sam am Flughafen bei sich hatte. Aus dicker Graupappe mit schwarzen Spanngurten an den Ecken. Ich zwinge mich, den Blick davon zu lösen und Hilary anzulächeln, was mir nicht gelingt, glaube ich. Es muss aussehen wie eine Grimasse. Bemüht ziehe ich die Mundwinkel in die Höhe, bis es fast schmerzt.

Dunkle Locken umrahmen ihr freundliches Gesicht, aber ich schaffe es nicht, ihr in die Augen zu sehen. «Ich muss jetzt leider direkt los ... Ich muss in die Stadt, was einkaufen», improvisiere ich. «Soll ich dir etwas mitbringen?»

Sie runzelt die Stirn. «Das ist schade. Ich habe Sams Kunstmappe mitgebracht und dachte, dass wir uns zusammen anschauen könnten, was er in Paris gemalt hat. Hast du es so eilig?»

Paris.

In meinem Magen baut sich ein unangenehmer Druck auf. «Normalerweise total gerne, aber heute habe ich es wirklich eilig», stoße ich schnell hervor. Ich höre selbst, wie seltsam ich klinge. «Vielleicht später?»

Vielleicht nie?

«Ivy leiht mir ihren Wagen, und ich muss bis Mittag wieder zurück sein, weil sie dann das Auto braucht.»

Was gelogen ist. Ivy hat heute nichts vor, das hat sie

mir gesagt. Aber wenn ich jetzt nicht sofort gehe, dann wird mich Hilarys mitfühlende Art noch dazu bringen, ihr zu erzählen, was vorgefallen ist, und dann muss ich leider heulen. Und vor Scham sterben.

Hilary zögert kurz, dann fragt sie: «Essen wir heute Abend zusammen? Du, Sam und ich? Ich wollte frische Sommerrollen machen mit ...»

«Tut mir leid, ich ... ich weiß noch nicht, wo ich heute Abend bin», unterbreche ich sie schnell. Ich will mich nicht noch weiter in Lügen verstricken, und vor allem weiß ich wirklich nicht, wie ich mich ihr gegenüber verhalten soll. Wenn das mit Sam und mir wirklich vorbei sein sollte, dann ... oh Gott, ich werde Hilary so sehr vermissen. Ich schlucke.

«Dann lege ich die Mappe vorerst in Ivys Zimmer. Vielleicht hast du ja nachher noch Zeit, sie dir anzusehen. Ich habe eben schon mal reingeguckt.» Sie zwinkert mir zu. «Und die Bilder sind wirklich sehenswert, auch wenn das meiste nur Skizzen sind. Du solltest sie dir unbedingt anschauen. Wirklich. Du wirst überrascht sein.»

Wieso betont sie das so seltsam? «Ja, unbedingt», erwidere ich mit belegter Stimme und drehe auf dem Absatz um. «Ich muss jetzt aber wirklich los. Bis später.» Mit rasendem Puls flüchte ich aus der Küche. Ich räume nicht mal die Gummistiefel weg, aus Angst, dass Hilary mir nachkommen könnte, sondern schlüpfe nur schnell in meine Sneaker, ohne sie zuzubinden, schnappe mir Ivys Autoschlüssel und renne dann die Treppe runter in die Tiefgarage, wo der Wagen neben Ashers geparkt ist.

Das stehe ich nicht durch. Mir gemeinsam mit Sams Mom seine Bilder anzusehen, die er in Paris gemalt hat –

das schaffe ich einfach nicht. Ich kenne Sams Stil. Ich weiß genau, dass die Bilder toll sind und faszinierend und er auf vielen bestimmt etwas völlig Alltägliches eingefangen hat. Aber auf so besondere Art, dass es mir jedes Mal, wenn ich seine Kunstwerke ansehe, eine Gänsehaut beschert.

Keine Ahnung, wohin ich fahren soll.

Das Auto rollt wie von allein aus der Garage, den langen Weg bis zur Brücke und dann über den Piscataqua River. Die Sonne scheint so hell, dass ich die Blende runterklappen muss, bis rechts und links die Bäume dichter werden und Schatten auf das Autodach fällt. Irgendwann komme ich an der kleinen Kapelle und dem Friedhof vorbei, die auf dem Weg nach Portsmouth liegen. Ich sollte mir dringend ein eigenes Auto zulegen. Immer bin ich darauf angewiesen, dass Ivy oder Asher mich mitnehmen.

In Portsmouth angekommen, parke ich in einer Seitenstraße vom Hafen und bleibe im Auto sitzen, weil ich nicht weiß, was ich jetzt tun soll. Ein Blick auf die Armbanduhr verrät mir, dass Sam inzwischen bestimmt aufgestanden ist. Ich hätte Ivy bitten sollen, Asher zu fragen, wo Sam heute Nacht geschlafen hat. Wenn er noch in Hanover ist, hätte ich meine Sachen schon aus dem Gästehaus holen können.

Ich zucke zusammen, als mein Handy vibriert. Mit zitternden Fingern ziehe ich es aus der Tasche, aber die Anspannung löst sich direkt auf, weil mir schon auf dem Sperrbildschirm eine Nachricht von Noah angezeigt wird.

Noah: Alles okay mit dir? Habt ihr die Sache von gestern geklärt?

Enttäuscht lasse ich die Hand sinken. Warum kann Sam mir nicht schreiben? Warum kann er nicht fragen, wie es mir geht? Warum will er nicht wissen, wo ich in der vergangenen Nacht geschlafen habe? Ich schiebe das Handy zurück in meine Tasche, ohne Noah zu antworten, quäle mich aus dem Auto und laufe über die Straße.

Erst als ich den nächstbesten Laden betrete, realisiere ich, dass ich in der Buchhandlung gelandet bin. Das ist meine erste Anlaufstelle, wenn es um Geschenke für Sam geht. Nur dass ich wahrscheinlich keine Geschenke mehr für Sam kaufen werde. Nie wieder. Letztes Jahr, bevor er nach Paris gefahren ist, habe ich ihm hier einen Bildband über die Kunst der White Mountains des letzten Jahrhunderts gekauft. Und auch jetzt zieht es mich ganz automatisch zu den Kunstbüchern.

The Art Lover's Guide to Paris.

Ich halte das Buch in der Hand und weiß nicht, ob ich es mir ansehen oder durch das Fenster nach draußen schleudern soll.

The Louvre: All the Paintings.

Art Hiding in Paris.

Ich schiebe ein Buch nach dem anderen wieder zurück. Und es gibt Dutzende davon. Himmel, wie viele Kunstbücher über Frankreich kann man denn bitte herausbringen? Ist das nicht immer dasselbe?

«Wann soll's denn in die Stadt der Lichter gehen?», fragt eine Männerstimme, und ich hebe überrascht den Kopf. Zwei verschiedenfarbige Augen schauen mich an, und ich halte erschrocken die Luft an.

KAPITEL 9

ch ... ich weiß noch nicht.»

Diese Augen. Oh Gott, das ist der Typ. Der Typ aus der Bar! Wie viel Pech kann man denn haben, dass mir ausgerechnet der Typ aus der Bar hier über den Weg läuft? Es ist halb elf, muss der Kerl nicht arbeiten? Ist er arbeitslos? Ein Student? Ein ...?

Mein Blick fährt über seinen Oberkörper, der in einem ordentlichen Hemd steckt, und bleibt an dem Stapel Bücher in seinem Arm haften.

Kochbücher?

Als ich die kleinen Zettel sehe, die auf den Buchdeckeln kleben und die er jetzt abzieht, bevor er die Bücher in das Regal neben mir schiebt, macht es endlich Klick in meinem Gehirn. Der Typ aus der Bar arbeitet hier im Buchladen. Oh mein Gott.

Er trägt ein Namensschild. Ich will gar nicht wissen, wie er heißt, und halte den Blick krampfhaft gesenkt.

«Kennen wir uns?»

«Nicht dass ich wüsste», schieße ich sofort zurück und werde schlagartig rot.

«Moment ...» Er runzelt die Stirn. Und während er noch überlegt, denke ich ernsthaft darüber nach, einfach rauszurennen. Bitte lass ihn ein beschissenes Gedächtnis haben!

«Haben wir uns nicht neulich Abend getroffen? Im

Wish You Were Beer? Ich bin mir ziemlich sicher, dass ... Harper, richtig?», fällt es ihm schließlich ein, und ich verfluche mich.

«Das ... kann sein», antworte ich ausweichend und beiße mir auf die Lippe.

«Dass du Harper heißt?» Jetzt grinst er, und ich muss mein Urteil über ihn revidieren. Seine Augen sind nicht das einzig Interessante an ihm. Er hat ein nettes Lächeln. Jetzt, wo es breiter wird, bildet sich sogar ein Grübchen in seinem Mundwinkel. Und er hat ganz offensichtlich Humor.

Mein Gesicht wird noch heißer. «Ich meine, dass wir uns im *Wish You Were Beer* gesehen haben. Mein Bruder geht öfter dorthin, und manchmal komme ich mit. Aber ehrlich gesagt, ich kann mich an den letzten Abend dort kaum erinnern.»

Er wirkt enttäuscht. Sein Gesicht nimmt einen Hauch rosa Farbe an, und ich bekomme ein schlechtes Gewissen. «Vielleicht kennst du meinen Bruder? Chase?», frage ich, um die unangenehme Situation zu überspielen.

«Flüchtig.» Er balanciert die restlichen Bücher auf dem linken Arm und streckt mir die Hand hin. «Nicholas.»

Ich will nicht wissen, wie er heißt, verdammt! Jetzt werde ich den Namen wahrscheinlich nie wieder aus meinem Kopf bekommen. Nicholas. So ein Mist.

Zögerlich ergreife ich seine Hand, weil alles andere grob unfreundlich wäre. «Freut mich, dich kennenzulernen.»

Innerlich gebe ich mir einen Tritt. Warum heuchle ich jetzt auch noch, dass ich mich freue? Ich freue mich kein bisschen. Ich will hier einfach nur weg.

«Mich auch.»

Du hast diesen Kerl geküsst, schrillt es in meinem verfluchten Gehirn wie eine Sirene auf. Und ich glaube, dass er mir meine Gedanken von der Stirn ablesen kann, sonst würde er jetzt nicht so blöd grinsen, oder?

«Du interessierst dich also für Kunst in Frankreich?» Er nickt zu den Büchern, die ich mir eben noch angesehen habe, und ich schüttle den Kopf.

«Ein Freund von mir.» Nicht *ein* Freund! *Mein* Freund!

«Suchst du ein Geschenk?»

«Ich habe einen Freund!»

Irritiert hält er inne. «Okay.»

«Einen festen Freund!»

«So was kommt schon mal vor.» Um seine Mundwinkel zuckt es.

«Einen festen Freund, den ich liebe. Und ich überlege, ob ich ihm ... eine Reise schenke. Nach Frankreich. Er mag nämlich Kunst. Also, ich meine, er hat Kunst studiert und zwei Auslandssemester in Frankreich hinter sich. Als wir uns neulich in dieser Bar getroffen haben, da war ich ... angeschlagen.»

«Alles klar. Ich verstehe, worauf du hinauswillst.»

«Ich habe kein Interesse an dir, okay? Auch wenn du außergewöhnliche Augen hast und in einer Buchhandlung arbeitest. Ich hatte einfach einen beschissenen Tag, als wir uns neulich getroffen haben, und ich kann mich eigentlich an nichts erinnern, außer dass wir ... Also, das war ein Unfall, ist das klar?»

«Vollkom...»

«Ich will dich nicht näher kennenlernen.»

«Okay. Das war deutlich. Aber danke für das Kompliment.» Er lacht auf. «Ich wollte eigentlich auch nur herausfinden, was für ein Buch du suchst», entgegnet er jetzt. «Und dir eventuell etwas empfehlen. Für deinen Freund. Anscheinend suchst du ja wirklich ein Geschenk für ihn.»

«Ja», stoße ich mit einem erleichterten Ausatmen aus. Ich verhalte mich wie eine Vollidiotin, das wird mir gerade klar. Wie eine ziemlich unfreundliche Vollidiotin. «Gibt es so etwas wie einen Reiseführer durch Europa, der die wichtigsten Kunstmuseen abdeckt? Sam war ein ganzes Jahr in Paris, ich glaube, dass er sich dort schon alles angesehen hat, aber vielleicht gibt es noch andere Orte in Europa, die etwas für Kunstliebhaber sind.»

«Italien», kommt es prompt. «Florenz zum Beispiel gilt als die Wiege der Renaissance.»

«Ja, das klingt gut.» Wahrscheinlich ist das gerade das seltsamste Gespräch, das ich jemals mit einem Buchhändler geführt habe. Aber Nicholas ist gut. Er schafft es, mir gleich zwei Bildbände und einen Reiseführer zu verkaufen, ohne mir das Gefühl zu geben, die schrecklichste Kundin seines Lebens zu sein.

Erst als ich wieder in Ivys Auto sitze und tief Luft hole, wird mir bewusst, dass ich womöglich gar keine Gelegenheit habe, Sam diese Bücher zu schenken. Weil das gestern vielleicht das Ende unserer Beziehung war.

Ich lasse den Beutel mit den Einkäufen auf den Beifahrersitz fallen und reibe mir übers Gesicht. Ich bin inzwischen ruhiger als heute Morgen. Ich hoffe, dasselbe gilt auch für Sam. Wir müssen das klären. Also schreibe ich ihm eine Nachricht.

Harper: Wie geht es dir? Ich habe die ganze Nacht kaum geschlafen. Können wir reden? Ich meine, redest du noch mit mir? Ich vermisse dich, Sam. Bitte verzeih mir.

Ein paar Minuten warte ich auf Sams Antwort. Ich kann sehen, dass er sofort online geht und die Nachricht als *gelesen* markiert wird. Aber er antwortet nicht, und das macht mir Bauchschmerzen. Und es macht mich plötzlich auch wütend. Wieso schreibt er mir nicht zurück? Interessiert ihn gar nicht, wie es mir geht? Ja, ich habe einen beschissenen Fehler gemacht, aber es war nur ein Kuss. Ein Kuss, den ich nur für eine Sekunde erwidert habe und den ich wahrscheinlich bis an mein Lebensende bereue, aber es war nur ein Kuss, verdammt! Nicht mal ein Stirnkuss!

Ich habe niemanden umgebracht, oder? Ist das, was ich getan habe, wirklich so unverzeihlich? Langsam frage ich mich, ob Sam tatsächlich so unschuldig ist, wie er mich glauben lässt. Ich habe keine Ahnung, was er in Paris alles gemacht hat. Sein Verhalten könnte genauso gut eine Projektion sein, weil er selbst ein schlechtes Gewissen hat.

Auf dem Weg zurück zur Insel steigere ich mich immer weiter in diesen Gedanken rein. Ich habe monatelang auf ihn gewartet, während er in Frankreich seinen Spaß hatte. Vor dem Haus der Blakelys fahre ich so rasant über den Kies, dass es rechts und links von mir aufspritzt. Ich parke Ivys Wagen in der Garage und laufe direkt im Treppenhaus nach oben zu ihrem Zimmer. Nur nicht Hilary über den Weg laufen, wo ich gerade so aufgebracht bin.

Hätte ich doch nur nicht diese blöden Bücher gekauft. Was habe ich mir dabei gedacht? Als ob ich damit irgendetwas wiedergutmachen könnte. Sam ist doch ganz offensichtlich nicht daran interessiert, mit mir zu reden. Vielleicht kam ihm unser Streit gerade recht.

Als ich die Tür zu Ivys Zimmer aufstoße, schreckt sie überrascht hoch. Ich lasse die Bücher auf den Tisch fallen, wo sie mit einem lauten Rums landen.

«Hey, alles in Ordnung?» Sie hält ein Papier in der Hand und lässt es nun langsam sinken. Besorgt mustert sie mein aufgebrachtes Gesicht.

«Ich glaube, dass Sam mir das nie verzeihen wird, Ivy», schluchze ich auf. «Wenn das, was er bei der Three-Things-Challenge aufgeschrieben hat, die Wahrheit war, wenn er wirklich übers Heiraten nachgedacht hat, dann würde er doch mit mir reden. Ich weiß einfach nicht, was in ihm vorgeht. Ich weiß nicht, was er will und warum er mich ignoriert. Ich habe ihm eine Nachricht geschickt, er hat sie gelesen, aber er antwortet einfach nicht.»

«Warst du in Portsmouth?»

«Ja.» Hart stoße ich den Atem aus. «Und du glaubst nicht, wen ich getroffen habe. Den Mann aus der Bar. Er arbeitet in der Buchhandlung.»

«Was? Oh mein Gott. Was hat er gesagt? Hat er dich erkannt? Habt ihr miteinander geredet?»

Jetzt erst entdecke ich die graue Mappe auf dem Bett und dass Ivy sich offenbar gerade Bilder angesehen hat. Hastig schiebt sie die Blätter zusammen und legt sie zurück zwischen die Pappdeckel.

«Wir haben uns kurz unterhalten, und ich habe ihm gesagt, dass ich einen festen Freund habe und … Sind das

Sams Bilder?», frage ich plötzlich, weil sie so schuldbewusst aussieht.

«Ja.» Sie nickt zerknirscht. «Tut mir leid. Ich hätte sie mir nicht ansehen sollen. Aber ich war einfach zu neugierig.»

Ich zucke mit den Schultern. «Schon in Ordnung. Ist ja nicht so, als wären seine Bilder so etwas wie ein Tagebuch, oder?»

«Da bin ich mir nicht so sicher.» Sie steht steif auf und streckt sich. Anscheinend hat sie eine ganze Weile in dieser Position auf dem Bett gesessen. «Du solltest sie dir ansehen.»

Um mich selbst zu quälen? Um zu sehen, wie weit Sam sich in Paris weiterentwickelt hat? Um festzustellen, dass er recht hat und es in Paris wirklich so viel schöner ist als hier?

«Ich lass dich mal allein», sagt Ivy und schlüpft an mir vorbei aus dem Zimmer, während ich ihr verwirrt hinterhersehe. Dann wende ich mich der Mappe auf dem Bett zu.

Es klebt ein gelbes Post-it darauf. Ich gehe davon aus, dass es von Hilary ist, weil Sams Mom immer Post-its schreibt und überall hinklebt. Aber als ich näher trete, erkenne ich Sams Handschrift.

Harper, steht auf dem gelben Zettel.

KAPITEL 10

Wieso wirkt dieses einzelne *Harper* wie ein Abschiedsbrief? Wieso macht mir das so unglaubliche Angst?

Da bin ich mir nicht so sicher, hat Ivy gesagt, als ich meinte, die Bilder seien kein Tagebuch, und das verunsichert mich. Sind Sams Bilder wirklich so persönlich? Aber dann würde er sie doch nicht einfach so weitergeben. Schließlich hat seine Mom sich die Bilder auch schon angesehen. Mit den Fingerspitzen streiche ich über den Zettel und schlage dann mit einem Knoten im Magen die Mappe auf.

Es sind nicht nur Skizzen, wie Sams Mom behauptet hat. Sam hat auch einige Malpappen hineingelegt. Er hat mir mal erklärt, dass sie von einer Seite mit Baumwolle bespannt sind und er sie immer benutzt, weil sie günstiger und leichter zu transportieren sind als Keilrahmen. Dieser Geruch – er schlägt eine Erinnerung in mir an. An die Nachmittage, in denen Sam draußen gemalt hat, weil die Farben und das Terpentin so beißend waren. Sam muss auch hierfür Ölfarben benutzt haben.

Das Gesicht auf dem ersten Bild gehört zu einer Frau. Sam hat es einerseits unglaublich detailreich dargestellt, andererseits aber auch einen großflächigen Pinsel benutzt, und das gibt dem Bild einen rauen Charme. Er muss unglaublich viel Zeit darin investiert haben, und als mir das klar wird, bricht etwas in mir auf. In meinem Brustkorb breitet sich ein Ziehen aus, das mich mit Wärme überflutet.

Diese Frau auf dem Bild.

Das bin ich.

Sam hat *mich* gemalt. Er hat in Paris an mich gedacht und mich gemalt. An der unteren Ecke hat er sogar notiert, wann und wo er das getan hat: im *Parc de Bercy*. Mit einem Schlucken lege ich es zur Seite, blättere die anderen Bilder durch, und mit jedem weiteren beschleunigt sich mein Puls.

Es sind Skizzen von Paris, von all den Orten, die er mir am Telefon immer beschrieben hat. Von denen er mir hemmungslos vorgeschwärmt hat. Am Rand hat er aufgeschrieben, wie sie heißen. *Parc des Buttes-Chaumont*, *Pont des Arts* mit den vielen Liebesschlössern, die zerstörte Kirche *Notre-Dame*, Straßen, Parks und immer wieder ich. Ich auf dem Flohmarkt *Saint-Ouen*. Ich am *Bois de Vincennes*. Ich unter einer Brücke im *Parc Monceau*. Nicht ein einziges Mal war ich dort, und doch hat er immer wieder mich gemalt, als wäre ich bei ihm gewesen.

In meinem Brustkopf kämpfen die Emotionen miteinander. Mir wird unglaublich warm, weil das so süß von ihm ist, und gleichzeitig überläuft es mich eiskalt, weil ich glaube, dass er sich damit von mir verabschiedet. Und dann wird mir übel von dem schlechten Gewissen, weil ich eben nicht bei ihm war und er sich das offenbar so sehr gewünscht hat. Ihn nicht zu besuchen, war falsch von mir, so falsch. Sam war fast viertausend Meilen von mir entfernt, aber er hat immer nur an mich gedacht.

Oh Gott. Da sind so viele Bilder. Und die meisten in dieser Mappe sind aus den letzten Monaten. Er muss stundenlang am Tag gemalt und gezeichnet haben, und das macht mich sprachlos. Ich lasse die Hände in den Schoß sinken, das letzte Bild immer noch in der Hand. Wieso bin ich nicht zu ihm geflogen? Nur weil ich die Sprache nicht spreche und das peinlich für mich wäre? Gott verdammt.

Ich halte mir die Hände vor die Augen, weil ich mich so für mein Verhalten schäme. Und dann hole ich tief Luft und ziehe danach mein Handy heraus. Ich habe vier Favoriten in meiner Telefonliste, von denen Sams Nummer seit drei Jahren an erster Stelle steht, und daran wird sich auch nie etwas ändern. Es klingelt, und währenddessen hämmert mir das Herz gegen die Rippen.

Es klingelt achtmal, bis die Mailbox drangeht, und ich lege frustriert auf. Mein Herzschlag beruhigt sich nur langsam. Als ich WhatsApp öffne, sehe ich noch, dass Sam gerade online gewesen ist, aber die Einblendung verschwindet nach einer Sekunde. Dieser Mistkerl! Sam hat gesehen, dass ich online gegangen bin, und schnell die App geschlossen. Und er ist mit Absicht nicht rangegangen, als ich angerufen habe, das ist das Schlimmste.

Mit einem Aufschluchzen lasse ich mich aufs Bett zurückfallen. Er ist immer noch sauer auf mich, und vielleicht wird er mir das alles nie verzeihen. Gott, ich liebe ihn. Ich liebe ihn so sehr, das muss er doch wissen! Ich wische mir die Tränen aus dem Gesicht und schreibe ihm eine weitere Nachricht.

Harper: Ich habe deine Mappe gesehen. Sam,
die Bilder sind so, so gut!! Wieso hast du mir nie
etwas davon gezeigt?

Ich habe es kaum abgeschickt, da wird mir klar, dass es
total vorwurfsvoll klingt, dabei meine ich das gar nicht
so. Außerdem geht Sam nicht online. So ein Mist. Wahrscheinlich hat er die kurze Nachricht schon im Sperrbildschirm vollständig lesen können, ohne die App dafür
öffnen zu müssen. Dämlicher Anfängerfehler!
Ich tippe erneut.
*Du hast Paris und mich so wunderbar eingefangen, ich
habe das Gefühl, ich wäre wirklich dabei gewesen.* Nein,
nein, nein, das kann ich nicht schreiben. Das hört sich an,
als bräuchte ich nicht mehr als die Bilder. Wie höhnisch
wäre das bitte?
Außerdem werde ich langsam sauer, dass er nicht mit
mir reden will. So unverzeihlich war mein Fehler nicht!
Meine Daumen schweben über der Tastatur. Mein nächs-
ter Gedanke sorgt dafür, dass mir die Hitze ins Gesicht
schießt, und ich muss mir auf die Lippe beißen, während
ich tippe, weil ich genau weiß, wie gemein das jetzt ist.
Aber ich muss mit Sam reden. Sofort! Und wenn er nicht
mit mir reden will, dann werde ich ihn eben dazu zwingen.

Harper: Ich habe heute den Mann aus der Bar
wiedergetroffen. Als ich in der Stadt

Ich lasse die Nachricht bewusst abbrechen, weil Sam
dann denkt, dass sie noch viel länger ist, und die App öff-

net. Das passiert auch nach kaum zwei Sekunden. Sam geht online, und ich tippe sofort auf das Anrufsymbol.

Dass er rangeht, ist vermutlich nur ein Reflex. Oder er ist sauer wegen dem, was ich geschrieben habe, jedenfalls knurrt er ein heiseres «Ja» ins Mikrofon, das sofort einen Adrenalinschub durch meinen Körper jagt.

«Sam?»

«Wer sonst? Oder hast du jemand anderen erwartet?»

Wieso klingt er so zynisch? Normalerweise ist Sam nie so. Er muss wirklich wütend auf mich sein, und das macht mir nicht gerade Mut.

«Bitte leg jetzt nicht auf, ich muss mit dir reden.»

Er zögert. An seinem angehaltenen Atem kann ich genau hören, dass er wirklich mit dem Gedanken spielt, mich einfach wegzudrücken und das Gespräch zu beenden. Schließlich bläst er langsam die Luft aus. «Okay.»

«Ich muss dir was sagen, Sam, weil ... Es hat nichts zu bedeuten, wirklich! Ich war in der Stadt und habe diesen Mann nur zufällig getroffen. Ich hätte ihn fast nicht erkannt, aber er hat mich angesprochen.» Streng genommen ist das nicht gelogen. Denn ich werde den Teufel tun und Sam sagen, dass er in der Buchhandlung arbeitet. Sonst wird Sam sie nie wieder betreten, und das kann ich ihm nicht antun. Er liebt diesen Buchladen. «Ich habe ihm sofort klargemacht, dass ich einen festen Freund habe, den ich liebe. Das wollte ich dir unbedingt sagen.»

«Das hast du ja jetzt getan.»

Ich habe ihm gerade gesagt, dass ich ihn liebe, und er überhört es einfach. Ist es zu viel verlangt, dass er sich ernsthaft an diesem Gespräch beteiligt, verdammt?

«Ich verstehe gut, dass du sauer bist. Ich bin auch total sauer auf mich. Ich war so unglaublich blöd, und das tut mir leid. Ich habe nur ganz kurz mit ihm geredet. Und als ich ihm von dir erzählt habe, hat ihn das nicht sonderlich interessiert. Weil der Typ gar nichts von mir will. Genauso wenig wie ich von ihm. Dieser blöde Kuss hat für ihn nämlich auch nichts bedeutet.»

«Soll mich das jetzt beruhigen? Du rufst mich an, weil der Typ doch nichts von dir will? Harper, das ...»

«Gott, Sam, nein! Ich rufe nicht an, weil er nichts von mir will! Ich rufe dich an, weil du wissen sollst, dass mich der Typ null interessiert. Du interessierst mich! Ist das so schwer zu glauben?»

Im Hintergrund höre ich eine Lautsprecherdurchsage. Wo um Himmels willen ist Sam gerade? Ich rede schnell weiter. Solange er mir noch zuhört, habe ich eine Chance, oder?

«Deine Mutter hat mir deine Mappe ins Zimmer gelegt. In Ivys Zimmer, ich habe heute Nacht bei ihr geschlafen. Und Sam ...», meine Stimme wird zu einem sehnsuchtsvollen Seufzen, «... sie sind so wahnsinnig gut geworden. Ich liebe deine Bilder, und ich ... ich verstehe dich jetzt, denke ich. Es ist kein Wunder, dass du es so geliebt hast, in Paris zu sein. Und ... als ich kapiert habe, dass du mich gemalt hast ... Es tut mir so leid, dass ich dich im letzten Jahr nicht besucht habe. Wirklich. Ich wünschte, ich könnte das rückgängig machen. Alles. Ich war so ungerecht zu dir, und das tut mir unendlich leid, und ...»

Im Hintergrund ist schon wieder eine Durchsage zu hören, und so langsam macht mich das misstrauisch.

«Was war das für eine Durchsage? Wo bist du eigentlich?» Mich überkommt ein Verdacht. «Bist du etwa am Flughafen? Sam?» Oh nein, bitte nicht! Bitte, bitte nicht!

«Du willst zurück? Jetzt?» Meine Stimme überschlägt sich fast. Er kann doch jetzt nicht einfach so abhauen! «Samuel Guinyard, ist das dein verdammter Ernst? Du willst nach Paris zurückfliegen, ohne mit mir zu reden? Du gibst mir nicht mal die Chance, mich bei dir zu entschuldigen?»

Ich wusste, dass seine Bilder ein Abschiedsbrief sind, ich wusste es einfach! Mir schießen die Tränen in die Augen.

«Noah hat mich hergefahren.»

«Aber du hasst Noah», schluchze ich.

«Wir haben die Sache geklärt. Noah ist ein Idiot, aber ich hasse ihn nicht. Er war auf dem Weg in die Stadt und hat mich mitgenommen.»

Ich werde Noah umbringen! Wieso hat er mir nicht Bescheid gesagt, dieser Mistkerl! Er kann Sam doch nicht einfach so zum Flughafen fahren, ohne mich zu warnen!

«Warte!» Hektisch springe ich vom Bett und schlüpfe in meine Schuhe. «Ich komme. Warte bitte auf mich. Flieg jetzt nicht einfach so weg, bitte, Sam!»

«Verdammt, Harp!» Er seufzt tief. «Ich fliege nicht weg, ich bin in einem beschissenen Supermarkt und nicht am Flughafen. Die Durchsage war von irgendeinem Kassierer. Was denkst du eigentlich von mir? Ich fliege nirgendwohin.»

Angespannt tigere ich durchs Zimmer, und weil seine Worte noch nicht wirklich zu mir durchgedrungen sind, ist mein Hirn immer noch damit beschäftigt zu überlegen, wie ich ihn aufhalten kann, da fügt er hinzu: «Ohne dich.»

Und während mein Gedankenkarussell eine Vollbremsung hinlegt, verabschiedet er sich mit den Worten: «Wir reden später, okay, Harper?»

* * *

«Was kann ich für dich tun, Harper?» Mr. Blakely sieht von seinem Schreibtisch auf. Nach einigen gesundheitlichen Problemen arbeitet er inzwischen nur noch sporadisch im Homeoffice für seine Firma, aber heute ist so ein Tag. Gerade hat er einen Videocall beendet. Auf dem großen Bildschirm vor ihm verschwindet das blinkende Onlinesymbol, als er den Tab schließt und sich zu mir umdreht.

«Es tut mir leid, wenn ich Sie störe, Mr. Blakely. Aber ich …» Tief hole ich Luft. *Ganz ruhig bleiben, Harper!*

«Ist etwas mit den Tieren?»

«Nein», erwidere ich schnell. «Mit den Pferden ist alles in Ordnung. Es ist etwas Persönliches.» Ich kann spüren, wie mein Gesicht unter dem Blick meines Arbeitgebers heiß anläuft. «Ich habe eine Bitte.»

Mit dem Drehstuhl fährt er nun ganz zu mir herum und schlägt die Beine übereinander. Oh Gott, er und Asher sehen sich wirklich ähnlich. Ich bin jedes Mal überrascht, wenn mir auffällt, dass es sogar ihre Gestik betrifft. Die Art, wie er mich nun ansieht, interessiert, aber dennoch sachlich, gleicht Ashers aufs Haar. Ich weiß, dass Noah früher gedacht hat, Sam wäre ein unehelicher Sohn von

Mr. Blakely, und dass die beiden deswegen einen Riesenstreit hatten. Keine Ahnung, wie er darauf kam. Vielleicht weil Mr. Blakely tatsächlich seit vielen Jahren wie ein Vater für Sam war. Deshalb bin ich mir auch sicher, dass er mir meine Bitte nicht abschlagen wird.

«Es ist so, dass ... Ich brauche Urlaub.»

«Oh», sagt er. «Das ist eine Überraschung. Ist alles in Ordnung? Gibt es ein Problem? Kann ich dir helfen?»

Ich schüttele schnell den Kopf. «Nein, es ist alles okay, wirklich. Es ist nur so, dass ich Sam gerne überraschen würde.»

Seine Augenbrauen gehen in die Höhe, genauso wie Asher das immer macht, und wenn er nicht mein Arbeitgeber wäre, würde ich jetzt am liebsten die Augen verdrehen. Garantiert hat Mr. Blakely eine Million Fragen, die er aber anstandshalber zurückhält.

«Ich weiß, dass es gerade ungünstig ist, weil Noah noch keine Semesterferien hat», wende ich ein. «Aber ich habe schon mit Ivy geredet, und sie hat mir versprochen, dass sie sich um Ebony und Woodstock kümmern kann. Und es ist ja auch nur noch eine Woche zu überbrücken, dann kann Noah seine Pferde selbst versorgen.»

«Ich sehe schon, du hast an alles gedacht. Wenn Ivy schon zugestimmt hat, spricht nichts dagegen. Das hat ja auch den Vorteil für mich, dass ich meine Stieftochter öfter sehe.» Er zwinkert freundlich, und ich atme erleichtert auf.

«Ich möchte Sam etwas schenken. Im letzten Jahr habe ich ziemlich viel gespart, und ich habe etwas wiedergutzumachen, also ...»

Keine Ahnung, warum ich meine, ihm das alles erzählen zu müssen, aber Mr. Blakely hat geduldig gewartet, bis mein Geschwafel versiegt.

«Das ist eine wundervolle Idee. Meinen Segen habt ihr.» Er nickt, dann poppt eine Nachricht auf seinem Bildschirm auf und lenkt seinen Blick wieder zum Schreibtisch.

«Es ist also okay, wenn ich Urlaub mache und erst in zwei Wochen wieder da bin?», vergewissere ich mich.

«Das ist überhaupt kein Problem», murmelt er. Er greift zu seiner Tastatur, um die Nachricht zu beantworten, aber mir liegt noch etwas auf dem Herzen.

«Bitte sagen Sie Sam nichts davon, es soll eine Überraschung werden.»

Mr. Blakely guckt hoch. In seinen Augen blitzt es für eine Sekunde auf. «Da ich ohnehin nicht weiß, was für eine Überraschung du planst, wird mir das nicht schwerfallen. Aber nur zu deiner Beruhigung: Meine Lippen sind versiegelt, Harper. Ich wünsche euch viel Spaß bei ...», er macht eine vage wedelnde Handbewegung, «... was auch immer ihr vorhabt.»

Ich flüstere ein Danke, bevor ich schnell aus dem Raum schlüpfe, um ihn nicht weiter zu stören. Erleichtert schließe ich die Tür hinter mir und zücke mein Handy. Hilary hat mir auch ihr Go gegeben, und die Tickets sind bereits in meinem Warenkorb. Ich habe mir die Sache gut überlegt, und jetzt gibt es kein Zurück mehr. Ohne weiter darüber nachzudenken, klicke ich auf den Bezahlbutton.

KAPITEL 11

Woodstock schnaubt, weil ich an seiner Box vorbeilaufe, ohne ihn zu beachten. In einer Hand trage ich eine elektrische Campinglaterne, in der anderen balanciere ich eine Patchworkdecke und zwei Kissen. «Ich komme gleich zu dir, Woodie.»

Als ich die hinterste Box erreiche und einen Blick auf meine Armbanduhr werfe, purzelt eines der Kissen ins Heu. Es ist halb acht. Sam ist noch beim Abendessen mit seiner Mutter, zumindest denkt er, dass er gleich was zu essen bei ihr bekommt. Er weiß noch nicht, dass ich ihm einen Strich durch die Rechnung mache und das mit Hilary abgesprochen ist. Ich habe ihm gesagt, dass ich später nachkomme, weil ich noch die Pferde von der Koppel holen muss – was ich schon vor einer Stunde getan habe. Die restliche Zeit habe ich damit verbracht, die Heuballen so zu ordnen, dass man nicht Angst haben muss, bei der kleinsten Bewegung darunter begraben zu werden. Ich schreibe Sam eine Nachricht.

Harper: Woodie ist heute besonders stur. Bei euch in der Küche muss noch eine Tüte mit getrockneten Bananen rumliegen. Könntest du sie mir bringen? Sonst kriege ich Woodie heute nie in seine Box.

267

Wenn ich Noah eine solche Nachricht schreiben würde, würde er mir einen Vogel zeigen. Aber Sam hat keine Ahnung von Pferden und schon gar nicht von Woodie. Außerdem weiß er nicht, dass hier im Stall immer ein Riesensack Karotten liegt und ich auch die nehmen könnte. Er antwortet mir sofort.

Sam: Klar. Bin in fünf Minuten da.

Fünf Minuten. Oh Gott, ich bin wahnsinnig aufgeregt. Mein Puls rast jetzt schon los, und auf meiner Stirn hat sich ein dünner Schweißfilm gebildet. Was auch daran liegt, dass ich im Stall herumgewerkelt habe, um es wenigstens ein bisschen romantisch aussehen zu lassen, wenn ich Sam mein Geschenk übergebe. Offenes Feuer ist natürlich tabu, aber dafür habe ich ja die Campinglaterne. Wenn man die Deckenbeleuchtung nicht einschaltet, verbreitet die Laterne ein warmes, schummeriges Licht. Vom Meer weht ein kräftiger Wind, und ich habe die Stalltür aufgelassen, deshalb ist es trotz der Hitze des Tages angenehm hier drin. Und es duftet so gut. Der perfekte Ort für ein Überraschungspicknick.

Seit unserem Telefonat haben wir uns noch nicht gesehen. Sam war den ganzen Tag in der Stadt, aber immerhin haben wir uns geschrieben. Immer noch verhalten, immer noch unsicher, aber wir haben kommuniziert. Und jetzt will ich die Sache endgültig aus der Welt schaffen. Das Jahr ohne Sam war schlimm genug, und ich weiß, dass ich den Rest meines Lebens mit ihm verbringen will, und weil ich das so genau weiß, will ich auch, dass der Rest meines Lebens jetzt sofort beginnt.

Sorgfältig breite ich die Patchworkdecke über den Heuballen aus, damit es nicht so pikst, wenn man sich hinsetzt, und verteile die beiden Kissen. Die Decke hat meine Grandma genäht und mir zur Geburt geschenkt, und sie ist leider schon so verwaschen, dass man die farbigen Blütenmuster nur noch erahnen kann.

Hinter den Ballen ziehe ich den Korb hervor, den ich schon vor zwei Stunden hier versteckt habe. Leider ist der Wein nicht mehr wirklich kalt, aber wahrscheinlich trinkt man in Frankreich Rotwein sowieso nur, wenn er Zimmertemperatur hat, und ich erspare mir damit ein Fettnäpfchen. Mit einer Holzbohle baue ich einen provisorischen Tisch. Darauf stelle ich die Gläser und den Teller mit Brot, Käse, Weintrauben und ein paar Lavendelblüten zur Deko. Ich weiß, das ist verdammt einfallslos, aber ich war froh, dass ich diesen Wein und den französischen Käse bekommen habe, auch wenn der riecht, als wäre er schon einmal verendet und erst nach Wochen wiederauferstanden. Und es gibt Madeleines. Diese kleinen Gebäckstücke, die aussehen wie Muscheln. Das Rezept habe ich von Layla, der Köchin aus Chase' Diner, und Hilary hat mir heute Nachmittag geholfen, sie zu backen. Ich kann nur beten, dass sie auch nur annähernd so schmecken wie in Frankreich.

Das große Stalllicht habe ich gelöscht und bin inzwischen so nervös, dass ich bei jedem kleinen Geräusch sofort zusammenzucke. Als Ebony in der Box direkt neben mir mit den Hufen scharrt, hebe ich alarmiert den Kopf, und mein Herz fängt an zu rasen. Irgendwann halte ich es nicht mehr aus und schleiche nach vorne zur Stalltür, um Sam dort abzufangen. Über die Wiese blitzt schon von

Weitem ein Lichtschein auf, der nach Handytaschenlampe aussieht.

«Shit, ich habe total vergessen, dass die Sonne hier schon so früh untergeht», sagt Sam, als er auf mich zukommt. «Was ist los, ist die Stalllampe kaputt?» Er deutet auf meine Hand, mit der ich die Campinglaterne hochhalte, als er mir entgegenkommt.

«Äh, ja», stammle ich, weil er mich mit seiner ersten Bemerkung ganz aus dem Konzept gebracht hat. «Wieso? Geht die Sonne in Frankreich so viel später unter?»

Er nickt. «Um diese Zeit ist es in Paris noch anderthalb Stunden hell. Vielleicht ist deshalb abends so viel los auf den Straßen und den Cafés und Bars.» Er hält inne, sichtlich ertappt, und kaut auf seiner Unterlippe. «Sorry», sagt er zerknirscht. «Es tut mir leid, wirklich. Ich wollte nicht schon wieder davon anfangen.»

Gott, ich würde ihn am liebsten jetzt sofort küssen, aber wir haben noch nichts geklärt. Und obwohl ich im ersten Moment wieder dieses Drücken in meinem Brustkorb gespürt habe, weil er mir wie so oft etwas vorschwärmt, wird das im selben Moment von Vorfreude verdrängt. Ich bin so gespannt, was er zu meiner Überraschung sagen wird. Vor lauter Aufregung könnte ich auf der Stelle hüpfen wie ein Kleinkind, aber ich reiße mich zusammen. «Ist schon okay.» Ich weiche seinem Blick aus, weil ich sonst anfangen würde, dämlich zu grinsen.

«Wo ist Woodie?» Er sieht sich suchend um, bemerkt dann die geschlossene Box und raschelt mit den Bananenchips in seiner Hand. «Komme ich zu spät?»

«Er ist schon drin. Ich …» *Keine Angst, Harper.* «Ehrlich gesagt, war das nur ein Trick, um dich hierherzulocken.»

Sam hebt eine Braue an, und das erinnert mich auf einmal so sehr an Mr. Blakely, dass ich Noahs Misstrauen ihm gegenüber für einen Moment fast verstehen kann.

«Komm mit.» Ich schnappe mir seine Hand und ziehe ihn mit mir. Vorbei an Woodie, der neugierig den Kopf hebt und ans Gitter tritt, den Gang runter bis zur letzten Box.

«Harper», sagt Sam zweifelnd. «Ist die Deckenlampe wirklich kaputt? Und wieso muss ich jetzt an deine Three-Things-Challenge denken?»

Mein Gesicht wird schlagartig von Hitze überflutet. Das hatte ich völlig vergessen. Meine drei Dinge. Die eine Sache, von der ich mir gewünscht habe, dass sie wahr wäre.

Ich hatte Sex in einem Pferdestall.

«Ich weiß nicht», krächze ich. «Daran habe ich überhaupt nicht gedacht, ich schwöre es hoch und heilig.» Gott, ist das peinlich.

«Und wieso schleifst du mich dann zu einer leeren Pferdebox? Ich will keinen Sex im Pferdestall, Harp. Woodie ist bestimmt ein Spanner.» Er grinst, auch wenn ich das im Licht der Campinglaterne nur erahnen kann.

«Sam, hör auf damit!» Ich muss lachen, und weil ich es zu unterdrücken versuche, wird es wieder einmal zu einem Prusten. Ich leuchte mit der Lampe in die Box. «Es ist ganz harmlos, wirklich. Sieh selbst.»

«Das nennst du harmlos? Da liegt deine Kuscheldecke!» Er kommt hinter mir rein. «Und Kissen. Ganz ehrlich, ich traue dir nicht.» Jetzt lacht er auch, und in der nächsten Sekunde hält er mich an der Hand zurück und zieht mich an sich. Ich bin so überrumpelt, dass ich gegen seine Schulter stoße und den Atem anhalte. Wir küssen uns nicht, aber sein Gesicht ist mir so nah, dass wir es könnten.

«Sag mir die Wahrheit. Hast du wirklich nicht daran gedacht?»

«Nein.» Ich winde mich innerlich. «Und wenn, dann nur für eine winzige Sekunde. Und auch nur weil ...» Ich zögere.

«Weil ...?»

«Weil ich dich liebe und so vermisst habe.» Meine Stimme bricht. Wenn ich nicht aufpasse, werde ich gleich ein ziemlich hässliches Heulgesicht machen, deshalb blinzle ich heftig und puste langsam den Atem aus. «Ich möchte meine alte Welt zurückhaben, Sam. Ich will dich zurückhaben. Es tut mir alles so leid, und ich wünsche mir nichts mehr, als dass du mir verzeihst.»

«Und wenn ich das schon habe?» Er hält mich fest. Ich spüre den Druck seiner Hände an meinen Schultern, und dann, als er sie runterwandern lässt, an meinem Rücken. Er zieht mich an sich, und hätte ich nicht immer noch die blöde Laterne in der Hand, könnte ich ihn jetzt auch umarmen.

«Wirklich?»

«Ich hätte dich nicht so lang allein lassen sollen. Das war so nicht geplant, und ich habe total unterschätzt, was es mit unserer Beziehung macht. Ich wusste, dass es dir nicht gut geht und dass du unglücklich bist. Es war ziemlich egoistisch von mir, dass ich einfach zwei Monate länger geblieben bin, und ich habe nicht mal eine vernünftige Entschuldigung dafür. Außer dass ich es unbedingt wollte.»

«Nein, war es nicht», widerspreche ich ihm. «Das war nicht egoistisch. Es war eine einmalige Chance für dich, das weiß ich.»

«Nicht so einmalig, wie mit dir zusammen zu sein, Harp.»

Vor Erleichterung schießen mir nun doch die Tränen in die Augen. «Meinst du das ernst?»

Und dann lässt Sam die Tüte mit den Bananenchips einfach fallen und umrahmt mit den Händen mein Gesicht. Seine Lippen berühren meine Wange, meinen Mundwinkel.

«Ich bin gerade nicht in der Stimmung für Witze, Harp.» Er seufzt leise, presst seine Lippen noch einmal auf meine Wange, bevor er den Kopf zu dem provisorischen Picknickplatz dreht, den ich aufgebaut habe. «Aber ich bin total in Stimmung für das da.» Er lässt mich nicht los, sondern dirigiert mich zur Decke und dem schweren Holzbrett, auf dem ich den Käse und den Wein angerichtet habe.

«Findest du das französisch?», frage ich.

«Total französisch.» Er nickt und fängt dann an, breit zu grinsen, nur um in der nächsten Sekunde wieder ernst zu werden. «Aber das muss es nicht sein. Scheiß auf Französisch, Harp.» Er nimmt mir die Laterne aus der Hand und stellt sie ab, dann fahren seine Finger in mein Haar und ziehen mich näher, und ich kralle mich an seinem Shirt fest. Seine Lippen suchen meinen Mund. «Ich stehe wahnsinnig auf diese Amerikanerin – diese wunderschöne Frau aus Boston.»

«Aus der Nähe von Boston», verbessere ich atemlos. Der Unterschied ist bei uns in der Familie wichtig.

Er nickt wieder. «Dann stehe ich eben auf diese wunderschöne Frau aus der Nähe von Boston.»

Er küsst mich. Sein Mund ist fordernd. Seine Zungenspitze tippt nur kurz gegen meine Unterlippe, bevor sie in meinen Mund vordringt. Oh Gott, Sam. Wie er von mir Besitz ergreift. Das habe ich vermisst. Das habe ich so sehr vermisst. Aber nicht nur das. Vor allem habe ich vermisst, dass wir miteinander auf diese Art reden. Dass wir beide über dieselben Dinge lachen können und ein Blick ausreicht, um zu wissen, was der andere gerade denkt. Obwohl es im Augenblick besser ist, wenn er nicht weiß, was ich denke.

Denn gerade denke ich sehr intensiv an den Zettel in meiner Hosentasche, weil er leise knistert, als ich mich an Sam presse. Es ist der Ausdruck von meiner Buchung. Weil die Zeit nicht ausgereicht hat, die Tickets zu uns schicken zu lassen, habe ich sie in Mr. Blakelys Büro ausgedruckt und in meine Gesäßtasche gestopft.

Später, sage ich mir und versuche das Knistern zu ignorieren. Sanft sauge ich an Sams Lippen, lasse ihn mit meiner Zunge spielen und stöhne auf, weil sein Kuss immer intensiver wird. Mein Puls rast, als ich meine Hände unter sein Shirt wandern lasse. Sam fühlt sich so unfassbar gut an. Seine Haut ist rau von der Gänsehaut, die sich bildet, als ich mit den Fingerspitzen an seiner Seite entlangstreiche. Sam beugt sich tiefer zu mir, gleitet mit dem Mund an meinem Kiefer entlang bis zu meinem Hals. Genüsslich zieht er eine feuchte Spur auf meiner Haut, und jetzt bekomme ich auch eine Gänsehaut.

«Sam», keuche ich auf, weil es in meinem Schoß heftig anfängt zu prickeln.

«Ich glaube, ich will doch Sex in diesem verdammten Stall haben», raunt er.

Seine Worte intensivieren dieses Kribbeln nur noch und lassen das Blut schneller durch meinen Körper rauschen. Wir haben uns so lange nicht geliebt. Und obwohl wir schon drei Jahre zusammen sind, bin ich deswegen verunsichert. Keine Ahnung, ob ich noch weiß, wie das geht. Ob Sam sich verändert hat. Ob ich mich verändert habe. Aber ich habe nicht die Gelegenheit, mir groß darüber Sorgen zu machen, weil Sam mich auf eine Art und Weise küsst, dass mir die Knie weich werden. Er schiebt eine Hand unter mein T-Shirt und dann zwei Finger unter den Rand meines BHs, um ihn aufzuhaken. Als der Druck des Stoffs plötzlich nachgibt, streift sein Daumen zärtlich über meine Brust und die hart zusammengezogene Spitze. Ich stöhne auf. Und dann lösen sich alle Bedenken auf einmal auf. Weil ich es will. Weil ich Sam will. Weil ich jetzt sofort Sex mit ihm in diesem verdammten Stall haben will.

KAPITEL 12

Sam schiebt die Holzbohle mit meinem Picknick so schnell zur Seite, dass der Rotwein überschwappt und über das Brett auf die Decke tropft. Ich würde lachen, wenn ich nicht gerade so atemlos wäre. Sams Ungeduld sorgt dafür, dass sich Hitze über meinen gesamten Körper ausbreitet. Ich ziehe ihn mit mir auf die Decke, und es ist mir egal, ob ich jetzt gleich im Rotwein liege. Was aber nicht ganz so egal ist, ist das piksende Heu. Ich spüre es am Hinterkopf, als Sam mein T-Shirt hochschiebt. Ach, egal!

Tief seufze ich Sams Namen und zerre ihm das Shirt über den Kopf. Als ich die Hitze seiner Haut auf mir spüre, kann ich mich nicht mehr zurückhalten und ziehe ihn zwischen meine Beine. Sam reibt seine Erektion an mir, was mich dazu bringt, lauter zu stöhnen. In meinem Schoß fängt es an zu pochen, und ich kann mich keine Sekunde länger zurückhalten – ich muss ihn ohne Stoff spüren. Mit fahrigen Fingern knöpfe ich seine Hose auf.

«Nicht so schnell», keucht er.

«Oh Gott, tut mir leid. Ich habe nur ... Es ist so lang her, und ich habe dich so vermisst.»

«Frag mich mal, wie sehr ich dich vermisst habe. Ich habe es so satt, mir einen runterzuholen, während ich allein im Bett liege und an dich denke.»

Wir fangen beide laut an zu lachen. Sam vergräbt sein

Gesicht an meinem Hals, und weil er immer noch lachen muss, kratzen seine Zähne dabei über meine Haut. Wow, das macht etwas mit mir. Sams Lachen, der Druck zwischen meinen Beinen und das Kratzen auf meiner Haut bringen mich um vor Sehnsucht.

«Ich habe das auch gemacht», gestehe ich ihm. «Immer wenn ich an dich denken musste. Also eigentlich ständig.»

«Gott, Harper!» Er beugt sich runter zu meinen Brüsten. Heiß umschließen seine Lippen meinen Nippel, und ich strecke den Kopf nach hinten, weil er mich so verrückt macht. Er leckt über meine Haut, pustet sanft darüber, und die Spitzen ziehen sich so fest zusammen, dass es fast wehtut. Er beißt mich. Nicht fest, aber doch fest genug, dass ich überrascht aufkeuche. Und dann sieht er mich an. Die Liebe, die in seinen dunklen Augen steht, lässt mich schlucken. Liebe und Begierde.

Zentimeter für Zentimeter taste ich über Sams festen Bauch, streiche über sein Brustbein nach oben und lege beide Hände um seinen Nacken. Mit den Beinen umklammere ich seine Hüfte.

«Ich habe keine Kondome dabei. Hast du immer noch die ...»

«Spirale», keuche ich und nicke schnell. «Habe ich erst vor sechs Monaten wieder neu eingesetzt bekommen.»

«Gott sei Dank!»

Sams Erleichterung darüber, dass wir nicht aufpassen müssen, lässt mich kichern. Aber dann zieht er sich für einen kurzen Moment zurück, bevor er seine Hüfte wieder gegen mich presst, und mein Kichern erstirbt. Ich muss ihn jetzt einfach ausziehen, sonst komme ich gleich, noch bevor er überhaupt in mir ist. Ich zerre an seiner Hose, und endlich gibt Sam nach und lässt mich den Bund über seinen Hintern nach unten ziehen. Er hilft mir aus meinen Jeans. Nur dummerweise entgeht ihm dabei nicht, dass es in meiner Tasche raschelt.

«Was ist das?»

Ich sterbe, wenn wir jetzt aufhören. «Das erkläre ich dir später.»

Sam fragt zum Glück nicht weiter nach, was möglicherweise damit zu tun hat, dass ich seine Pobacken über dem Stoff seiner Boxershorts knete und dann auch sie nach unten ziehe. Ich liebe es, wie Sam sich anfühlt, wie hart seine Erektion ist. Und trotzdem ist seine Haut so unglaublich zart. Mit der Faust umfasse ich seinen Penis und gleite langsam daran auf und ab.

Sam stöhnt und bewegt seine Hüfte, hält kurz darauf aber inne, um auch meinen Slip nach unten zu ziehen. Er macht das so langsam, dass es kaum auszuhalten ist.

«Geht das mit dem Heu?», fragt er.

«Es pikst nur ein bisschen.» Meine Stimme klingt ganz rau. «Aber das ist egal.»

«Dann lass mich nach unten.» Er rollt sich herum und zieht mich auf sich. «Verdammt, das pikst wie Sau», flucht er im nächsten Moment. «Warum hast du nichts gesagt?»

«Weil es mir egal ist. Ich will einfach nur mit dir zusammen sein.» Langsam lasse ich mein Becken auf ihn sinken. Sam hält seinen Penis fest und hilft mir, die richtige Position zu finden. Als er langsam in mich eindringt, entschlüpft mir ein tiefes Stöhnen. Sam antwortet mit einem Grollen, was mich unglaublich anmacht.

«Ich habe fast vergessen, wie sich das anfühlt. Gott, Harper!» Mit beiden Händen hält Sam meine Hüfte fest gepackt und bewegt sich mit mir. Er hat auf jeden Fall nicht vergessen, was mir gefällt. Oh Gott, Sam weiß genau, was mir gefällt! Mit beiden Daumen spielt Sam mit mir, streichelt über meine Vulva und umkreist schließlich die Spitze meiner Klitoris. Ich halte das nicht aus. Mein Oberkörper fällt nach vorn, sodass Sam gezwungen ist, seine Hände wegzuziehen. Er knetet meinen Po, bewegt seine Hüfte dabei und stößt von unten in mich, und als er mich dann nur noch gepackt hält und sich an mir reibt, konzentriert sich das Pochen in mir auf einen einzigen Punkt und überrollt mich in heißen Wellen, bis ich meine Lust laut in Sams Ohr stöhne.

Es dauert nur Sekunden, bis auch Sams heißer Atem immer schneller geht und er stoßweise in mir kommt.

* * *

«Was hat da eben in deiner Tasche geknistert?», fragt er mich, als wir wieder zu Atem gekommen sind und nebeneinander auf der Decke liegen.

«Meine Überraschung.»

«Hm.» Er nickt, stemmt sich dann aber hoch und beugt sich über mich. «Was für eine Überraschung?»

«Meine Überraschung für dich.»

«Okay. Und was muss ich tun, damit du sie mir verrätst?» Mit zarten Küssen streifen seine Lippen über mein Dekolleté, was mich unpassenderweise zum Lachen bringt.

«Von mir runtergehen, damit ich an meine Hose

komme», entgegne ich, und weil das so frech war, fängt Sam an, mich zu beißen. Genau an denselben Stellen, an denen er mich gerade noch geküsst hat. Eine davon ist mein Schlüsselbein, und weil ich da empfindlich bin, quietsche ich laut auf und schiebe ihn von mir runter. Mit einer Hand hangle ich nach meinen Jeans und ziehe den Buchungsbeleg heraus. Sam nimmt mir das Papier ab, faltet es auseinander und hält es in die Nähe der Campinglaterne, damit er besser lesen kann.

«Das ...» Er hält inne, streift sich das Haar aus der Stirn und reibt sich einmal über das Gesicht. «Das muss ein Irrtum sein.»

Ich schüttle den Kopf, und Sam nickt energisch.

Wedelnd hält er den Zettel in die Luft. «Da steht, dass zwei Personen übermorgen von New York nach Paris fliegen. Erstaunlicherweise haben sie dieselben Namen wie wir. Das *muss* ein Irrtum sein.»

«Das *muss* genau richtig sein», entgegne ich mit einem Schmunzeln auf den Lippen. Sams Reaktion ist ... Ich seufze innerlich, weil sein Gesicht pure ungläubige Freude ausdrückt. Es ist noch besser, als ich es erhofft habe. So viel besser!

«Bist du dir sicher, dass du das willst?» Da ist ein Hauch Angst in seiner Stimme.

«Ja, Samuel Guinyard.»

«Harper.» Er setzt sich auf und zieht mich hoch. Ich lege beide Beine um ihn, bis wir ineinander verschlungen dasitzen. «Es könnte sein, dass du dein Herz an die Stadt verlierst genau wie ich.»

«Das wäre möglich», gebe ich zu.

«Es könnte sein, dass du nicht zurückwillst.»

Jetzt lache ich auf. «Das glaube ich zwar nicht, aber ich bin bereit, dieses Risiko einzugehen.»

«Ganz sicher?»

Dieser Gesichtsausdruck ist das alles wert. Gott, ich liebe Sam! Ich nicke heftig. «Ganz sicher. Ich weiß nicht, wo wir in fünf Jahren arbeiten und leben werden, Sam, aber ich weiß, dass ich mit dir zusammen sein will, egal wo. Ich will eine Zukunft mit dir. Und diese Zukunft beginnt, indem du mir alles zeigst, was du im letzten Jahr gesehen hast. Alles. Und ich will zu jedem verdammten Ort, den du gemalt hast. Ich werde alle deine Schwärmereien geduldig ertragen und mir jeden deiner Kunstvorträge tapfer bis zum Ende anhören.»

«Und hoffentlich auch alles essen, was ich dir vorsetze.»

«Alles außer Schnecken. Ich weiß genau, dass man da so was isst, und das bringe ich nicht fertig.»

«Escargots sind eine Delikatesse, die ...», er macht eine Pause, «...ich ehrlich gesagt auch nicht anrühren würde. Aber ich würde diesen Käse da anrühren, den du mitgebracht hast, und ... Gott, sind das Madeleines? Woher hast du die?»

«Selbst gebacken.»

«Ist nicht wahr!» Er beugt sich so weit zur Seite, dass wir beinahe zusammen umkippen. Lachend kann ich mich gerade noch festhalten. Sam stellt den Teller mit dem muschelförmigen Gebäck neben uns und hält mir ein Stück davon direkt vor den Mund. Aber bevor ich abbeißen kann, zieht er seine Hand weg und beißt selbst davon ab.

Ich beobachte seine Reaktion genau. Wie sich seine

Lippen schließen. Wie sich seine Kiefer bewegen, als er kaut, und er dann genüsslich die Lider senkt und im Kauen innehält.

«Sind sie gut?» Mist, ich hätte sie doch vorher mal probieren sollen. Der rohe Teig war jedenfalls lecker, als ich ihn vom Löffel abgeleckt habe, deshalb bin ich davon ausgegangen, dass sie gut geworden sind. Vielleicht hätte ich doch keine abgeriebene Zitronenschale reintun sollen. Layla hat gesagt, sie wäre optional, aber ich liebe Zitrone, und deshalb ...

Sam öffnet die Augen. «Sie sind großartig, Harper. Toll, wirklich ganz toll.»

Dieser leicht gequälte Gesichtsausdruck von ihm ... Ich glaube, ich muss ihn töten. Sam sieht mir wohl an, dass ich gleich ausflippen werde, denn noch bevor ich nach ihm schlagen kann, fängt er aus voller Kehle an zu lachen und rollt mit mir herum.

«Die besten Madeleines, die ich je gegessen habe», sagt er neckend und küsst mich. «Danke. Du kannst dir nicht vorstellen, was mir dein Geschenk bedeutet.» Und dann lässt er mich von seinem Stück abbeißen.

Okay, sie schmecken wirklich toll. Erleichtert gebe ich Sam einen Kuss und kuschele mich an ihn. Und dann ... und dann presst er seine Lippen auf meine Stirn.

Oh Gott, Sam gibt mir einen Stirnkuss. Einen wundervollen, zärtlichen Stirnkuss, und ich weiß genau, was das bedeutet.

Dass er mich behalten will.

Dass er mich festhalten will.

Dass er mich auch liebt.

Für immer.

HARPERS MADELEINES

Zutaten

Für den Teig
120 g Weizenmehl Type 550
120 ml Pflanzenmilch (Mandel- oder Sojamilch)
1 TL Backpulver
70 g Zucker
1 Päckchen Vanillezucker
45 ml neutrales Speiseöl
1 Prise Salz
1 TL Abrieb einer Zitrone (optional)
Rumaroma (optional)

Für die Dekoration (optional)
Puderzucker
Zartbitterschokolade mit gehackten Mandeln

Zubereitung
Den Backofen auf 180 °C Umluft vorheizen, und die Back-
form für die Madeleines einfetten. (Wenn du keine Ma-
deleinesform hast, funktioniert das auch wunderbar mit
Muffinförmchen. Dann nur die Teigmenge entsprechend
portionieren.)
Das Weizenmehl mit Backpulver, Zucker, Vanillezucker
und Salz in einer Schüssel vermischen, und dann die
Pflanzenmilch und das Speiseöl unterrühren, bis ein

283

glatter Teig entsteht. (Optional einige Tropfen Rumaroma oder den Abrieb einer Zitrone hinzugeben.) Dabei nicht zu lange rühren, weil sonst der Teig beim Ausbacken zu fest wird. Eventuell das Mehl vorher durchsieben, damit keine Klümpchen entstehen.

Den Teig auf die Madeleinesförmchen gleichmäßig verteilen. Die Mulden sollten dabei nur zu ca. Dreiviertel gefüllt werden. Anschließend die Madeleines 10 Minuten backen und in der Form auskühlen lassen. Nach dem Herausnehmen kann man sie pur genießen oder die Madeleines entweder mit Puderzucker bestäuben oder ein Ende in geschmolzene Schokolade dippen und mit gehackten Mandeln bestreuen.

Sam würde «Bon appétit!» sagen, aber Harper bevorzugt «Enjoy your meal!». ♥

Nikola Hotel hat eine große Schwäche für dunkle Charaktere und unterdrückte Gefühle, daher hängt ihr Herz vor allem am New-Adult-Genre. Und das merkt man ihren ebenso gefühlvollen wie mitreißenden Liebesgeschichten an. Seit 2020 gelang jedem ihrer Bücher unmittelbar nach Erscheinen der Einstieg auf die *Spiegel*-Bestsellerliste. Zudem sind alle ihre Romane besonders ausgestattet, seien es Handletterings in «It was always you» und «It was always love», ein Daumenkino und Origami-Faltanleitungen in «Ever» und «Blue» oder die Blackout Poetry in «Dark Ivy». Ihre Bücher lassen sich alle unabhängig voneinander lesen, auch innerhalb der Reihen, aber frühere Hauptfiguren tauchen immer wieder in kleineren Nebenrollen auf. Oder umgekehrt. So hatten Harper und Sam aus «Because It's True – Ein einziger Kuss» ihren ersten Auftritt in «It was always you», der Liebesgeschichte von Ivy und Asher.

Nikola lebt mit ihrer Familie in der Nähe von Bonn und gewährt auf Instagram und TikTok allerlei Einblicke in ihren Schreiballtag. Mehr Informationen sind auf ihrer Homepage zu finden: www.nikolahotel.de.

WEITERE TITEL

Dark-Academia-Duett
Dark Ivy – Wenn ich falle
Dark Ivy – Halt mich fest

Die Blakely-Brüder
It was always you
It was always love

Paper-Love-Reihe
Ever – Wann immer du mich berührst
Blue – Wo immer du mich findest

Kira Mohn
Kelly Moran

BECAUSE IT'S TRUE

Tausend Momente und ein einziges Versprechen

Auch die beiden Bestseller-
autorinnen Kira Mohn und
Kelly Moran haben sich in
zwei gefühlvollen Geschichten
der Three-Things-Challenge
gewidmet.

In «Because It's True –
Tausend Momente» erzählt
Kelly Moran von der Lehrerin
Rosemary Fillmore. Bücher
sind Rosemarys ganze Leiden-
schaft, doch ihre drei Lieb-
lingsschülerinnen sind der
Meinung, dass sie mehr als nur einen fiktionalen Mann
in ihrem Leben braucht. Und schmieden daher einen
Plan ...

Kira Mohns «Because It's True – Ein einziges Versprechen» handelt von Jack. Jack ist neunzehn Jahre
alt. Eigentlich sollte er gerade seine Zukunft planen.
Stattdessen kümmert er sich fast allein um seinen
vierjährigen Bruder. Seine beste Freundin Vic hilft, wo
sie kann. Nur sind Jacks Gefühle für sie neuerdings sehr
verwirrend ...